文學@台灣

11位新銳台灣文學研究者帶你認識台灣文學

講師資歷介紹 （依筆畫順序）

吳明益

現職：國立東華大學中國語文學系副教授。

學歷：國立中央大學中文系博士。

經歷：

著有論述《以書寫解放自然——當代臺灣自然書寫的探索》，主編選集《臺灣自然寫作選》，另著有散文集《迷蝶誌》（《中央日報》年度十大好書）、《蝶道》（2003年《中國時報》開卷年度十大好書、金石堂年度有影響力的書）、《家離水邊那麼近》（2007年《中國時報》開卷年度十大好書），小說集《本日公休》、《虎爺》、《睡眠的航線》（《亞洲週刊》2007十大中文小說）。單篇創作曾獲聯合報小說大獎、梁實秋文學獎等。

林淇瀁（向陽）

現職：國立臺北教育大學臺灣文化研究所副教授。

學歷：國立政治大學新聞系博士

經歷：

著有《書寫與拼圖：臺灣文學傳播現象研究》、《長廊與地圖：臺灣新詩風潮簡史》、《迎向眾聲：八〇年代臺灣文化情境觀察》等。學術論文〈想像臺灣：臺語文學的臺灣共同體建構〉、〈威權／霸權與新聞自由權：以1950年代《自由中國》的言論苦鬥為例〉、〈冷凝沉鬱論岩上〉、〈超文本，跨媒介與全球化：網路科技衝擊下的臺灣文學傳播〉、〈民族想像與大眾路線的交軌：1930年代臺灣話文論爭與臺語文學運動〉、〈擊向左外野：論日治時期楊逵的報導文學理論與實踐〉、〈場域・權力・遊戲：論臺灣文學出版的經典再塑〉、〈逾越／愉悅：資訊、文學傳播與文本越位〉、〈公眾輿論與威權體制的對話：析論《自由中國》反對黨論述的開展與破滅〉、〈一步一步行入黑牢的所在：雷震回憶錄《新黨運動黑皮書》導論〉、〈一個自主的人：試論楊逵日治時代的文學書寫與社會實踐〉等。

封德屏

現職：現任《文訊》雜誌社社長兼總編輯、臺灣文學發展基金
會執行長、淡江大學中文系兼任講師。

學歷：南華大學出版所碩士、 淡江大學中文系博士候選人。

經歷：

曾任《女性世界》雜誌、《愛書人》雜誌編輯，《出版家》文
化公司主編，並曾參與籌畫《夏潮》雜誌（1975年2月-1976年4月）， 1984年進入
《文訊》，擔任主編、副總編輯。早期創作文類以散文、報導文學為主。長期主編
《文訊》月刊，企畫主持全國性的文學會議及活動，並多次主持《臺灣文學年鑑》、
《中華民國作家作品目錄》等工具書，以及《張秀亞全集》、「臺灣現當代作家評論
資料目錄」等編纂計畫。著有《美麗的負荷》、《文學與出版觀察》、《臺灣地區年
鑑編纂體例與分類之研究》。

范宜如

現職：國立臺灣師範大學國文學系副教授

學歷：國立臺灣師範大學文學博士

經歷：

著有《風雅淵源——文人生活的美學》(合著)、《明代中期吳中
文壇研究——一個地域文學的考察》（博士論文）。專書論
文：〈上海童年：王安憶小說的空間隱喻〉、〈身體、物件與空間隱喻——王安憶＜憂
傷的年代＞的成長敘事〉等。期刊論文：〈華夏邊緣的觀察視域：王士性《廣志繹》的
異文化敘述與地理想像〉、〈吳中地誌書寫——以文徵明詩文為主的觀察〉等等。

郝譽翔

現職：國立東華大學中國語文學系教授

學歷：國立臺灣大學中國文學博士

經歷：

著有短篇小說集《洗》、《逆旅》、《初戀安妮》，長篇小說
《那年夏天最寧靜的海》，論著《目連戲中庶民文化之研
究》、《情慾世紀末——當代臺灣女性小說論》、《當代臺灣文學教程：小說讀
本》，劇本《松鼠自殺事件》等書。學術論文：〈給下一輪太平盛世的備忘錄——論
平路小說之「謎」〉、〈尋找一座島嶼：論廖鴻基的海洋旅程〉等。

陳建忠

現職：國立清華大學臺灣文學研究所助理教授

學歷：國立清華大學中文系博士

經歷：

曾任教於中興大學臺文所、靜宜大學臺文系、中文系。獲得過多項文學評論獎，計有：府城文學獎文學評論獎、竹塹文學獎文學評論獎、大專學生文學獎現代文學評論獎、中央日報文學獎文學評論獎、巫永福文學評論獎、文建會培土計畫獎助等。著有《書寫臺灣·臺灣書寫：賴和的文學與思想研究》、《日據時期臺灣作家論：現代性、本土性、殖民性》、《被詛咒的文學：戰後初期（1945-1949）臺灣文學論集》、《走向激進之愛：宋澤萊小說研究》、《臺灣小說史論》（合著）等。

須文蔚

現職：國立東華大學中國語文學系副教授，兼任數位文化中心主任、花蓮縣數位機會中心主任。

學歷：國立政治大學新聞系博士

經歷：

現任詩路主持人、國家中央通訊社董事、中華傳播學會理事，曾任乾坤詩刊總編輯、創世紀詩雜誌主編。著有詩集《旅次》，評論集《臺灣數位文學論》，編有《臺灣報導文學讀本》（與向陽合編）。曾獲國科會甲種獎助、中國文藝學會優秀青年詩人獎、詩運獎，創世紀詩刊詩獎、五四獎（青年文學獎）、中國文藝協會文藝獎章（文藝評論獎）。

黃美娥

現職：國立臺灣大學臺灣文學研究所教授。

學歷：輔仁大學中文系博士

經歷：

多年來從事臺灣文學研究與教學，著有《重層現代性鏡像：日治時代臺灣傳統文人的文化視域與文學想像》、《古典臺灣：文學史·詩社·作家論》，及其他相關論文數十篇；另更致力於臺灣文獻資料的搜尋、整理與建構，迄今出版有《張純甫全集》、《梅鶴齋吟草》、《日治時期臺北地區文學作品目錄》，合編者有《聽見樹林頭的詩歌聲》、《臺灣漢文通俗小說集一、二》，並主持文建會【臺灣史料集成】《清代臺灣方志彙刊》點校出版計畫，成果陸續印行中。曾獲巫永福文學評論獎、竹塹文學評論獎首獎。

董恕明

現職：國立臺東大學華語文學系助理教授。

學歷：東海大學中文研究所博士。

經歷：

專長「中國現當代文學」、「臺灣原住民文學」。相關著作有：《邊緣主體的建構——臺灣當代原住民文學研究》。《閱讀文學經典》（與周慶華老師、王萬象老師合著）。《邊緣書寫的多重實踐——東臺灣原住民作家書寫研究》（國科會計畫）。《紀念品》(創作)。

賴芳伶

現職：國立東華大學中國語文學系教授。

學歷：香港大學文學博士。

經歷：

著有《新詩典範的追求》（評論集）。學術論文：〈周作人的婦女關懷〉、〈《時光命題》暗藏的深邃繁複〉、〈有限的英雄主義無限的悲劇意識－楊牧<卻坐>與<失落的指環>〉、〈楊牧<近端午讀Eisenstein>的色/空拼貼〉、〈只要肯做，就有辦法彌補——論路寒袖的臺語詩歌寫作〉、〈淒厲唯美、迴環往復的慾望美學——試探廖鴻基《山海小城》的軸心與邊緣互涉〉、〈孤傲深隱與曖昧激情——試論《紅樓夢》與楊牧的<妙玉坐禪>〉、〈哀愁與智慧——杜十三詩的大悲咒〉、〈楊牧山水詩的深邃美〉、〈穿越邊界——廖鴻基流動的海洋書寫〉、〈異質、流動的地誌書寫——山海花蓮與吳瑩、葉覓覓、何亭慧的相互銘刻〉等。

閻鴻亞

現職：編劇、導演、詩人

學歷：國立臺北藝術大學戲劇系

經歷：

臺灣知名詩人、劇場及電影編導。曾任《表演藝術雜誌》、《現代詩》、《現在詩》主編，現為黑眼睛文化負責人。曾以《牯嶺街少年殺人事件》獲金馬獎最佳原著劇本，《人間喜劇》及《穿牆人》獲新聞局優良電影劇本獎。曾獲南瀛文學傑出獎、時報文學獎與聯合報文學獎之新詩首獎、時報文學獎小說評審獎、中國時報年度十大表演藝術獎。主編唐山出版社「當代經典劇作譯叢」二十冊、九歌出版社「中華現代文學大系：戲劇卷Ⅱ」。著有詩集《土製炸彈》、散文《過氣兒童樂園》、小說《灰掐》、論述《邁向總體藝術——歌劇革命一世紀》等。

前 言

◎須文蔚（國立東華大學中國語文學系副教授）

　　2006年秋天東華大學數位文化中心接受行政院文化建設委員會委託，規劃「台灣文學導讀數位學習課程內容設計及製作」方案，希望藉由數位科技，製作出一套線上教材。經過接近兩年的努力，線上課程10集影片，總計400分鐘，已經殺青。此外，包含台灣文學史、台灣文學經典作品解讀的系列講義、教案與影音都已經建構在網際網路上，可參見文建會藝學網，網址：http://learning.cca.gov.tw。在計畫告一段落前，能夠在國立台灣文學館的企畫下，和相映文化合作出版《文學@台灣》一書，把台灣文學悠久、紛繁、精彩的風華，精要地以多媒體書形式展現在書市，相信是台灣文學傳播歷史上，跨越最多媒體形式的教育推廣方案。

　　《文學@台灣》一書旨在介紹台灣文學的起源與發展，系統性介紹台灣文學史以及文類演變歷程。從早期原住民、荷西、鄭轄、清領、日治、民國以來，有關台灣文學作家、作品、史料等資訊，不論其所在地域、作家國籍、創作主題類別、使用語言等，凡是在台灣文學發展史上具影響力者，都在作者群關心的範圍內。尤其在台灣文學進入學院後，專業與分殊化的今天，我們邀請了賴芳伶、林淇瀁、黃美娥、封德屏、董恕明、陳建忠、范宜如、吳明益、郝譽翔、閻鴻亞、須文蔚等學者專家，共同撰寫，反映出多重史觀，由不同角度入手，這也是台灣文學研究環境最為珍貴的精神。

　　在結構的鋪排上，本書從台灣文學史與台灣文學經典作品解讀兩個角度著眼。在台灣文學史的介紹上，根據時代與文學流變，分為三

個時期加以介紹，分別為：

台灣古典文學：分為「山歌海舞人在傾吐——台灣原住民文學的起源與意涵」、「跨過黑水溝的漢文學——明清時期台灣古典文學」等二單元，旨在介紹早期原住民、荷西、鄭轄、清領乃至日據時代初期之台灣古典文學發展。

現代台灣文學：台灣新文學起源於1920年代，《台灣青年》創刊，自此進入現代文學時期，一直到1945年日本戰敗，台灣新文學從萌芽、成熟又受到日人皇民文學政策而受挫。在台灣現代文學史的範疇中，又可細分為「都是因為『現代』——日治時期台灣新舊文學論戰、通俗文學的萌芽與發展」、「在黑暗中點燈——二○、三○年代台灣左翼文學運動」、「殖民現代性的魅惑——三○年代以降現代主義與皇民文學湧現」等三單元。

當代台灣文學：1945年以降，台灣結束了日本的殖民統治，文學家面臨了全新的文學、政治與經濟情勢，進入當代文學時期。本書分就：「『橋』的銜接與斷裂——當代台灣文學史的首場論戰」、「戰火在文字裡燃燒——五○年代的反共戰鬥文學與現代主義的興起」、「橫的移植？——六○年代的現代主義文學」、「沒有鄉土，哪有文學？——七○年代的現代詩論戰與鄉土文學論戰」、「繁花似錦的文學年代——八○年代以降的台灣文學」等六單元。

誠如陳芳明教授所言，歷史原本就是一種連續體，並不可能切割得那麼整齊，任何分期的作法都不免失諸武斷，往往不能照顧到每一個時期文學類型、作家風格變化的風貌。因此在台灣文學史的介紹之外，本書分就台灣文學現代與當代兩個階段的文體、文類以及作品典律化的發展與過程，以文本為焦點，介紹台灣文學的發展實況。因此

分為五個軸線：

小說：分為「現代台灣小說」、「當代台灣小說」等二單元，旨在引導閱讀小說的典範性作品，探索小說藝術之奧秘，加深對小說形式與內涵之認識。

散文：分為「現代台灣散文」、「當代台灣散文」等二單元，旨在引導閱讀散文的典範性作品，讓讀者對散文有一概要的認知，並培養對散文的閱讀、批評能力。

詩：分為「台灣現代詩」、「當代台灣現代詩」等二單元，旨在培養對詩相關論題之認知，以期掌握現代詩之發展、流派、重要專家、創作理論及其他相關論題。

劇本：藉由「當代台灣現代戲劇」單元，培養對劇本相關論題之認知，建立對當代台灣戲劇之認識，由於本書沒有介紹日治時期戲劇的單元，本章同時擇要引介日治時期的作品與作家。

數位文學：藉由「當代數位文學」，本課程目標在於培養對當代台灣數位文學之認知，建立對科技與文學衝擊的新視野。

在書稿寫作的同時，作者群還同時規劃教學影片的製作，經過多次的會商，為了避免影片過於單調，決定採用專題報導的方式拍攝。在經費相當有限的情況下，還能延請到知名的紀錄片製作人王瓊文、導演林文龍、宋松齡與于欽慧、音樂製作人張耘之進入團隊，和編劇群陳沛琪、余欣娟、廖宏霖、黃翔、謝佳芳一起合作。在短短十個月的期間，寫作腳本、拍攝、錄音、配圖、剪輯與上字幕，能夠一氣呵成，全仰賴受訪學者呂正惠教授、陳芳明教授、孫大川教授、蔡文甫發行人、綠蒂理事長與詩人阿道‧巴辣夫的鼎力協助，顧問許俊雅、黃志輝、游勝冠、林勇成與張麗緣諸位老師的指導，工作團隊同仁黃

翔、陳柳妃、謝佳芳、吳雅淋和林芳儀的共同努力，以及《文訊》雜誌吳穎萍小姐協助蒐集與提供圖片，才能夠如期完成。

在「網路學院」專案期中報告時，文建會電算中心王揮雄組長肯定製作團隊的用心，另外提出推廣活動方案的創意，讓「台灣文學導讀數位學習課程內容設計及製作」方案跨出虛擬世界，得以再精緻剪輯成三輯電視播放用的節目影帶，同時促成了《文學@台灣》多媒體書的出版。尤其是本書企畫期間，國立台灣文學館館長鄭邦鎮，副館長游淑靜縝密的建議，專業的臺文館同仁陳偉隆、張信吉、簡弘毅、郭曉純、吳瑩真戮力協調與積極建議，以及相映文化總編輯李茶的高規格規劃，以及副總編徐僑珮帶領的編輯團隊胡文青、翁喆裕、曾揚華，為本書的編輯製作不辭勞苦，令人銘感五內。

《文學@台灣》是以台灣文學入門者為對象設計的多媒體書，在有限的篇幅內希望含括書寫台灣的不同族群、不同時代、不同文類的文學創作，自然不可能求其完備，每講之後附有進階閱讀書目，書中的DVD中更有影片、教案與數位化的自我評量，希望能提供教師教學使用上的便利，以及讀者自主學習之用。

期望在數位教學帶電的平台上，讓台灣文學能夠無遠弗屆地傳播出去，讓更多情迷美麗島的讀者，和作家與作品產生跨時空的交響和共鳴。

第1章　山歌海舞人在傾吐——
台灣原住民文學的起源與意涵

◎董恕明（國立臺東大學華語文學系 助理教授）

壹、引言：「存在」不一定被看見

　　對於一個始終「存在」的事物（狀態），我們為什麼「還要」認識它，就如同我們現在正說著的——臺灣文學。要處理前述疑義，最好的辦法便是走進這個「存在」之中，思考我們和它之間的關係，亦即：「臺灣文學」之於我們是舊識？是初逢？是驚鴻一瞥的鍾情？是回眸一笑的悵然？或者它什麼都不是，它不過就是一種環繞在「臺灣」這個地理、歷史、文化……情境脈絡下的文字書寫，近似一「Made in Taiwan」的文化創意產業。

　　當然，我們若把充滿「使命感」的臺灣文學，看作是在街頭販售的「手工藝品」，難保不會引來非議，但是仔細想想，在從事「手工藝」時那種獨特、素樸、執著與專注的過程，又何嘗不可是「臺灣文學」現身的姿態之一？換言之，認識「臺灣文學」即使真需要具備什麼特異功能，也首先會是期待人能夠回返自身，去「經驗」作為一個人在生活、思想、情感與想像世界中最細緻豐富的可能。尤其面對一種「『存在』不一定被看見」的處境時，從知識的角度拆解固然重要，但更需要一理解的同情，方能讓我們看見的「存在」，成為自省而非傾軋的力量。

　　在此單元，我們會先取道「臺灣原住民文學」走入「臺灣文學」的版圖，前者「出土」的境遇，該一定程度預示了後者自我表白的艱

難。也正因為如此，生長在「臺灣文學」這塊田地裡的花花草草，才最有機會在「我與他者」的折衝、溝通與對話間「和而不同」共存共榮。

貳、何謂原住民文學？

「原住民族」根據聯合國169號公約中的定義是：主流社會或現在的統治者尚未移入時，就已經先居住者。從這個脈絡檢視臺灣原住民的經歷，他們分別和下列「異族」有或深或淺的交往，如：荷蘭人（1624-1661）、西班牙人（1626-1642）、清朝滿人

十七世紀基隆社寮島一帶版畫／胡南提供

（1661-1895）、漢人（十七世紀移入的福佬和客家人、1945年後隨國民政府遷臺的「外省人」）、日本人（1895～1945）等。原住民在接受各種先來後到者隔離、驅趕、分類、馴化、教化、同化……的際遇，從「存在」而不被「看見」，到「看見」而被紀錄、書寫的經過，應是臺灣這塊土地上各種族群往來互動的重要縮影。

　　一般而言，對於臺灣原住民文學的定義，主要有三種講法，即：身分說、題材說和語言說。身分說強調的雖是作者的「原住民」身分，卻不必然指涉具有原住民身分作家寫作的實質內容為何；題材說則是不拘作者身分，其書寫凡與原住民事物相關者，皆歸屬在「原住民文學」之列；語言說即是要以自己的母語從事寫作，才能展現「原住民文學」的主體性。上述三個說法在立意上或有偏重，但最終都環繞在說出——我是誰，以及選擇用什麼方式表述的問題。而這些議題所產生的意義，特別是到了八〇年代，一批以漢語寫作的原住民作家書寫興起以後，即很具體的讓我們看到了他們的實踐和成果。

參、口傳與他者代言的原住民書寫

　　原住民各族沒有屬於自己的文字是實情，但並不代表他們沒有表達自己民族情感、生命經驗、社會慣習、文化傳統與審美想像的途徑，這從原住民族發達的口傳文學與樂舞祭儀中的歌謠誦辭，可略知梗概。正是這些屬於原住民文學中的「古典」，一方面傳遞了自己民族的經驗，另一方面，在某種程度上，也相對突顯了他族所撰寫的史料、文獻、民族誌與創作中「原住民」（蕃人）形象的意義。以下即分別從（一）原住民族口傳文學；（二）他者代言的原住民族書寫，說明在當代臺灣原住民文學尚未「成形」之前的原住民書寫概況。

一、原住民族口傳文學

原住民族在沒有文字書寫記錄的情況下，前人的訓示與智慧仰賴的是口耳相傳與身體力行。特別是口傳文學中的神話、傳說、故事、諺語，到樂舞祭儀中的歌謠禱辭，無疑為當時以及後人在參與和建構傳統時，提供了重要的養分。族人在生活與祭儀中接受規範與訓練的同時，族群的歷史、文化、教養……即成為有形與無形的力量，形塑了個人與民族的樣貌。

舉凡認識宇宙萬物、述說民族起源、表彰模範、禁忌提示、動物寓言……等，都是口傳文學中重要的主題，如：鄒族學者浦忠成從佳里村採集來的鄒族「射月亮」神話，能讓我們一窺這群來自玉山子民對「天地奧秘」的一種詮釋。

很久以前天空是很低的，太陽和月亮的光線非常炎熱。月亮是男的，而太陽是女的；月亮的光線比太陽的光線還更強烈。人們在太陽升起的時候，還敢背著木板出門；等月亮升起來的時候，大家只好躲在家裡，伏臥在床上喘息，這樣日夜不分，夫妻也不能親近，只有等候沒有人看見的時候，匆匆的交合。

有一天，有伊弗（巫師）說：「如果一直這樣下去，總有一天我們會絕種，乾脆殺死月亮。」於是他就帶著弓箭去射月亮。箭正好射中月亮的肚子，它的血滴落到地上，大地的顏色都改變了；……使世界成為一片黑暗；有伊弗便砍伐了山中的樹木，燃燒用以照亮黑暗的大地。等到樹木砍伐完了，只好拆毀房屋，劈開木臼，當作木柴燒，大家都非常煩惱。

有一天，太陽在東邊稍稍升起，但是又很快的落回東邊；以後

它又每天上升一點點，總算升到天空中央。以後它又上升，到了天空中央，稍微斜向西邊，便突然落向西方；……。從前的月亮是經常盈滿的，現在要等一個月才能看見它原來的面貌。

「射月亮」的神話故事，對多數漢人而言，或許很陌生，但在這個神話裡，對於天地初生的狀態、人類生命的繁衍、人（巫師）在自然中的能（神／靈）力、日夜交替定序……等，都展現了先民的觀察與思考。至於漢人更熟悉的「射日」神話傳說，在達悟、賽夏、布農、魯凱、排灣等族亦多有記載，可見人對天地之間基本的自然元素，即便在敘事傳述的過程中，會有角色、事件、情節、結構、衝突、思想、情感、主題……的繁簡輕重之別，但人想透過神話傳說故事，為萬物以及人在宇宙中的定位探尋可能的說解，應是人類共通想像的落實與發揚。

再如霍斯陸曼‧伐伐改寫布農族傳說故事的〈「布農」花開〉，說的雖是「布農族」的來歷，當更能讓我們體會到作為一個人的「出現」，原是含藏天地豐美的賜予：

溫暖的陽光灑滿了美麗的大地，柔順的風徐徐吹向廣大的草原，野草在風中輕輕的跳舞，河流以

日治時期所攝阿美族祈禱師（祭師）／胡南提供

輕巧的步伐走向大海，蔚藍的天空安祥的俯視著大地，四周顯得好
安靜，好安靜。……蘆葦花瓣藏了一隻小蟲，東張西望的離開了花
瓣，在陽光的孕育和大地的滋潤下，小蟲慢慢的變形，變成一個強
壯、高大的男孩。當萬物的花草、野獸看到男孩子的時候，都驚訝
著喊著「布農！布農！」……

敘述者將萬物擬人化，或根本就視萬物皆有靈，進而將人「自然
化」，因此「人」可以是蟲變的，在其他部落也可能是石生、卵生、
竹生的。故事把人放回天地萬物之間，不必非「首出萬物」才能顯出
人的尊貴，所以百步蛇是布農族人的好朋友，飛魚是天神賜與達悟族
人珍貴的禮物，卑南族有「美少女為公鹿殉情」等，就在這些人與萬
物分享分擔的故事中，人與自然才真是在進退有據自由自在的狀態下
互動與交往。

二、他者代言的原住民族書寫

《熱蘭遮城日誌》書影／台文館提供

在口傳文學的脈絡中原住民的
現身，自有一清晰飽滿的姿態，他們
的情感、想像、習性、舉止，都有
一套「自己的」想法與講法。一旦轉
進到他者紀錄的文獻、史料以至創作
中描繪出的原住民形象，又有不同的
光景，頗值得讓後人從不同的族群文
化、社會位階和歷史處境中來思考前
人的觀察與敘述。

在距今四百年前荷蘭人來到臺灣，並且與臺灣的原住民族有了相當的互動，不妨讀一段在江樹生譯註之《熱蘭遮城日誌》（第二冊）中，荷蘭中士Christiaen Smalbach於卑南社所寫日誌（1643）裏的描述：

> 4月7日。晚上，上述Angith又來到我這裡，告訴我，有三個知本社的人來到這村舍外面，他們因為很害怕會被殺死，所以不敢進來。因此我派幾個荷蘭人協同翻譯員Anthonie去那裡把他們帶進來。來到我這裡以後，問他們，要來做什麼。他們回答說，希望能再跟荷蘭政府締和，俾免因受到卑南人和太麻里人經常的攻擊而死亡，剩下的人因飢餓而死亡；只要我給他們一塊地居住，即使是在卑南社和太麻里社之下，住在知本溪旁也好，他們要在那裡建造房屋，情願做公司要他們做的一切事情。……我告訴他們，關於向我請求要取得和平和以前的自由，我沒有這種權力，那是我們議長閣下的權力，因此我不能把和平與以前的自由許給他們，不過因為我很認識他閣下一向公正仁慈，不愛流血的事情，喜歡看到所有的人都和平相處，超過喜歡看到互相打戰。所以這次我來負責，在知本溪旁給他們指定一個住處，條件是，他們必須和平地，當作公司的奴隸繼續住在那裡，直到他閣下從大員有命令來指示要如何對待他們。

從以上所引據的文字中，我們很容易看到，紀錄者的態度是謹守個人的職份，「恩威並施」的對待「來訪者」（原住民）。他傾聽他們的要求，安撫他們情緒的同時，也毫不留餘地的「指陳」他們的

反抗與不合作,進而要求原住民必須當作荷蘭東印度公司的奴隸繼續住在那裡。單單從這些抽繹出來的片斷文字,我們實不難體會「擁權者」無論是先來後到,處在什麼條件底下的歷史情境,原則上,人對「非我族類」的種種區辨、命名、協商、勸誘、感召、威逼……,或有用心程度精粗之分,實無古今中外之別。

而由被紀錄者的立場觀之,在他者的目光裡的確不少出於歷史、文化、社會……小至個人大至民族之間的「盲見」、「偏見」與「不見」,這種在當時無從覺察的「真實」,從荷蘭中士列舉原住民的抵抗中即可見到。不論是遷徙、勞役、服從領導,這些都是原住民無權置喙的「莫名所以」,卻是擁權者自視的「理所當然」。就在這些由他者留下的記憶碎片中,原住民的身影有機會被「歷史」(文字)猛然攫住,乍然現身。在文中,原住民一樣必須為了實際的生存問題,為處理民族內部不同部落間的衝突與征伐,付出代價。而此時的「異族」荷蘭人,反倒成為他們求助的對象,即便是要與之妥協認錯,甚至接受「無理」的對待,仍覺得「非常滿意」與「非常感謝」。

1724-1727年間,荷蘭人統治下的臺灣地圖
／胡南提供

在十七世紀荷蘭中士的筆下,我們一瞥他所紀錄的原住民剪影,1661年4月30日鄭成功登陸臺灣,結束了荷蘭人在臺灣三十八年的統治,進入明鄭的「理番」時期,其中對原住民影響甚鉅的政策是諸鎮屯田之法、僕社之稅與綏靖的實施。這些先後抵臺的統治者,在鞏固與擴

張自己勢力的同時，即是持續與加強了一種無視「在地者」以自己的方式存在的事實。如江日昇《臺灣外記》中即提到土番（原住民）在1682年（康熙21年）激烈反抗鄭氏的情形：

> 康熙21年（永曆36年）3月，雞籠山因有重兵鎮守，故起沿途土番，繫送糧食，土番素不能挑，悉是背負頭頂。軍令繁難，不論老幼男婦，咸出供役，以致失時。況土番計口耕種，家無餘蓄，而枵腹趨公，情已不堪。又遭督運鞭撻，遂相率殺各社通事，搶奪糧餉，竹塹新港等社，皆應之。鄭克塽聞報，詢馮錫范，范舉其左協理陳絳，督率將士與宣毅前鎮葉明，右武尉左協廖進等，督兵征剿。但土番情形輕挑，男婦成行，所用鏢鎗而已。各社各黨，無專主之人約束，故不敢大敵，只於夜間如蛇行偷營沖突，一聞進剿，各挈家遁入深山。官吏洪磊啟陳，其略曰：「土番之變，情出無奈，苟專用威，則深山藏匿，難搗其巢穴，當柔以惠，則懷德遠來，善撫而駕馭之。況當邦家有事之秋，豈宜震動？伏冀遣員撫之云」。

這一段文字的敘說，雖無法全面涵括當時人物生活、行動、抉擇的樣貌，但卻很具體的傳達了土番（原住民）與統治者的互動：能逆來順受者，終也有忍無可忍之時。更何況原住民族為他族生死存亡服役效力之舉，不單只發生在三、四百年前的歷史中，在二次大戰1942至1944年間，也有由原住民青年被徵召組成的「高砂義勇隊」，前後共八個梯次，約四千兩百餘人，遠赴南太平洋戰場為日本作戰；1949年，國共分裂，國民黨撤退來臺，在1958年參加「八二三炮戰」的原

住民亦不乏其人。這一路下來原住民出於自願或非自願的服務犧牲從來不少，只是書寫者未必會自覺的意識到「他們」也是有血有肉有情感有思想，需要被尊重、理解與致敬的「人」。

康熙22年（1683）施琅征臺，消滅鄭氏抗清復明的勢力，隔年將臺灣收入清版圖，設臺灣府隸屬於福建省，下設臺灣、鳳山、諸羅三縣，此時的清朝政府對臺灣並無積極經營發展之意，一直到同治13年（1874）日軍犯臺，由沈葆楨負責主持臺防，規劃善後，清廷方依其開山撫番之議，在光緒元年（1875）放寬渡臺與進入蕃地的限制，自此漢人勢力逐步從西部平原轉進到東部的開發。雖說清廷早期對臺灣的治理頗消極，但人員的往來卻始終未曾間斷，如1697年農曆正月至十月，福建省府幕客郁永河因代官府採集硫礦抵臺，便將其在臺的見聞寫成《裨海紀遊》，對於當時的番社（原住民）生活與風俗

清康熙年間原住民風俗圖／胡南提供

習慣亦多有描寫：

日治時期日本人類學家所記錄已遷徙至旗山的屏東實
來平埔族，可看出漢化已深／胡南提供

　　諸羅、鳳山無民，
所隸皆土著番人。番有
土番、野番之別：野番
在深山中，疊嶂如屏，
連峰插漢，深林密箐，
仰不見天，棘刺藤蘿，
舉足觸礙，蓋自洪荒以
來，斧斤所未入，野番生其中，巢居穴處，血飲毛茹者，種類實
繁，其升高陟巔越箐度莽之捷，可以追驚猿，逐駭獸，平地諸番橫
畏之，無敢入其境者。而野番恃其獷悍，時出剽掠，焚盧殺人；已
復歸其巢，莫能向邇。其殺人輒取首去，歸而熟之，剔取髑髏，加
以丹堊，置之當戶，同類視其室髑髏多者推為雄，如夢如醉，不知
向化，真禽獸耳！譬如虎豹，遭之則噬；蛇虺，攖之則螫；苟不近
其穴，彼無肆毒之心，亦聽其自生自檎於雨露中耳。

　　這位具有冒險犯難精神的作者郁永河，在十七世紀所刻畫的「番
人」形象，對如今會說「文化沒有好壞，只有異同」的現代人而言，
仍不免是再次提醒眾人：對「異文化」所生的偏見，非於今猶烈，而
是自古已然？原住民在當時無法以「文字」表述自己是一回事，不過
擁有文字的漢人真正看到、發現、體會到了什麼，或又是另一回事。

　　時光悠悠二百餘年後，在1933年日本地理學者田中薰〈南湖大山
冰河遺跡探查紀行〉裏，他這樣寫道：

……從森林那邊傳來一群人談話聲。仔細一看，原來是蕃人婦女。她們穿著黑底夾織紅毛線的上衣，上面套著一個繡著白色鈕扣飾物的胸兜。小腿裹著護腳布，上面繫著粉紅色絲線作為裝飾。蕃女個個漂亮，可惜由於赤腳走路，她們的大腳趾都向外張開，我看到小石頭夾在指縫之間的畫面，不禁大感惋惜。蕃女揹著大藤籠，另用一調揹帶繞到額頭上以減輕負重。藤籠裡裝滿芋頭，正要帶到駐在所去賣。她們是來自東方大濁水溪上游最深入的比亞毫社（Pyahau），要去的地方正好跟我們相反。……我注意到站在人群最後，有一個相貌特別出眾的，她有著高挺的鼻樑與一雙大眼睛，豐滿的嘴唇有漂亮的線條，是典型的蕃地美女。其他的蕃女雖然可愛，但是這個美貌的蕃女，另有一種高貴的氣質，我不禁看呆了。我答應把照片寄給她們，所以請她們留下名字。穿浴衣的名字叫Yabun Nawui，而美貌的叫做Yabun Ohma。以後，我再也沒有遇見過這麼漂亮的蕃女。

日人類學家眼中的太魯閣族美女／胡南提供

從這段敘述者對山林間偶遇的原住民女性（蕃女）在穿著打扮、神情樣貌、談吐進退……中的細節描寫看來，人對「美」，特別是在「異文化」中表現出來對於美的觀察

和想像，是否始終有一種跨越時空的吸引力？敘述者在描繪人我互動的過程中，一方面發現到原住民女性和平地女性（漢人女性／駐在所巡察太太（或日本女性）？）的「愛趕流行」，似乎沒有什麼民族上的區別，倒是他個人對原住民女性赤腳走路，在向外張開的大腳指指縫間夾著小石頭的印象，也無意間透露出了某種檢視的「底限」。

從他者的角度所觀察、紀錄、描寫的「原住民形象」具有多大程度的代表性，讀者大可質疑，但也正如本文嘗試透過從原住民文學自我建構的例子，來說明「臺灣文學」形塑自身的過程一樣，兩者都很在意要說出「我是誰」，並且「這個我」斷不是無中生有憑空而來。原住民沒有屬於自己的文字，無法為族群的存在，留下「第一人稱第一手」的書寫紀錄，確是實情，但即便如此，或許更能讓我們換個角度，換個方式，甚至是換個態度來認識自己與他人。

我們若能在這些被視作「非常人」的原住民身上，意識到這種屬於「一般人」的「人情之常」，方能對屬於「某個（群）人」的「特殊性」，如所謂的「臺灣人的主體性」有比較深刻的體會。特別是從原住民在他者眼中被觀看的經驗，置放在臺灣文學自創的品牌形象中，便是不時的在提醒我們，能誠實面對尋常人的有限，才可能讓不同族群中人有「真的相遇」。

肆、結語——和而不同，相看兩不厭

從認識臺灣原住民文學，進而體會在臺灣這座島嶼上，不同族群的往來互動，只是走進臺灣文學的一小步，卻也是臺灣原住民族在臺灣歷史中「缺席」數百年後出土的一點貢獻，貢獻於島上之人，在思索各自的歷史際遇時，如何能不再無視這羣封塵在歷史卻獻身於生活

中的「番人」，包括面對「生番殺人」這類「非理性」的行為。在森
丑之助《生蕃行腳》中，他提到自己的朋友死於番人之手的想法：

> 我的朋友槇寺佐市君夫婦和小孩，全家在力里社內被叛亂的力
> 里社番人所虐殺。假如槇寺君一家人繼續在薏芒社駐在所，則可以
> 避過禍災，可惜，叛亂發生前，亦即大正三年三月，他已被調到力
> 里社駐在所。假如他在力里社住過一段很長的時間，番人應該會知
> 道他的為人，即使發生叛亂事件，也應該化險為夷。想起朋友不幸
> 的遭遇，我極為痛惜、難過。
>
> 假定我們平心靜氣分析這一件不幸事件的真正起因，會發現我
> 們沒有立場譴責暴行、追究兇犯，只能悲傷為什麼理蕃政策的推
> 行，會導致如此可悲的結果。

森丑之助先生在1924年寫下的這些話，有沒有機會讓我們發現
在不同主體的「存在」當中，始終存在著需要相互容忍、同情、關懷
與體諒的人情之常？原住民經過這四百多年來與各族群間的衝撞與摩
合，除了讓我們認識彼此的差異與界限，更教導我們怎麼能夠以及為
什麼需要在這座島嶼上，學習過一種和而不同，相看兩不厭的生活。

📖 延伸閱讀〰️

・葉石濤：《臺灣文學史綱》（高雄：文學界雜誌社，1987年初版）。
・林太、李文甦、林聖賢合著：《走過時空的月亮》（臺中：晨星，1998年初版）。
・李福清：《從神話到鬼話──臺灣原住民神話故事比較研究》（臺中：晨星，1998年初版）。
・浦忠成：《被遺忘的聖域──原住民神話、歷史與文學的追溯》（臺北：五南，2007年）。
・黃叔璥：《臺海使槎錄》，臺灣文獻史料叢刊。
・鳥居龍藏原著，楊南郡譯註：《探險臺灣》（臺北：遠流，1996年初版）。

第2章　跨過黑水溝的漢文學──
明清時期台灣古典文學

◎黃美娥（國立臺灣大學臺灣文學研究所 教授）

壹、明鄭時期

　　臺灣的古典文學，本就是漢文學的產物，其興起自與漢人／漢文化攸關，明鄭時代便是最重要的源頭。

　　1661年，鄭成功驅逐荷蘭人，改臺灣為東都，王制的建立開始有了基礎，但天不假年，次年猝亡。1664年，鄭經由大陸撤守來臺，百政興緒，接受陳永華建聖廟、立學校以教子弟的建議，遂使漢文化及漢學在臺灣奠下根基。而在文學上，延平二王、寧靖王朱術桂，以及隨成功父子來臺的徐孚遠、王忠孝、辜朝薦、李茂春……等，再加上久寓臺島的沈光文，他們由於群聚避難之故，有了相濡以沫，唱酬慰藉的機會，就在這種充滿遺民悲嘆的哀調中，合力開啟了明鄭時期在臺灣的文學序幕。

一、明鄭在臺文學梗概

　　在上述故臣文士中，今日所可見之相關詩文集，如鄭氏父子之《延平二王遺集》、鄭經《東壁樓集》、王忠孝《王忠孝公集》、徐孚遠《釣璜堂存稿》、沈光文《沈光文斯菴先生專集》；此外，未隨鄭氏來臺的張蒼水、盧若騰，也存有若干與臺灣相關的詩作。考察這些作品的內容，或言亡國之愴傷，或感清人之壓迫，或述退居臺島之無奈，在在充滿激處之氣，聞之令人心傷。因此，明鄭時期在臺的文

學風格大抵是陰鬱而激昂，沉痛而悲傷。其中尤值一提的是，鄭氏父子及寧靖王朱術桂所帶頭激起的忠毅自持、不屈不撓、誓驅異族的強烈反抗性格，更為明鄭在臺文學掀起最為激昂壯烈的一頁，如：

> 開闢荊榛逐荷夷，十年始克復先基。田橫尚有三千客，茹苦間
> 關不忍離。（鄭成功〈復臺〉）

> 王氣中元盡，衣冠海外流。雄圖終未已，日日整戈矛。（鄭經
> 〈滿酋使來，有不登岸、不易服之說，憤而賦之〉）

> 艱辛避海外，總為幾根髮。於今事畢矣，不復採薇蕨。（朱術
> 桂〈絕命詞〉）

簡短的詩句中，分別呈顯了鄭成功開拓臺灣，企圖以小博大的勇力與志氣；鄭經立足臺灣，堅不稱臣降服的傲骨精神；以及朱術桂盡心無愧，死於臺灣的守節表現。字裡行間，凝聚了無比澎湃的昂揚熱血，這是鄭氏在臺文學的高潮，更是亂世中「時窮節乃現」的最佳政治隱喻，往後也成為臺灣文學史上不斷被歌詠的主題。

　　除了反抗異族的抗爭性格外，鄭氏在臺文學有關「臺灣」意象的書寫變化情形，也值得關注。就地理空間的書寫言，盧若騰，雖不曾踏上臺灣本島，但為表達反對鄭成功取臺作為反清復明基地，其在《島噫詩・長蛇篇》中將臺灣想像為長蛇之窟，警告眾人不可來臺。而《留庵詩文集・東都行》則更進一步指出臺灣，從地理、人情來看，確是野蠻而未開化之所。相對地，已有寓臺經驗的文人們，多少

則能寫出「發現臺灣」的樂趣與「適應臺灣」的熱誠，甚而是「改造臺灣」的企盼，如王忠孝〈東寧風土沃美急需開濟詩勗同人〉、徐孚遠〈東寧詠〉之作。

不過，在多半時刻，他們在看待臺灣風土時，大抵仍如沈光文一般以中土之眼觀察臺灣之物，終屬過客心態。即如沈氏詠物詩作，他描寫臺灣土生的水果時，雖以為各有巧妙可愛之處，但或不及中土所產，或者動念要移植回中原，甚至以〈釋迦果〉「端為上林栽未得，只應海島作安身」來自況處境，片言隻語間，流瀉濃鬱的鄉愁。

二、臺灣意象與鄭成功書寫

有趣的是，相較於地理空間論述上的微不足道，在政治論述的系統中，臺灣卻以其作為一個充滿能量的反抗異族據點，而有著巨大的身影。就以前引鄭成功、鄭經、朱術桂三首詩來看，篇幅雖小，卻宛如鄭氏王朝的時代縮影，從開拓臺灣、立足臺灣到死於臺灣的心境，一一俱現，詩中浮顯的不只是眾人抵死不從的剛烈之氣，更勾勒了臺灣在政治上的新空間意涵，開啟了時人看待臺灣政治角色的新視角。

大抵，鄭氏時期對「臺灣」的描寫，紹啟了歷代「臺灣意象」的經營與塑造，而隨著鄭氏王朝的結束，「鄭成功」其人其事也成為臺灣文學史上經常出現的文學符號。在清領初期，論及鄭成功形象，則往往是殘暴寡恩、洵非善類的批判。但不到十年，江日昇小說《臺灣外記》，對於鄭成功卻有了不同評價，小說裡以大魚跳躍感生異象及騎鯨而逝傳說，塑造其神格的海國英雄形象。何以短短時間內會有此巨大轉變呢？此當與明鄭降清後，清朝政府努力修補、銜承明鄭在臺歷史的企圖有關。

進入日治時代，有關「鄭成功書寫」更屬高峰，洪棄生、施士洁、許南英、林癡仙、林幼春、林仲衡、林爾嘉、林小眉……等都有存作，大抵成為臺人世變滄桑之嘆及追思故國的寄託象徵，或者作為反抗異族之隱喻。至於日人部分，也不乏以鄭成功為書寫對象者，如宮崎來城、館森鴻、關口隆正、山口透、安永參、鹿島櫻巷、稻垣其外、金關丈夫……等，從中可見「日本性」、「大和魂」的闡揚。

江日昇小說《臺灣外記》對鄭成功形象描寫與評價，與清領臺灣初期截然不同。圖為復刻書影

日人對鄭成功的書寫多肇因於鄭氏的日籍母親血統。圖為後人想像中的鄭成功肖像／胡南提供

三、重要作家舉隅

至於明鄭時期，較為重要的作家，當屬鄭經與沈光文。前者因近年發現在臺之作《東壁樓集》而受到矚目，後者則早被視為「海東文獻初祖」而聲名歷久不衰。

（一）鄭經

鄭經（1642-1681），字式天，號賢之，在臺期間，撰有《東壁樓集》，主要發抒「西方美人之思」，寓含憂國、思君之意，作品成於1664年至1674年間。全集八卷，約四百八十首詩，詩

歌數量較諸當時其他在臺作家為多，甚至超過沈光文相關詩作，意義非常。其次，詩集言情寫志，充分流露鄭經在臺時的所思所想，有助吾人掌握其治臺與抗清事功外的情性面向。

收錄鄭成功、鄭經父子詩作之
《延平二王遺集》復刻書影

當時，鄭經在臺築有潛苑，自號潛苑主人，又有東壁樓之設，因此詩集亦取名《東壁樓集》。詩集中存有歌舞歡鬧生活的實錄，此與鄭經流連風月的刻板印象相近；但，笑語喧嘩、酒酣耳熱的景象並非主調，多數時候鄭經憂慮軍務時政，對西征懷有大志，集中存有多首與軍旅相關作品，如〈悲中原未復〉誓言掃蕩清人；〈不寐〉則表達天下未靖，難以入眠的焦急不安。而其作品中經常出現「孤」、「獨」二字或相關意象，鬱鬱寡歡之心緒，尤其令人印象深刻，耐人玩味。

《延平二王集》內文局部書影

（二）沈光文

沈光文（1612-1688），字文開，號斯菴，浙江鄞縣人，1651年因颶風飄至臺灣，1688年卒，終生寓居海島三十餘載，在臺所撰詩文不少。

有關沈光文在臺的創作表現，在詩歌方面，去國懷鄉是常見的主

題，如〈思歸〉中清楚呈現了
多年來流落異域的孤寂落寞；
〈言憂〉一詩則表達其對故國命
運的無限牽掛與憂慮。而更多的
時刻，沈氏在與飢餓搏鬥，與貧
窮相抗，〈柬曾則通借米〉即
為最佳例證，「貧」、「窮」、
「餓」、「饑」是詩中常見字
眼。而除了個人詠懷詩歌外，沈
光文尚有記述臺灣民情風物的作
品，如〈番橘〉、〈番柑〉、
〈釋迦果〉……等，涵蓋臺灣
地理、山水、果木、風土，頗

1651年因颶風飄至臺灣的流寓詩人沈光文
畫像／台文館提供

能呈顯當時臺灣的各種景象。至於在文章方面，目前所見僅有〈臺灣
賦〉、〈臺灣輿圖考〉、〈東吟社序〉、〈平臺灣序〉四篇。其中，
〈臺灣賦〉以臺灣為對象進行書寫，內容介紹臺灣早期歷史、各地地
理環境與地景、農礦物產、風俗民情……等，是後代作臺灣賦者如林
謙光、高拱乾、張從政、陳輝等之藍本。

貳、清領時期

一、康雍時期

　　1683年，鄭克塽降清，次年，臺灣正式納入中國版圖，隸屬福建
布政司管轄，以東寧為臺灣府，設臺灣、鳳山、諸羅三縣。此時期臺
灣文學屬於草萊初闢，主要文學活動者還是清廷派來的流宦官員與寓

臺文人，他們或是透過儒學、縣學、書院、義學進行漢文化的傳播，或是致力於地方志編纂藝文志。而對臺灣文學影響較大者，則是其人來臺閱歷的書寫，如1684年擔任諸羅縣令的季麒光，其相關作品，可見《蓉洲文稿》；1692年任分巡臺廈兵備道兼理學政的高拱乾，編纂《臺灣府志》，並首開臺灣八景詩書寫風氣。1697年，郁永河來臺採集硫磺，後寫就《裨海紀遊》；孫元衡，1705年至1708年間任海防同知，著有《赤嵌集》；陳夢林於1716年編《諸羅縣志》，另著有《紀遊草》、《遊臺詩》、《臺灣後遊草》；藍鼎元因朱一貴事件來臺，著有《平臺記略》、《東征集》；黃叔璥，1722年來任第一任巡臺御史，著《臺海使槎錄》；夏之芳，1728年來任巡臺御史，編輯臺灣最早之試牘作品集《海天玉尺編》……等。

　　在上述作品中，郁永河《裨海紀遊》，歷來評價頗高，是臺灣文學史上重要著作。內容涵括臺灣歷史的建構、原住民論述、風俗物產、黑水溝航海險象，及陸地景象的描述，通篇大抵出於清朝帝國本位及漢文化為上的觀察視角；而其相關臺灣書寫的主要方向，日後也成為清代流寓文人的參考原型。另，由於該書內容豐富，且是清朝統治臺灣初期的踏查之作，因此深深吸引後來日治時期來臺日人的注意。如伊能嘉矩在《臺灣慣習記事》中撰文評介；諸田維光發行的《南瀛遺珠》叢書中，特就本書予以譯注；臺北帝國大學校長幣原坦也在《愛書》上撰文介紹；西川滿則將其改寫為小說〈採硫記〉。戰後迄今，葉石濤、馬以工、蔣勳、顏金良等人均曾進行改寫創作，可知此書之影響力。

　　其次，1705年至1708年擔任臺灣海防同知的孫元衡，在臺所寫之詩集《赤嵌集》，集中歌詠山川、風俗、民物，頗令時人耳目一

新，尤其臺灣草、木、鳥、獸之記錄，多係前人所未知。再者，1722
年至1724年間擔任第一任巡臺御史的黃叔璥，其《臺海使槎錄》也
值得注意，該書內容包括《赤嵌筆談》、《番俗六考》、《番俗雜
記》，其中尤以平埔族文化之記載最具特色，從中可見平埔族人遭受
外力壓迫及漢文化衝擊的困境。此書與郁永河《裨海紀遊》，被黃得
時譽為清代隨筆雙璧。

　　綜上可以發現，清初流寓文人或官員，面對臺灣此一新收附的領
地，有著無比的好奇與探究慾望，他們微觀凝視原住民的一舉一動，
描述原住民獨特奇風異俗，充滿異國情調的書寫；而有關黑水溝驚濤
駭浪情景的描摹紀錄，以及島內急流湍險的涉難經過，則在再現橫渡
臺灣海洋、河川的冒險歷程中，凸顯了清代大陸文人客臺時既驚又奇
的心境。此外，1692年至1695年間任分巡臺灣兵備道的高拱乾，選擇
〈安平晚渡〉、〈沙崑漁火〉、〈鹿耳春潮〉、〈雞籠積雪〉、〈東
溟曉日〉、〈西嶼落霞〉、〈澄臺觀
海〉、〈斐亭聽濤〉等臺灣府八處景
觀，撰詩歌詠，連橫以為是臺灣八景
詩寫作的先驅。

　　相較於上述清初流寓文人的文
學表現，康熙、雍正時期本土文人數
目鮮少，大抵出身科舉社群，如舉人
王璋（臺灣縣人）、貢生張讚緒（臺
灣縣人）、郭必捷（臺灣縣人）、陳
文達（臺灣縣人）、廩膳生李欽文
（鳳山縣人）、廩膳生陳慧（諸羅縣

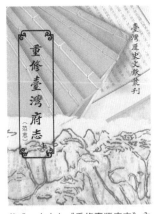

范咸、六十七《重修臺灣府志》內
有臺郡八景圖

人）……等；其人作品，目前所見均屬散篇，保存於方志的藝文志中，多數為八景詩，顯見此時期之臺灣文學，仍屬荒蕪待墾階段。

除了作家個人撰作有所表現外，文人集體活動也已產生，「東吟社」是目前文學史上所認定的第一個臺灣詩社。關於「東吟社」，依據沈光文〈東吟社序〉所述，其在1683年至1684年間，曾與趙蒼直等人合組詩社，初名為「福臺閒詠」，乃合省郡之名而言；1684年，諸羅縣令季麒光加入詩社，並改易為「東吟社」。關於社名，沈光文寄寓「曩謝太傅山以東重，茲社寧不以東著乎？」之意，暗喻東吟社的社運，將如謝安隱居東山而後得抒大志一般，可以輝煌騰達；而季麒光強調以「東」命名是為了紀念在中國東南方的化外之土臺灣，終於成為清國領地之故，更可見其政治意涵。

二、乾嘉至同光時期

乾隆、嘉慶到同治、光緒時期，是臺灣本土文人紛起的重要階段，光緒年間更達高峰。其中南部文人，在乾嘉時期已有個人詩文集出現，如章甫，1816年由門生刻印《半崧集》；中部文人，以彰化陳肇興在同治年間刊行的《陶村詩稿》為最早；北部文人，以新竹鄭用錫《北郭園全集》最早付梓，時在同治九年（1870）。藉由詩文集出版的情形，可以發現，歷經明鄭及清康雍時期的萌芽紮根後，臺灣古典文學逐漸茁壯，文學版圖在區域上，由南向北、由西向東擴展，從前期侷限於南臺灣的文學活動，逐漸進展到全臺，各地文學園圃終能開花結果。

不僅本土文人具有獨立創作與出版作品的能力，道咸以後，頗多更躍升為當地文壇領導人物，得以改變前期流寓文人為主的文壇生態

環境，得從文壇邊緣位置向中心靠攏，卒而獲致主要掌控權。這種現象的轉變，才是清代臺灣文學茁壯成長的關鍵所在。

　　此一時期本土文人數量頗多，著作亦夥，重要者，除前述者外，南部如黃佺《草廬詩集》、《東寧遊草》、施瓊芳《石蘭山館遺稿》，而施士洁《後蘇龕詩文集》及許南英《窺園留草》亦有部分清領時期之創作……；中部則有丘逢甲《柏莊詩草》、呂氏兄弟（呂汝玉、呂汝修、呂汝成）《海東三鳳集》、吳德功《瑞桃齋詩稿》上卷、洪棄生《謔蹻集》……；北部如鄭用鑑《靜遠堂詩文鈔》、林占梅《潛園琴餘草》、陳維英《偷閒錄》、《太古巢聯集》、黃敬《觀潮齋詩集》、曹敬《曹敬詩文略集》……；東部如李望洋《西行吟草》、林拱辰《林拱辰先生詩文集》……；至於澎湖地區，「開澎進士」蔡廷蘭亦撰有《海南雜著》、《惕園遺詩》……等。以上作品體類，以詩歌為大宗，散文次之，駢文、賦體又其次；內容以詠懷言志居多，詠物、寫景、記事居次，文字大率淺白平易。至於社會寫實作品，則與時局動亂有關，大抵是在兩岸發生變動時，如鴉片戰爭、戴潮春事件、太平天國之亂等，而在乙未之役達於高峰。

　　在這一階段，臺灣古典文學獲致普遍耕耘，甚至形成不同的區域特色。在北臺灣方面，臺北陳維英詩文聯語兼善，著有《偷閒錄》及《太古巢聯集》；門人張書紳，同樣精工楹聯；再如大稻埕舉人陳霞林，王松《臺陽詩話》亦言其敏於對聯，可見臺北地區的楹聯文學相當發達。至於新竹地區則以園林詩而聞名，此與區內兩大名園「潛園」、「北郭園」之設有關。以目前得見的詩集中，鄭用錫《北郭園全集》、林占梅《潛園琴餘草》、鄭如蘭《偏遠堂吟草》內，都存有為數不少的園林詩，尤其林氏詩作高達二百多首，更為翹楚。

中部地區詩人及作品，則以能貼近民間，反應社會現實，關注百姓疾苦，而有其特色，如彰化詩人陳肇興與洪棄生，於臺灣詩歌史上皆有「詩史」之美譽。前者所撰《陶村詩稿》，卷七、卷八「咄咄吟」，寫實記載同治年間戴潮春事件，百姓奔波流離的苦難；後者在《謔蹻集》中，對於清朝政府施政殘暴及官員貪污面目表達強烈不滿。

新竹地區兩大名園為林占梅之「潛園」與鄭用錫之「北郭園」。圖為《北郭園詩鈔校釋》書影

　　南部地區文人，由於學問根柢深厚，往往書卷氣息濃烈，工於用典。稍前者如曾任海東書院山長的施瓊芳；後如唐景崧在分巡兵備道及臺灣巡撫任上，兩度兼理提督學政時，所選拔出於海東書院師生丘逢甲、許南英、汪春源，及擔任山長的施瓊芳之子施士洁等人。

　　而乾嘉時期以後，由於中國與臺灣兩地接觸較前頻繁，來臺官員或文人背景不同、數量更多，其所書寫有關臺灣的詩文作品，內容旨趣亦異。茲舉其較重要者如，1741年張湄來任巡臺御史兼學政，創設海東書院，編有《珊枝集》，著有《瀛壖百詠》，以百首詩吟詠臺灣風物。1769年，朱景英來任海防同知，撰有《海東札記》。1804年至1820年間，鄭兼才兩度任臺灣縣學教諭，曾佐謝金鑾修《臺灣縣志》，著有《六亭文選》。1821年，姚瑩任臺灣知縣，共三度來臺，所書與臺灣有關之論策輯為《東溟奏稿》。1847年，曹謹來任鹿港同知，旋署淡水廳事，撰《宦海日記》。1848年，徐宗幹任分

巡臺灣道，著《斯未信齋文編》、《斯未信齋雜錄》，並編《虹玉樓詩選》。1849年，劉家謀任臺灣府教諭，著有《海音詩》、《觀海集》。1887年，羅大佑任臺南知府，著《栗園詩鈔》。1885年後，唐景崧歷任臺灣兵備道、臺灣布政使、臺灣巡撫等職，相關著作有《請纓日記》、《詩畸》。

其次，大陸流寓文人或官員，藉由文學交流與社群活動，也大加裨益臺灣文學的活絡與進展，以臺北地區為例，咸豐年後，板橋林家大厝落成，謝穎蘇、呂世宜、陳夢山、莫海若等騷人墨客先後受邀來臺，平日與林國華、國芳兄弟，研摩金石書畫，疊詠敲詩，幾無虛夕，於是，在外力的襄助下，林家當時雖未見以正途獲得科舉功名者，但透過延聘多位流寓文人也使其酷愛文藝的形象浮現，隱然成為

板橋林家花園曾是大陸流寓文人交流文學的重要園林／胡南提供

文壇中另一個重要的家族，對於臺北地區文壇的發展，實具重大意義。

至於流寓文人與本土文人的結社活動，唐景崧於1893年所創「牡丹吟社」最見蓬勃，曾經與聞盛況的林輅存，回憶當時臺士入社者便高達百數十人，顯見唐景崧以其崇高地位，而能廣招施士洁、丘逢甲、汪春源、林啟東、黃宗鼎等知名文人參加詩社活動。因此，一個籠括流寓與本土文人的大型詩社能在臺北地區出現，其聲勢之大，自然促使臺北地區的文學大盛從前。

另外，流寓或遊宦人士，在詩社活動上，引進了「詩鐘」與「擊缽吟」之寫作，使臺灣詩社活動從閒詠、課題的創作形態，增添競技遊戲的色彩。唐景崧任臺灣兵備道時，曾在臺南創立「斐亭吟社」，所編《詩畸》對臺灣詩鐘活動記錄最詳，說明了嵌字格、分詠格、合詠格、籠紗格四類作品的特色。而後者所謂擊缽吟，此文類創作活動可以成於1886年新竹「竹梅吟社」為代表。其中，擊缽吟的活動方式，竹梅吟社社員蔡啟運在日治初期以後，更將之推廣至瀛社，爾後風靡整個臺北，也促使日治時期臺灣詩社的擊缽吟風氣更趨興盛。

參、本土重要作家舉隅

受限於本文篇幅，此處有關清代臺灣重要作家之說明，在參酌作品質量後，僅就竹塹詩人林占梅予以介紹。

林占梅（1821-1868），字雪邨，號鶴山，又號巢松道人，出身富室，個性豪放，允文允武，參與平定戴潮春事件，成為臺灣史上知名人物。不過其人在文學方面的成就，亦極為可觀，其浩費鉅資精構的「潛園」，園中詩酒吟會常設，並且成立詩社，也因此提升了竹塹

林占梅設潛園，各地文人耳名而來，提升了新竹地區的文風與地位。圖為潛園老照片／胡南提供

在臺灣文壇的地位。此外，林氏詩藝精湛，《潛園琴餘草》之作品近二千首，在數量上高居清代臺灣本土詩人之冠，且內容亦甚豐富，包括：描寫園林、記敘遊歷、抒發興寄、反映時事、往來酬答……等，其中尤以大量的「園林詩」最為特別。單單集中題為「園居」或以園中池、閣、館、樓、亭等建築為題記載園林生活的作品，就超過二百二十首以上，而此尚未包括園中林木花草之詠，或題為「遣興」而實際亦屬描寫園林生活的作品。是故，統觀林占梅的園林詩，由於在中國詩史上或臺灣詩壇中，擅寫園林者不多，林占梅恰恰因為此類作品的突出，故能奠定了其人不可移易的詩人地位。

📖 **延伸閱讀** 〰〰

· 黃美娥：《古典臺灣：文學史‧詩社‧作家論》（臺北：國立編譯館，2007）。
· 全臺詩編輯小組編撰：《全臺詩》第一至五冊（臺北：遠流出版社，2004）。
· 林占梅：《潛園琴餘草》，徐慧鈺等校記（新竹：新竹市文化中心，1994）。

第3章　都是因為「現代」——日治時期台灣新舊文學論戰、通俗文學的萌芽與發展

◎黃美娥（國立臺灣大學臺灣文學研究所 教授）

壹、新舊文學論戰

　　繼明清臺灣古典文學之後，日治時期的文學發展，邁入了另一個新里程。此際的臺灣，處於一個由舊到新的年代，不僅社會生活的形態有所轉變，在精神感官上也產生前所未有的變化，藉由大眾傳播、新式教育以及海外旅遊……等管道，臺人得以與世界接觸，孕育出複雜而多元的文化思維。對於這個正在改變中的時代，若干肩負傳統文化命脈的舊文人，感受了日本大和文化及西方思潮洶湧激盪，所造成的漢文化瀕臨質疑、滅絕的挑戰壓力，使臺灣舊文人繼本島統治主權的淪亡後，又要面臨傳統文化下墜及固有社會倫理失序的不安與焦慮，因之出現諸多如洪棄生、連橫（1878-1936）、魏清德（1888-1963）、張純甫（1888-1941）……等，致力回歸東洋傳統文化者。

　　而就許多新興知識分子而言，二十世紀初的臺灣既處於世界新變之中，為了迎合世界潮流，邁向文明，他們秉持「舊不如新」的達爾文進化論觀點，認為臺灣必須進行社會改造，「新」成為時代追逐的主調，「傳統」是落後

洪棄生《瀛海偕亡記》曾載1895年臺灣志士抗日經過。圖為洪棄生／台文館提供

張純甫畫像／台文館提供

的象徵，「新」才有進步的義涵。於是，凡與禮教攸關的人倫關係，往往被視為封建的桎梏，一時「非孝論」與「自由戀愛」的呼聲迭起，強調個人情性解放的主張，伴隨著新文學的興起愈加突顯。也因此，新文學的萌生，於外，蘊藏著反封建的時代性需求；於內，則具有伸張個人自由的精神基調。因此，就在如此的社會環境下，殖民性／現代性／本土性問題有所勾連、糾葛，進而刺激了一九二〇年代臺灣新舊文學論戰的爆發。

一、「現代」與「傳統」的對決

　　1924年，張我軍以猛烈砲轟的方式，對於舊文人及舊文學展開挑戰與攻擊，企圖代以白話文、新體詩形塑臺灣文學的新典律（canon），這場發生於臺灣漢文學界的新舊文學論戰，不只是新、舊文學的典律之爭、文化思維之戰，同時也是新舊文人對於文壇掌控權的追逐爭霸，其結果除了影響日後臺灣文學生態環境的變化，更進而打破過往舊文學一枝獨秀的形勢，成為雙方並峙的局面，開啟了新文學紮根的契機。又因為日治時期的臺灣新文學運動本就是文化運動的一環，而奠定新文學基礎的新舊文學論戰，正是在新／舊文化遞變、競爭與衝突的社會背景下形成的，因此論戰的焦點始終脫離不了新／舊文化與文學間互動的問題。

　　那麼，要如何透過「文學」，去達成建構新文化的終極目標呢？固然建立能夠與新文化相結合的新文學是重點所在，但迫使以舊文化

為內容的舊文學進行改革，無寧也是要務之一，這便是主張新文學一派的看法。而在張我軍的思考脈絡下，上述的問題獲得了釐析，並正式轉化成一篇篇向舊文人／舊文學宣戰的文字，促使論戰爆發，並快速增溫。

論戰中的張我軍其實並不寂寞，例如其對舊文人人品的譏刺嘲弄，在陳虛谷〈為臺灣詩壇一哭〉、〈駁北報的無腔笛〉，以及葉榮鐘〈墮落的詩人〉……等文都獲得共鳴；另外，賴和〈讀臺日紙的『新舊文學之比較』〉也曾表達對新文學的高度支持，只是口吻有別於張我軍等人之猛烈，而力求出以持平的態度，來看待新、舊文學的長短。

整體而言，論戰中新文學家的意見，殆以張我軍所述最為可觀。在1924年《臺灣民報》2卷24號，其一篇〈糟糕的臺灣文學界〉裡，不僅直接於文章標題上砲轟臺灣文學界，文中更指責臺灣詩人及其作品之頹腐無用、遊戲人間，直言當全世界文壇追求新理想主義及新現實主義之際，舊文人卻仍死守古典主義，自隔於世界文學的脈動之外；甚且沉迷詩社活動，吃酒作詩，出言爛腔陳調；此外，又藉此沽名釣譽、迎合勢利，並向總督示好，導致詩歌的神聖性淪喪，且迷惑了活潑青年染上偷懶好名的惡習。文末，張我軍呼籲對文學有興趣之人，當多讀文學原理、文學史相關書籍及中外佳作，才能養成豐富思想，磨練表現手段，了解文學的真正創作趨勢。可見張氏在「破舊」之餘，也已隱然浮現「立新」的企圖，只是該文闡述仍屬有限。

大抵，論戰自1924年張我軍的發難正式

張我軍發起新舊文學論戰／
台文館提供

《臺灣民報》刊出張我軍〈糟糕的臺灣文學界〉，引燃新舊文學的論戰。圖為《臺灣民報》刊影

鄭坤五反擊張我軍，反對新詩的改造／台文館提供

展開序幕，歷經長期鏖戰至1942年止，其間雙方有過較為密集的戰火，如1924-1925年間張氏與舊文人的激烈論辯，1929年葉榮鐘與張淑子間的筆仗，以及1941-1942年鄭坤五與林荊南的針鋒相對，但期間也有波瀾較小的零星言論。而在論戰中，舊文人面臨了新文學家的凌厲批判，他們被視為是跟不上時代潮流的人，舊文學是落後產物；但即使如此，就文學典律而言，舊文人以為白話文不足以替代舊式文，他們對於白話文的運用多表疑慮，如鄭坤五於1925年《台南新報》第8244號〈致張我軍一郎書〉一文，便以為張我軍所倡的北京白話文並無特殊之處，臺灣原先已使用一種平易文便與之相近，不需強加改變；其次，在詩歌方面，多數舊文人對於新體詩主張不用韻一事，也認為此舉破壞了詩歌的典律，挑戰詩歌用韻的正統，所以根本無法認同新文學在詩歌創作上的突破與改造，因此迭有爭論。另外，這場論戰也因新、舊文學雙方對於時代變遷中的文化處境問題，各有堅持與詮釋，以致紛紛擾擾，莫衷一是。回顧日治時期的臺灣的新文學運動，本質上原就是因應於舊文學不能承載現代新文化而萌生的，由於舊文人對於傳統的執著，以及新文學家汲汲於現代性／世界文明的追求，新舊文學論

戰，一時彷彿竟成了「現代」與「傳統」的對決。但是，何以舊文人在新時代的潮流中，不去革「舊」迎「新」呢？其人的心境與處境為何？

二、「西洋」與「東洋」的角力

連橫在為板橋林小眉作〈臺灣詠史〉跋時，藉機批判新文學是西洋文學的餘屑，漢詩則與「六藝之書、百家之論」的「國故」文化傳統相聯繫，時人提倡新文學者，多有「漢文可廢」之心。這篇日後被視為舊文人反擊新文學家的重要文章，從連氏的話語脈絡裡，可以發現其中存有「國故／中國文學／漢文／東洋」VS.「時潮／廢漢文／新文學／西洋」的思維模式；也因此，新舊文學除了「典律」之爭外，在舊文人心中更已含括中國／西洋、故／新關係的對立挑戰，具有「東洋」與「西洋」角力的文化價值評斷。換言之，在連氏文中，暗指接受新文學者，幾近等同於放棄中國傳統國故與文學，認同新潮的西洋文化、文學了！

此外，其中也多少透露出當時新、舊文人對於「文學」義界的掌握是有所差別的，在舊文人心中，文學定義較廣，與一切國故相聯結；而新文人所謂的「文學」，則與西洋文學的「純文學」概念為近，兩者歧異頗大。

三、「漢學」與「新學」的對峙

而針對前述連橫的說法，張我軍在1924年《臺灣民報》2卷26號〈為臺灣的文學界一哭〉中其實曾加以回應，且特別強調新文學家

連橫站在中國傳統國故的立場，批判新文學是西化的／台文館提供

並未捐棄漢文，但何以舊文人會對新文人／新文學有此誤解？此問題之關鍵，又與當時漢學不振的時代背景有關。

許子文發表〈維持漢學策〉一文，提及日治前期的臺灣面臨了新局面，各階層的百姓皆熱衷新學，競相輸入西洋文化，自由、平等、戀愛、利己……等學說盛行於世。當人人趨向西洋文化時，究竟會產生什麼後果？黃茂盛〈崇文社百期文集序〉清楚的剖析，新學／西洋文化的內涵，對舊學／東洋文化所倡的倫理道德，有著激烈的衝突性，新學／西洋文化愈盛，先王的名教、禮法將會蕩然無存，長期以來先人固有傳統文化也會消滅於無形。因此，新學／西洋文化，對於舊文人而言，有著一分令人不安的威脅感。

只是，西洋文化／東洋文化之爭、漢學／新學間的緊張對峙，已經令欲維繫漢學於不墜的舊文人憂心如焚，但孰知外在環境的惡劣，又多了一層，那便是日人在推廣新學之餘，對於漢文漸採廢除的態度。1918年，日人修訂公學校規則時，將校內漢文科每週時數減為二小時；1922年「新臺灣教育令」公布後，又將漢文改為選修科目，而部分學校更擅自廢除漢文科，因此引發社會大眾的不滿與疑慮，臺人乃有反對運動興起。另一方面，在日人高壓的語言政策下，迫使臺人必須花費心力於「國語」的學習，因此有所謂識時務者，以為竭盡畢生心力於國語猶未能窺其堂奧，哪有暇豫時間去研習漢文。如此一來，在漢文被廢的險境下，部分臺人不僅未能存有自省的反同化意識，甚且乾脆將之視為可有可無之物，此舉看在舊文人眼中，積極保存漢學已不只在求維繫人倫道德，更是保存傳統文化、漢族精神的象徵。因此，一旦新舊文學論戰點燃，舊文人對於新文人若干不利於「漢文」／「漢文化」保存的言論，便會特別敏感與激動了。

綜上可知，新舊文學論戰的時代背景，正是處於「現代」來臨之後，因應殖民處境而生的各式問題所致。在新學與漢學的競爭，西方文化與東方文化的對峙，大和精神與漢族精神的相抗，以及和文與漢文的較勁下，新舊文學論戰的發生便脫離不了此等社會、文化衝突的氛圍，許多本是文學上的問題，都可能牽扯出文化的意涵來，使得這場以文學為主的論戰，卻衍生了文化、種族的問題。

不過，在1924-1942年間的新舊文學論戰中，舊文人並非始終都與新文人保持對立的態度，新文學的萌生終究影響了舊文人／舊文學，有些舊文人不僅未排斥新文學，甚至嘗試進行創作，如林幼春、莊太岳……都留有白話文的作品；而在三〇年代黃石輝、郭秋生所推展的鄉土文學與臺灣話文運動時，連橫、黃純青、鄭坤五、張純甫……等人，或對臺灣話文表態支持，或實際參與民間文學的採集工作，或撰寫具有鄉土色彩的詩篇，在在說明了舊文人與新文學家在歷經唇槍舌劍的論戰之後，卻也出現了彼此合作共同推動臺灣文學的現象，其間的變化關係，值得吾人更多的注意。

貳、通俗文學的萌芽與發展

「現代」的肇端，使日治時期的臺灣文學場域重整、文體產生質變、文人發生論戰；同樣地，「現代」的來臨，也促成了「新形態」臺灣通俗文學的開始。

關於日治時期的臺灣文學，過去多只注意純文學系統中的新文學與古典文學，稍晚才發現當時其實還有一批數量龐大以漢文、日文書寫的「另類」臺灣文學的存在，這些作品隸屬「通俗文學」範疇，且最初現身者便是為數不少、具程式化情節的小說。

早在1924年，張梗在《臺灣民報》發表〈討論舊小說的改革問題〉時，便言及：「現在臺灣某報上，還是天天不缺登著那些某生某處在後花園式的聊齋流的小說」，可見其人業已注意到新聞紙上的「舊」小說，只是張氏嫌惡其「舊」而猛烈批判，故未能留意這些舊式小說所具有的「通俗性」，其實蘊藏多元的文學／文化意涵。不過，張氏的文章，雖然未能對臺灣文言通俗小說青眼以對，但其觀察至少道出了臺灣通俗小說的存在，乃與「現代」報刊媒體有關。

一、日人通俗小說首先出現

日治以後，大眾傳播媒體引進臺灣，當時的報章雜誌，或為補白，更多時候則為吸引讀者群，便開始刊登小說以提高閱讀率。在當時的新聞紙中，最早發行的《臺灣新報》，於出刊三月後首見日文小說的刊載，即於明治29年（1896）10月29日第48號報端，「黑蛟子」所寫有關鄭成功事蹟之〈東寧王〉，此文明確標誌為「小說」作品，後以連載形態刊登。

而由於報紙多屬每日發刊性質，通俗性書寫更能招徠讀者，故在閱讀需求孔急，以及島內逐漸生成的現代化社會的嶄新日常生活，看重休閒、審美文化消費的推波助瀾下，自然產生了為數可觀，具情色想像、奇異冒險、幽默詼諧等……充滿大眾娛樂色彩的作品。其中，真正促使日文通俗小說在新聞紙中擁有較固定發表空間的關鍵作品，是由さんぽん所寫，刊載於明治31年1月7日至同年3月31日止的偵探小說〈艋舺殺人事件〉，此一小說連續刊登了近兩個多月，乃以報載艋舺一池子發現浮屍的社會殺人案件為藍本。後來，新聞紙上通俗小說的登載形成風氣，即連在東京的日人也加入創作行列，其中數量較

多，創作甚勤者為「美禪房主人」；爾後，進到大正、昭和時期，日人作家在臺灣刊載通俗小說的情形，始終不輟，甚至可以見到吉川英治、江戶川亂步、菊池寬……等名家之作。

二、臺人作品嘗試登場

前述是日人在報紙上，以日文發表通俗小說的梗概；而以漢文從事通俗小說的創作，最先刊登者依然是日人，如在明治32年至33年間《臺灣日日新報》的「說苑」欄，便可發現日人以日本史乘傳贊為基礎所創作出的稗官小說，而後來在《漢文臺灣日日新報》上更能獲見菊池三溪、依田學海等人的作品。

至於臺人從事通俗小說的寫作，則有待明治38年7月《漢文臺灣日日新報》出刊以後，最大原因是漢文版面增加，臺人終於擁有了掄筆染翰的自在揮灑空間。此時活躍其間的通俗小說創作者，主要是擅長古典文學的舊文人群，其人多半擔任報社記者，包括謝雪漁、李逸濤、李漢如、黃植亭、白玉簪……等。而自《漢文臺灣日日新報》獨立出刊起，至明治44年12月1日又與《臺灣日日新報》日文版合併為止，亦即1905至1911年間，正是臺人熱衷撰寫漢文通俗小說的高峰期，此後因為漢文版面的減少，在與日人／日文作品競爭下，能夠獲致刊登的機會隨之遞減，作品數量已不如從前，但仍可見魏清德、謝雪漁、許寶亭頗具新意的創作。

上述這種漢文通俗小說創作略顯萎縮的情形，要待後來三○年代以後，本身便屬娛樂性質為重的《三六九小報》、《風月》、《風月報》等報刊的出現，又開始提供漢文通俗小說創作的寬廣園地，才得以繼1905至1911年《漢文臺灣日日新報》的創作高潮後，再造另一階

段的榮景。而此際通俗刊物上的主要發表作家，文言創作以鄭坤五、許丙丁、洪鐵濤為著，白話作品則是徐坤泉、吳漫沙、林荊南等人最受歡迎，尤其若干作品亦有單行本印行，愈見漢文通俗小說的成熟發展。

三、臺灣漢文通俗小說創作趨向及特色

回顧日治時期臺灣的通俗小說，堪稱作品蠭出。首先，在寫作上，長篇章回或短篇、中篇皆有，志人、志怪作品甚多，言情、歷史、武俠、社會小說亦一應俱全，但以科學技術／科普知識為基礎的科學小說或科幻作品，與反應臺灣殖民困境的政治小說相對較少。其次，小說所出現的故事場景，除中國、日本、臺灣外，還含括歐美、亞非各地，既不乏異國風俗人情之描述，也能就臺灣本土地理景觀有所著墨，形構出多元地域空間與文化情境的趣味；而大正時期以後，偵探小說增多，其西洋情調特別引人注目。且在三〇、四〇年代，偵探敘事更往往滲透、嫁接至其他非偵探類的言情、社會小說，乃至兒童文學作品中，更可見偵探小說在臺灣之魅力及影響性。

另外，通俗小說的刊登，除了題目外，時或隨文冠上類別以為凸顯該文題材、內容、性質之用，如「滑稽小說」、「豔情小說」、「寓言小說」、「詼諧小說」、「紀事小說」、「傳記小說」、「史傳小說」、「理想小說」、「寫情小說」、「哀情小說」、「偵探小說」、「歐戰小說」、「諷刺小說」……等。這種在日治初期便已出現的五花八門分類，浮顯了臺人有意形塑以小說為中心的創作知識體系，也可窺見從小說出發的情感投射、文化心理和審美意趣，那正是時人看待社會／世界的方法。

　　然而不只上述通俗小說創作美學論的形構值得玩味，此一豐沃板塊的挖掘，其背後所牽涉如臺灣近代媒體的誕生、文學讀者層、文化公共圈的形成，以及都市文化問題、大眾的誕生等種種複雜的糾葛，更將引起眾人的探討興趣，何況臺灣通俗小說的課題，也會串連起臺灣、中國與日本間的的通俗文學交通網絡，更加耐人尋思。

四、重要本土作家舉隅

　　日治時代從事臺灣漢文通俗小說寫作者不少，限於篇幅，以下僅擇要簡介。

　　（一）李逸濤（1876-1921），乃日治前期臺灣最重要之漢文通俗小說家。作品以女俠形象的描寫最具特色，深刻寄寓了對二十世紀初期臺灣新女性的期盼與想像，如〈留學奇緣〉、〈不幸之女英雄〉、〈兒女英雄〉、〈劍花傳〉……等；而創作題材中，相較他人亦頗偏好梨園優伎之作，此或受晚清文學中狎邪文化描述之感染，但也因其人同時精通戲曲所致。

　　（二）謝雪漁（1871-1953），其所譯寫自法國小說的〈陣中奇緣〉，是目前所知日治時期臺灣本土文人小說書寫之先聲；作品中、長篇頗多，如〈健飛啟疆記〉、〈櫻花夢〉、〈新蕩寇志〉、〈十八義傳〉、〈武勇傳〉、〈日華英雌傳〉……等，尤好歷史小說，兼及技擊、偵探等類型，作品屢見日本帝國認同之文學政治色彩。

　　（三）魏潤庵（1886-1964），其小說

謝雪漁是日治時期通俗小說書寫的先聲之一／台文館提供

作品明顯可見中國、日本及西方小說之創作影響，最能彰顯殖民地時期臺灣通俗文學之混雜性。其中，以取法日本及西方通俗文學者最足以觀，或創作或譯寫，前者有〈雌雄劍〉、〈飛加當〉、〈赤穗義士菅谷半之丞〉、〈塚原左門〉……；後者有《獅子獄》、《齒痕》、《是誰之過歟》、《還珠記》……等。又，在偵探小說之翻譯、摹寫上，極為特出，且往往修改原文內容以符合臺灣在地道德觀，充分顯現跨語境的文化斡旋意涵而別具意義。

另外，在白話通俗作品的書寫，徐坤泉與吳漫沙成就最高，前者有《可愛的仇人》、《靈肉之道》，後者有《韭菜花》、《黎明之歌》、《大地之春》……等傳世，二人之作既取徑五四新文學家、鴛鴦蝴蝶派小說，同時亦受中國傳統言情小說影響，在啟蒙大眾之餘，卻又不免固守傳統道德的發言位置、方式，使其在描寫兩性婚戀關係、臺北島都文化時，傳統與現代性兼染，而別具曖昧性，實仍深獲摻雜新、舊特質的臺灣讀者大眾所喜愛，十足反應了當時的閱讀審美趣味。

前衛出版社復刻徐坤泉《可愛的仇人》、《靈肉之道》，吳漫沙《韭菜花》、《黎明之歌》、《大地之春》等通俗小說，並邀請電影畫師陳子福重新繪製書封。圖為前衛版大眾小說系列叢書

📖 延伸閱讀〰

- 黃美娥：《重層現代性鏡像：日治時代臺灣傳統文人的文化視域與文學想像》（臺北：麥田出版社，2004）。
- 黃美娥：〈從詩歌到小說——日治初期臺灣文學知識新秩序的生成〉，《當代》第221期（2006年1月），頁42-65。
- 黃美娥、黃英哲編：《臺灣漢文通俗小說集一、二》（東京：綠蔭書房，2007.2）。

第4章 在黑暗中點燈——
二〇、三〇年代台灣左翼文學運動

◎林淇瀁（向陽）（國立臺北教育大學臺灣文化研究所 副教授）

壹、在黑暗的年代

臺灣新文學的發軔，通論都以1920年為始，這和臺灣知識青年展開的臺灣文化運動有相當大的關聯。因為知識青年的覺醒和倡議，在文化運動的總體目標下，臺灣的新文學運動也冒出新芽，在日本殖民統治下展開。

在新文學運動尚未開始之前，臺灣已經擁有三個差異至大的文學書寫體系，一是來自中國的古典漢文學書寫，包括漢詩與漢文；二是以1885年《臺灣府城教會報》紹啟的臺語「白話字」書寫；三是因為日本的殖民統治，帶來的日文書寫。漢文書寫從明鄭年代就留下相當豐富的古典詩文作品，並在日治年代、戰後持續發展；臺語書寫在一九二〇年代出現趨於成熟的臺灣白話字小說，如賴仁聲《阿娘的目屎》、鄭溪泮《出死線》，並因一九三〇年代和一九七〇年代兩次鄉土文學運動，逐步壯大而形成今天的臺語文學傳統；日文書寫則在日本統治期間也開出了臺灣日文文學的花果，戰後至今仍有部分臺灣作家繼續包括俳句、和歌在內的書寫。

要了解臺灣新文學的誕生，必須先對一九二〇年代如此多元的文學書寫環境有所認知，方才能夠真確掌握日治年代臺灣新文學運動的複雜性和文學語言選擇的的歧異性，而不至於落入「中文書寫」中心思考的框架中。

　　一九二〇年代臺灣新文學的展開，除了伴隨著前述的書寫語言分歧性之外，在大環境上也因為臺灣的受到日本殖民統治而有著詭譎、複雜的情境。

　　首先，是日本殖民帝國帶進的資本主義與現代化工程，促成了臺灣社會加速走向現代化、資本主義化，這使得原來以漢文化為中心、以傳統農業經濟為主體的臺灣產生巨大衝擊和改變。表現在文學發展上的，在書寫語言的選擇上，當然就是傳統漢文書寫的逐步瓦解和受到知識青年的挑戰；在書寫內容的表達上，則是對於傳統漢文文學觀念，乃至於對於封建、保守文風的質疑和批判。

　　其次，是二十世紀初期的國際社會也共同面對社會主義和民族主義的衝激。以俄國為中心的無產階級國際革命運動於此際完成，社會主義的思潮對當時的國際社會造成巨大影響；而一次世界大戰之後，更掀起了民族自決的風潮，民族主義思潮帶來各殖民地與半殖民地對於殖民帝國的反抗。臺灣的青年知識分子在社會主義和民族主義的大潮流之中，開始思考臺灣的處境和前路，反映到文學書寫內容之中，

現代化新式糖廠的設立，改變了蔗農生產結構，也埋下資本主義與農民的衝突因子。圖為三〇年代新營糖廠／胡南提供

因此而有左翼現實主義書寫路線之出，也有立基於民族主義思考的鄉土文學論爭的出現，其中也有雜揉社會主義和民族主義於一爐的臺灣話文書寫的主張。這都使得臺灣的新文學運動相對錯綜而多歧。

最後，則是1919年在中國出現的「五四運動」及其新文學運動所帶來的刺激。1915年9月陳獨秀創辦《青年雜誌》，第2卷起改名為《新青年》，陳獨秀在創刊號上發表〈敬告青年〉一文，痛斥中國社會的黑暗，向傳統封建思想文化挑戰，舉起了新文化運動的大旗。其後《新青年》號召打倒以孔子為護身符的封建獨裁者和專制制度，掀起討孔大波；接著胡適又於1917年提倡白話文、反對文言文，提倡新文學、反對舊文學的主張，倡導「文學革命」，這個運動在1919年形成壯闊的五四運動，影響也啟發了日本統治下的臺灣知識青年。

在國際思潮、五四運動的外部衝擊下，1920年1月，在日本東京讀書的臺灣知識青年成立了「新民會」，強調為謀求同胞的幸福，爭取民族自決，促進臺灣文化，將開展社會運動，7月16日《臺灣青年》創刊（這份刊物其後更名為《臺灣》、《臺灣民報》以迄於日報《臺灣新民報》，以下簡稱「臺灣民報系」）；1921年10月17日，由蔣渭水發起的「臺灣文化協會」在臺北創立，網羅島內外知識青年與社會賢達，成為當時臺灣人寄予厚望的運動團體，而臺灣民報系則成為機關報，從而揭開此後臺灣文化、社會與政治運動的先聲，也標誌了臺灣新文學運動的界碑。

貳、抵抗的殖民地文學

從現有的史料來看，臺灣新文學運動的第一篇論述，是陳炘發表於《臺灣青年》創刊號的〈文學與職務〉。在這篇文論中，陳炘強調

文學「不可不以啟發文化、振興民族為其職務」；「當以傳播文明思想，警醒愚蒙，鼓吹人道之感情，促社會之革新為己任」。從這篇文論的文脈來看，臺灣新文學運動就是「警醒愚蒙」的啟蒙運動；而其路線則有「振興民族」的民族主義訴求，有「傳播文明」的現代化主張，也有「鼓吹人道」、「革新社會」的社會主義思想。這篇文論不僅宣示了臺灣新文學的誕生，也預示了日治時期臺灣新文學運動的主要流脈。

接著，是1921年9月15日出版的《臺灣青年》3卷3號刊出甘文芳以日文寫出的論述〈實社會と文學〉，強調要學習中國新文化運動，正視社會現實，而不是以文學為「風流韻事、茶前飯後的玩物」；同年12月15日《臺灣青年》3卷6號則有陳端明發表〈日用文鼓吹論〉，期許臺灣作家效法中國新起的白話文，「奮勇提倡，改革文學」。這兩篇文論，一篇日文、一篇漢文，是推介中國五四運動和主張的開始。有趣的是，儘管已有批評家推崇中國新文學和新文化運動，以中國白話文為學習典範的作品並未隨著誕生——臺灣新文學運動出現的第一篇創作卻是追風的日文小說〈彼女は何處へ？（惱める若き姊妹へ）〉〔她往何處去？(寫給苦惱的年輕姊妹)〕，成為臺灣新文學運動開展以來的第一篇創作，這不只說明了臺灣新文學「日文文學」的存在與開始，同時也證明了臺灣新文學運動並非起於中國五四新文學運動的影響。這就是歷史的可貴。

追風的〈她往何處去〉有一個更重要的意義，在於這篇作品還是臺灣左翼文學的濫觴。追風以社會主義的反封建意識，描述當時臺灣女性在舊社會婚約制度束縛下的苦悶，女主角最後決定解除婚約，啟程赴日讀書，追求婚姻與幸福自主權。小說寫出殖民地臺灣的命運，

同時標誌了父權陰影下解放臺灣女性的期許。由此開始，日治時期的臺灣新文學，無論使用日文、中文或臺灣話文，都緊密地和殖民地臺灣的命運結合在一起，以社會主義批判的、寫實的話語，向殖民帝國進行積極或消極的抵抗。

另一方面，延續自教會系統的「白話字」（羅馬字）臺灣話文主張，也在運動初期出現。1922年9月8日，蔡培火在《臺灣》第3年第6號發表〈新臺灣の建設と羅馬字〉，強調「普及羅馬字實為臺灣文化之基礎工程」，必須採用羅馬字以「普及臺灣語文化」，如此才能將「物的臺灣」改造為「心的臺灣」，這是奠定臺語文學理論基礎的首篇論述。1923年1月1日出刊《臺灣》第4年第1號推出黃呈聰〈論普及白話文的新使命〉與黃朝琴的〈漢文改革論〉兩文。黃呈聰以中國五四運動中胡適對白話文學史的論證為底，強調臺灣要「獨創一個特別的文化」來改造臺灣，「不要拘執如中國那樣完全的白話文，可以參加我們平常的語言，做一種折衷的白話文」。黃朝琴則更是明白主張臺灣人推掉「言文不一致的漢文」，並且倡設「臺灣白話文講習會」，「用言文一致的文體，以言文根據，使聽講的人，易記易寫，免拘形式，不用典句，起筆寫白就是」。這兩篇的主張同樣也為異於中國白話文的「臺灣白話文」書寫奠定理論基礎。

接下來是張我軍的上場。1923年4月15日《臺灣民報》在東京推出，主張「用平易的漢文，或是通俗白話，介紹世界的事情，批評時事，報導學界的動靜，內外的經濟，提倡文藝，指導社會，聯絡家庭與學校……啟發臺灣的文化」。這份刊物脫出古典漢文的拘束，改採白話文，當時赴中國北京讀書的張我軍，受到中國五四新文學運動的啟發，於1924年4 月21日在《臺灣民報》發表〈致臺灣青年的一封

信〉，對臺灣舊文人作了毫不留情的批判；同年11月他又在同刊發表
〈糟糕的臺灣文學界〉，斥責舊文人「把一班文士的臉丟盡無遺，甚
至還埋沒了許多有學問的天才，陷害了不少活潑潑的青年」。張我軍
的直接批判，立刻引發舊文學界反擊。連雅堂在《臺灣詩薈》中批評
新文學作家「口未讀六藝之書，目未接百家之論，耳又未聆離騷樂府
之音，而囂囂然曰，漢字可廢，漢字可廢，甚而提倡新文學」。於是
張我軍接著發表〈為臺灣的文學界一哭〉、〈請合力拆下這座敗草叢
中的破舊殿堂〉、〈絕無僅有的擊缽吟〉等文，強調要「掃除刷清臺
灣的文學界」、「把詩界的妖魔打殺」。這引發新文學史上的新舊文

學論爭，舊文學派以鄭軍我、蕉麓、赤嵌
王生、黃衫客、一吟友等為代表，新文學
派以張我軍、賴和、楊雲萍、蔡孝乾等人
為代表，通過在媒體上的論戰，使得臺灣
新文學運動取得了優勢的地位。中國五四
文學的主張和理論也因此進入臺灣文壇的
視野中。

　　在這個階段中，1925年張我軍自費出
版了第一本詩集《亂都之戀》，這是臺灣
第一本中文新詩集。除此之外，楊雲萍、
賴和、楊華都在這時開始出發。楊雲萍和
江夢筆創辦《人人》雜誌，發表新詩，楊
雲萍的〈夜雨〉、〈無題〉，楊華的〈小
詩〉、〈黑潮集〉都是這個階段的佳作。
賴和是這個階段臺灣小說的代表，他的

〈鬥鬧熱〉、〈一桿「稱仔」〉揭開了新小說創作的序幕。賴和、張我軍、楊雲萍、楊華可說是臺灣新文學運動初期的四個傑出作家。

　　1920年代是臺灣新文學運動初起的階段，新文學書寫技巧仍在摸索中，由於處在殖民地的歷史現實，作家們多半採取現實主義手法、社會主義和人道精神進行創作，語言則融合了臺灣話、日語和中國白話文，形成特殊的「混語」風格，無論對封建、殖民或傳統語文都具有相當強烈的抵抗性，一九三〇年代臺灣左翼文學的風潮奠基於此，也蘊釀於此。

參、左翼與鄉土的對話

　　一九二〇年代後期，臺灣的政治局勢開始出現轉折，一開始是1927年「臺灣文化協會」分裂，1928年臺灣民眾黨、臺灣共產黨成立，社會主義已經成為進步知識青年的主要思潮，臺灣總督府開始加強對知識分子和社會團體的控制，文學主張和書寫因此愈發蓬勃，而廣大的臺灣鄉土和民間社會也因此成為作家關注的焦點。這是左翼文學勃興、鄉土文學發皇的階段。

　　1930年8月16日，黃石輝在《伍人報》發表〈怎樣不提倡鄉土文學〉一文，其中頗被傳誦的一段話如下：

> 　　你是臺灣人，你頭戴臺灣天，腳踏臺灣地，眼睛所看到的是臺灣的狀況，耳孔所聽見的是臺灣的消息，時間所歷的亦是臺灣的經驗，嘴裡所說的亦是臺灣的語言，所以你的那支如椽的健筆，生花的彩筆，亦應該去寫臺灣的文學了。
>
> 　　臺灣的文學怎麼寫呢？便是用臺灣話做文，用臺灣話做詩，用

　　臺灣話做小說，用臺灣話做歌謠，描寫臺灣的事物。

　　這段論述，具有民族主義的臺灣人想像，也具有相當大成分的社會主義思考，黃石輝的左翼身分，使他對臺灣人的想像，放到「以勞苦的廣大群眾為對象去做文藝」的主張上，換句話說，就是要以農民和工人階級的語言創作臺灣新文學。在黃石輝的論述中，相對於殖民地國日本的語言、祖國中國的白話文，都具有階級性，是「支配階級」的語言，不是無產階級「勞苦大眾」的語言，臺灣勞苦大眾說的臺灣話才是。1931年7月24日，他又發表了〈再談鄉土文學〉，從語言文字的形式方面論述鄉土文學。

　　黃石輝的主張立刻得到郭秋生的積極響應，郭秋生於1931年7月在《臺灣新聞》發表長達兩萬餘字的〈建設「臺灣話文」一提案〉的文章，進一步提出「臺灣話文字化」的觀點，同年8月又撰文〈建設臺灣話文〉，強調要把臺灣話文、民間文學、鄉土文學結合起來。

　　黃、郭二人的主張，隨後引來正反兩方的論戰，史稱「鄉土文學論戰」，這場論戰延續到1934年，贊同者有鄭坤五、莊遂性、黃純青、李獻璋、黃春成、擎雲、賴和……等；反對者有廖毓文、林克夫、朱點人、賴明弘、越峰……等人。綜觀這場論戰，實際上隱藏有要使用臺灣話文或中國白話文（乃至日本文）的書寫爭議，以及鄉土文學應該建立在民族性或階級性的路線爭議。而融和左翼階級觀點和民族臺灣觀點的「鄉土文學」，則在論爭中取得上風。

　　在這個階段中，也出現了左翼文學雜誌的上場。1928年5月，左傾的臺灣文化協會創刊《臺灣大眾時報》，邁入一九三○年代之後，更是出現《伍人報》、《臺灣戰線》、《明日》、《洪水報》、《現代生活》、《赤道》、《新臺灣戰線》、《臺灣文藝》等雜誌，都對

臺灣文學產生了影響，不過這些雜誌旋出旋禁，最後跟著1931年臺灣民眾黨遭到臺灣總督府禁止結社、臺灣共產黨崩潰而終結。

　　1931年秋天，由賴和、郭秋生、葉榮鍾、吳春霖、黃城、許文達等十二人組成的「南音社」成立，次年元旦創刊《南音》雜誌，這是臺灣地方自治聯盟的關係刊物，雖然只維持不到一年，卻是臺灣話文實踐的主要且是唯一的媒體，該刊自許「肩負兩種使命：第一是使思想、文藝普遍化、群眾化，第二是提供發表作品的園地」，設有專欄「臺灣話文討論欄」、「臺灣話文嘗試欄」，對於臺語文學的創作、論述、臺灣民間文學的採集、整理，貢獻至大。

　　1933年3月20日，臺灣旅日文學青年蘇維熊、魏上春、張文環、吳鴻秋、巫永福、黃波堂、王白淵等人在東京成立「臺灣藝術研究會」，以「圖臺灣文學及藝術的向上的目的」，同年7月15日推出《福爾摩沙》，該刊僅發行3期，研究會便自行解散，匯入於1934年成立的「臺灣文藝聯盟」。從此開始，臺灣新文學的傳播管道也由臺灣民報系轉為文學團體和雜誌。這是臺灣文學社群初次形成、文學雜誌擔負

1934年11月5日《臺灣文藝》創刊號書影

臺灣地方自治聯盟關係社團「南音社」刊物《南音》雜誌，是提倡臺灣話文的重要刊物／《文訊》提供

巫永福，南投埔里人，與張文
環等人創辦《福爾摩沙》雜誌
／台文館提供

《福爾摩沙》創刊號書影

1933年成立的「臺灣文藝協
會」之刊物《先發部隊》書影
／《文訊》提供

文學傳播責任的開始。

　　接著，1933年10月，黃得時、朱點人、郭秋生、廖毓文等人成立「臺灣文藝協會」，選舉郭秋生為幹事長。1934年7月15日，該會推出《先發部隊》創刊，發刊詞強調要「從散漫趨向集約，由自然發生期的行為改為有意識的建設行動」，該刊第一期推出「臺灣新文學出路的探究特輯」；次年1月發行第2期更名為《第一線》，推出「臺灣民間故事」特輯，隨即停刊。這個刊物延續了對大眾文學與臺灣民間文學的主張，具有強烈的現實主義色彩，表現了臺灣三〇年代文學的主潮。

　　臺灣文學家的首次結盟，是在1934年5月6日成立的「臺灣文藝聯盟」，共有來自臺灣北中南部的五十三位作家於創立時參與，推舉賴和、賴慶、賴明弘、何集璧、張深切等五人為常務委員，由張深切領導。該聯盟以聯絡臺灣文藝同志，互相圖謀親睦以振興臺灣文藝為宗旨。11月，機關刊物《臺灣文藝》創刊，展開了新的一波臺灣新文學運動。不過，由於參與作家過多，文學主張和政治路線也有不同，逐漸出現以張深切為中心的「風土路線」、和由楊逵主導的

「社會路線」，最後導致雙方意識形態的衝突，楊逵乃於1935年11月退出聯盟，自創《臺灣新文學》雜誌。直到1937年7月，因中日戰爭爆發，兩刊都被迫停刊止。

1934年5月由張深切領導成立「臺灣文藝聯盟」，發行《臺灣文藝》刊物。圖為南投文化園區內張深切雕像／胡南提供

　　一九三〇年代的臺灣新文學可說是臺灣作家、作品成熟的時期。這一時期活躍的作家除部分前期作家如賴和、楊守愚、虛谷、楊雲萍之外；新的作家不斷湧現，如楊逵、朱點人、王錦江、愁洞、秋生、毓文、巫永福等；新詩方面則有楊華、王白淵、陳奇雲、吳坤煌及「鹽分地帶」詩人郭水潭、吳新榮、徐清吉、王登山等以及「風車詩社」的楊熾昌、林永修、李張瑞、張良典等。他們的作品造就臺灣新文學的花繁葉茂。

楊逵脫離「臺灣文藝聯盟」自創《臺灣新文學》雜誌／《文訊》提供

肆、社會、民族與鄉土

　　總結臺灣新文學運動的初期與一九三〇年代的發展，我們可以看到，在主調上具有濃厚的反帝國的社會主義色彩、強烈的反殖民的民族主義精神和深固的愛臺灣的鄉土感

楊逵照片／台文館提供

情。這是臺灣新文學運動前二十年源於國際潮流、日本殖民統治等客觀形勢之下,臺灣作家的書寫和論述主調。

在這兩個前後階段中,佳作頻出,日文、中文、臺灣話文,以及融合三種語言的作品多出,形成繁複、弔詭的書寫面貌和語言特色;以社會主義、民族主義為視角的論述造成的論戰也頗受矚目,其中關於臺灣話文的論爭更是影響迄今,成為戰後臺語文學的源頭;而作家數量增加、社群形成等現象,更是展現了日治年代臺灣文學的高峰。事實上,在左翼主流之外,也還有新感覺派、超現實主義等現代主義的支流。臺灣眾多作家,在黑暗中點燈,尋求臺灣和臺灣文學的黎明。

可惜的是,1937年7月7日,日本攻打中國蘆溝橋,中日戰爭爆發,漢文被迫廢止,使用中文或臺灣話文的臺灣新文學書寫因此停頓,而進入全面性的日文文學時期,臺灣新文學運動無論是民族路線或社會路線都因此中輟。

夜色更黑,其後的臺灣新文學走入了日文書寫的另一種情境之中。

📖 延伸閱讀 ～

【評論部分】
· 中島利郎編:《一九三〇年代臺灣鄉土文學論戰資料彙編》(高雄:春暉,2003)。
· 林淇瀁:〈民族想像與大眾路線的交軌:1930年代台灣話文論爭與台語文學運動〉,聯合報副刊編,《台灣新文學發展重大事件論文集》(台南:國家台灣文學館,頁21-47)。
· 陳芳明:《左翼臺灣》(臺北:麥田,1998)。

【作品部分】
· 《台灣新文學雜誌叢刊》(共十七卷)(臺北:東方書局,1981復刻本)。

第5章　殖民現代性的魅惑——三〇年代以降現代主義與皇民文學湧現

◎陳建忠（國立清華大學臺灣文學研究所 助理教授）

壹、前言：殖民現代性的魅惑

　　1895年後，日本殖民政權為了在臺灣進行持續的資本與原料的壓榨，有限度地進行資本主義化與現代化的改造工程，例如現代製糖工業與新式教育、衛生改善等，便是顯而易見的「現代性」事物。猶如「養雞取卵」一般，殖民性與現代性在此找到接合點，於是遂有「殖民現代性」（colonial modernity）的說法出現。有限度的進步乃為了更方便殖民者的掠奪。因而，挾帶著被殖民主義話語所先驗地斷定為優越的現代性，讓本土知識分子在追求現代性的同時，不可避免地將殖民性與現代性的意象疊合在一起，而可能走向將日本視為進步代表（相對忽略其殖民掠奪的另一面）的困境。

　　在一九二〇年代中期，日治時代臺灣新文學發展初期，以現實主義為基礎，中國白話文為書寫文字（混用著臺灣話文、日文漢字、傳統漢文），啟蒙文學與反殖民文學成為臺灣作家創作的主流。然而到了三〇，乃至四〇年代，當日本殖民教育已深入臺灣人的文化心靈後，一群受到日文教育成長起來的新世代作家已然誕生。

　　一九三、四〇年代的臺灣日文新世代作家（部分為漢文作家），他們接受的文學影響顯然更加駁雜，特別是日本新感覺派等現代主義文學思潮，或是浪漫主義思潮，已成為他們新的創作技巧。而他們關

注的問題，那糾纏不去的臺灣文化重建與殖民統治的痛苦固然惱人，然而更多是生存於殖民現代性君臨臺灣社會後，豎立起來的現代都市及現代性事物中，他們做為現代市民的心靈歸趨。甚至，我們不難窺見，他們文學的根本趨向，已然由抵拒殖民，轉變為如何在日本殖民的社會中，領受殖民現代性的雨露，力爭與日本人一樣成為平等的「同胞」，而終究一無所獲。

以現代主義思潮為基礎的都市文學，和皇民化運動後興起的皇民（皇民化主題）文學，便是籠罩在殖民現代性魅惑下的產物。文化認同與國家認同的凝成與失落是他們根本地焦點，文學技法的表現轉變則與他們心靈狀態的迷離、隱晦互為映襯。

市區改正與衛生設施的改善，彰顯了日治時期物質建設現代化之一面，和洋建築與都市空間的改變的出現也影響了都市文學的創作場域。圖為臺北市區改正後的榮町通（今衡陽路）／胡南提供

貳、都市文學、現代主義與文學新感覺

在現代主義之前，文學中鄉村／城市、個人／群體的對立模式是以城市為批判的對象，只有當城市成為「第二自然」，城市成為自己的代理人時，才成為被獨立表現的題材，使城市書寫獲得了新的視角。

因此我們可以說，當都市現代性（urban modernity）的經驗被正視，而成為文學表現的中心議題時，乃產生了一種符合都市生活與文學美學的「新感覺」，而這種文學新感覺，便是現代主義文學思潮所致力要揭示的重點所在。只不過，因為「現代主義」與「帝國主義」之同時到達東方幾乎是無法避免的歷史，在殖民地東方的現代主義者，其文化主體既有侵奪、置換的危機，卻又往往以來自帝國的新技術與新語言來創作，就不免使東方的現代主義者顯得與我族的民族主義者或文化守成主義者，在抵殖民精神強烈的文學史中，其評價有顯著差異。

從二十世紀初葉兩岸新文學史的進程來看，一九三〇年代，以都市文學面貌出現的臺灣現代主義文學，毋寧與留學生在日本所受的影響有直接關係。尋根探源，對現代主義思潮影響深遠，被劃歸為現代主義流派之一的「新感覺派」實乃源起於日本，而日本實則又由歐西轉化而來。

在一九二〇年代中期出現的日本新感覺派，乃是對二十世紀初期日本文壇上自然主義文學與普羅文學之反動，是屬於現代主義文學一支而較早萌生的文學思潮之一。其出現之契機除文壇內部路線之爭外，資本主義社會對現代人產生之壓迫感，與關東大地震（1923）後經濟與社會秩序的混亂，更進一步引發作家心靈的騷動。

陳芳明在描述到臺灣三〇年代文學時，提到農民、左翼文學興起

王白淵開啟了都市文學的潮流
／台文館提供

外，另一個發展現象便是「都市文學」的崛起。並勾勒這一時代都市文學的創作現象：「所謂都市文學，並不必然與現代主義思潮有關。不過，隨著資本主義在臺灣的不斷擴張，都市化的趨勢是無可抵擋的。臺灣的都市文學大約有兩種，一種是以臺北市作家表現的現代風貌，一種則是留日學生反映的東京都會生活。前者以王詩琅、朱點人最值得注意，後者則是以巫永福、翁鬧為代表。這種都市文學，也倒影在新詩的發展之上，從王白淵的出現，到風車詩社的誕生，大約能夠辨識現代主義的蜿蜒軌跡」。

於是乎，在與巫永福同時留學於東京的諸友人的小說裡，如吳天賞的〈蕾〉、〈龍〉，翁鬧的〈殘雪〉、〈天亮前的戀愛故事〉，及張文環的〈早凋的蓓蕾〉，甚至是巫自己的〈首與體〉及〈山茶花〉，無

風車詩社是現代主義的引領者／台文館提供

不環繞著個人的問題，以濃厚的布爾喬亞頹廢式浪漫來抒發他們的苦悶，從而出現了一群具叛逆者和流亡者姿態的知識青年形象。

都市的壓力與魅力已成為臺灣留學生創作的基礎。我們的問題或

圖為台灣藝術研究會成員，右站立者為青年時期的巫永福，左二為張文環／台文館提供

張文環照片／台文館提供

許還在於，為什麼是這些知識分子作家的都市現代性經驗，進一步促成了由寫實主義到現代主義、由外部寫實到心理寫真的文學現代性轉化？如果說，日本新感覺派的出現是對文學內部路線發展與時代苦悶的反動所致，則臺灣留學生反映的除了是臺灣被殖民者心靈雙鄉的矛盾外，對都市文明的感受，其實與世界各地現代主義者身處都市的異化感可謂不謀而合。因此恐怕不能僅由臺灣特殊的條件來理解現代主義文學出現的契機，而應正視臺灣知識菁英特殊的都市經驗，乃是現代文明與殖民問題糾葛的經驗。

這些留學日本都會的臺灣作家，他們對都市文明有時迷戀，有時卻又怨恨起這大都會所「象徵」的人生困境。啟蒙與反殖民不是他們小說的主題，反而關於文藝與情愛之夢的追尋更令人傾心。這些故事並非發生在臺灣，而是以日本東京為舞臺發展出來的。臺灣現代主義在境外，藉由日本的都市現代性所引發的文學現代性，顯示的正是臺灣知識分子另類的人生思考——更個人主義的，而非以國族命運為主軸的思考。

翁鬧〈天亮前的戀愛故事〉充滿了官能蠱惑與都會意象的描寫，並由主角的獨白來呈現內心世界的流動。他在小說中強調：

　　我是野獸。如果聖賢的路就是人的路，那麼我是分明走岔了的，活該被看不起的存在。請看不起我好了。……如果這地上再一次到處充滿野獸，那該有多好！請不要生氣，因為我並不希望人類絕滅。我的意思是要現在的人類忘掉他們的生活方式與一切文化，再一次回到野獸的狀態。……

　　在這種企望回到野獸狀態的書寫裡，呈現了翁鬧關於都市生活所帶來的疲憊感，這應該與都市所帶來的壓抑有關，而被聯繫到整體生命力的消失。如同他所寫到的，小說敘事者說話的時間正是他三十歲的最後一天：「啊，我的青春已經過去了，消失了，今天就此宣告結束了。……對我來說，青春熄滅的生涯不能算是生命」。

　　因此，翁鬧獨白式的小說語言，連帶他所顯示的對現代文明的惡感，除了是現代人對於青春、生命力之消逝之哀嘆外，似乎也可以視為一個殖民地之子認同與出路盡皆流離失所後的一種哀鳴。筆者想強調的是，都市現代性的經驗，成為臺灣現代主義者文學現代性表現的來源，文本中表現為以都市為「第二自然」，都市生活本身成為他們苦惱的來源，而種種矛盾、頹廢之內心描寫，實有別於以殖民都市做為反殖民目標的書寫形態。

　　因此，新文學運動

翁鬧小說具心裡分析與都市文化觀察特色，圖中前排左起第四位為翁鬧／台文館提供

中臺灣作家其他關於都市的書寫，也一樣顯示了都市文明所代表的壓抑、虛無與頹廢。只不過，他們都不是以現代主義的形式來談論都市。但在這些對比之下，我們可以意識到，「都市」對於殖民地作家而言，無論在島都或東都皆意味著一種迫力，從而透顯出殖民都市中的現代性君臨其生活的幅度。例如無政府主義者王詩琅的〈夜雨〉、〈沒落〉和〈十字路〉，便表現了都市出現後，成為自社運中退縮下來的知識分子頹廢的影子。像是〈夜雨〉中的一段：

> 廣闊的太平町鋪道，兩旁櫛比的大店鋪，被薄暮的夜色籠罩起來了。輝煌的電光，漸漸地逞感，要代替太陽支配世界了。剛開業未幾的咖啡店──「娜利耶」：在這十字街頭角現其麗姿。宏亮的留聲機的嬌聲，紅紫的「良薩茵」來粉粧這近代女性的豔容，在這島都的臺灣人街上，添一新的魅力。

有關現代性事物的描寫，除了由其目的點出殖民現代性早已占據了島都之外，作家對於現代性所帶來的「舶來氣味」的刻意摻雜，卻又似乎顯示了殖民地作家處於對都市現代性愛恨之間的某種曖昧的美學傾向，即現代都市的魔力與迫力，成為殖民地作家的矛盾來源。但無政府主義的左翼作家的苦惱不來自於都市本身，或來自追求都市文明的徒勞，主要還是來自於殖民地的現實困境。

而與都市中現代文明同時出現的問題，還有「現代的產物」：摩登女性（女郎）。

　　都市與女性問題始終關係密切，受現代主義影響的小說家，對女性的愛戀或情慾都是他們文本中心理描寫的重頭戲，「力比多」的性慾驅力似乎是強調主觀、感官的新感覺派的重頭戲。

　　〈天亮前的戀愛故事〉中，同樣地提到「原始」、「自然」等概念，雖然翁鬧依然是由男性角度來哀嘆沒有女性青睞的悲哀，但做為與「青春」、「生命」等詞相對的概念而言，翁鬧顯然的確在嚮往著一個破除現代都市壓迫的原始空間。青春與愛戀都是這都會中讓人產生熱情的來由卻也是欲求不得後最深沉失落的來源：

　　　　我當然只不過是廢料而已。但是對於深切地尋求戀愛，這麼熱烈地盼望愛人的我，上帝竟一秒鐘都不曾賜與過，我無論如何不認為是有理的。啊，青春在消逝著！它正在飛快地消逝著！

　　可以說，對某種「理想」的追求（青春、藝術、愛情、女性等等），始終是翁鬧小說中以「都市文明」做為對立物而被敘述出來的。

　　而另一方面，在現代主義文學裡，不論是都市意象的主觀印象，或是個人命運的心理分析中，都應由文本中作者所給出的「情境」去做出解釋，去嗅聞他們如何表述「現代」── 一個殖民地下的「現代」。如果這些現代性帶給他們的並非只是進步與歡愉，則那些苦苦壓抑的苦悶與情慾，其實具有某種象徵性已不言可喻。

　　在楊熾昌的超現實主義詩作裡，「臺南」這南方的古城與都市，顯示了某種蒼白的顏色。〈毀壞的城市〉寫到：「簽名在敗北的地表上的人們／吹著口哨，空洞的貝殼／唱著古老的歷史、土地、住家和

／樹木，都愛馨香的瞑想／秋蝶飛揚的夕暮喲！／對於唱船歌的芝姬
／故鄉的哀嘆是蒼白的」。

楊熾昌的超現實主義詩作做為
現代主義文學之一支，雖也反映了
與普羅文學迥異的美學傾向。但，
現代主義所表現的新感覺未必盡皆
「超現實」的。或許應該說，超現
實主義以特殊的技法「超越」了現
實的問題，但仍然隱喻、影射或對
應著某種不言可喻的「現實」。

楊熾昌，筆名水蔭萍，是超現實主義詩
人的代表人物／台文館提供

此外，如果加入同時代的巫永福〈首與體〉來看就更明顯，國族
與文化認同問題與主角迷戀東京都會文明可謂糾葛不清。〈首與體〉
當中的故事，便透露出殖民地
知青徘徊於封建文化充斥的被
殖民臺灣，充滿現代性魅惑的
殖民母國都會東京之間的故
事，自然具有殖民地文學國族
認同的寓意。

小說是透過兩位臺灣青年
留學生所敷演出來的。在一個
放了學的下午，故事中的敘事
者「我」偕同他的好友S，漫步
在東京街頭，心中卻同時思索
著一件事，那便是S受到家中的

《水蔭萍作品集》書封／台文館提供

催促，要求他必須回臺解決婚姻問題，而他在東京已有了戀人。作者
透過第一人稱的敘事者「我」，以主觀敘述的方式，描寫了其好友的
形象與問題，由「我」直接地敘述了好友的問題──「最近他在煩惱
著的是首與體的問題」：

　　事實上，我知道我們近期間就要分別了，可是他卻不願意離我
而去。這是首與體的相反對立狀態。因為他自己想留在東京，可是
他的家卻要他的「體」，一封接一封的家書頻頻催他「返鄉」。理
由是要他回家解決重大的婚姻問題。所以他想留在東京。

　　〈首與體〉當中的留學生以一「困惑者」的形象出現於臺灣文
學史上，作者雖以新銳的技巧把觸角深入人物心理，從而拓深了人物
心理狀態描繪的深度；然而，就如同施淑在〈感覺世界：三〇年代台
灣另類小說〉一文所說的，臺灣殖民菁英作家所要面對的，是「即便
逃向感覺的世界也無法解決的現實的、存在的困境」，身在母親「臺
灣」與殖民者「日本」兩者之間的臺灣留學生，經歷的正是一段令人
困惑的試煉。

　　從〈首與體〉一作，我們初步看到臺灣知識分子所遭遇的三〇年
代現代性的魅影；也窺見在殖民教育體制下，其中部分人物日後疏離
本土世界的部分原因。殖民文化對於殖民地臺灣知識分子的吸引力竟
一至於斯。比起賴和這一世代對本土性的思辨，巫永福小說中的困惑
者是殖民現代性的新俘虜。因而，沿著這條線索看下來，現代性與殖
民性的糾葛盡現其中，也是臺灣現代主義文學與殖民地問題糾葛難分
的另一例證。

參、「皇民文學」的出場與殖民現代性

我們距離殖民與戰爭的年代已經遙遠，究竟要如何來看待、評價所謂「皇民文學」這種文學現象？

自從日本帝國主義在1895年開始統治臺灣後，由於臺灣之歷史文化、語言、風俗習慣迥異於日本，日本乃仿照列強統治殖民地的方式，實施帶有民族差別待遇的殖民地統治。日本政府為強化統治，相繼提出關於一視同仁、內地延長主義、同化主義的方針，特別企圖透過「殖民教育體制」培養具有日本國家認同的臺灣人。此外，日本還強化了現代日本與落後臺灣的二元對立概念，因而造成臺灣書房的沒落、傳統習俗的消失，使得日語的逐漸普及（相對的是母語的喪失）、日本式生活象徵現代、進步的觀念逐漸成形，「同化型」的人物就誕生在這樣的殖民文化情境當中。

因此，同化型的人物在臺灣文學中其實出現得甚早，絕非皇民化運動後才出現，只不過，二○年代及三○年代中期的作家以批判性的角度描寫這類人物，像賴和〈補大人〉、陳虛谷〈榮歸〉、朱點人〈脫穎〉、蔡秋桐〈保正伯〉等，都是當中的顯著的例子。

對從小受日本教育長大的臺灣作家而言，不少人（並非全部）精神乃至文化上逐漸認同為一名「日本國民」，或者傾慕日本代表的現代文化優位（越）性。他們用心學習、模仿乃至同化，但卻依然無法受到平等對待，這種屈辱與惶惑讓他們用日文書寫認同主題的作品時，頻頻有落入精神分裂之危崖的掙扎姿態。

到了一九三○年代起，日本帝國主義的侵略野心日益熾盛，總督府一方面壓制臺灣具有民族主義或社會主義色彩的政治、文化運動，一方面則更積極地推動普及日語、部落振興等社會教化運動，加速臺

人之同化，使臺人成為「利害與共」的日本國民。臺灣反殖民政治、社會運動的沒落，意味殖民統治的益形嚴酷；而積極同化教育之推行，更使新一代成長中的臺灣子弟陷入被馴化、被同化的危機中。

1937年7月，中日戰爭全面爆發，日本本土為因應長期戰爭與國防經濟體制的需要，於1938年發布「國家總動員法」。在臺灣，也推行所謂「皇民化運動」，主要包括有：國語運動、改姓名、志願兵制度、宗教、社會風俗改革，目的就是要把殖民地人民改造成「天皇的子民」或「皇國的臣民」。其中為配合戰爭的需要，1942年開始實施的志願兵制度，也造成許多臺灣青年從軍的熱潮，所謂「皇民文學」有不少正是描繪臺灣人如何嚮往從軍、成為真正皇民的心路歷程。

整個戰爭期的文壇，大抵以一九四〇年代前期的《文藝臺灣》（西川滿主編）與《臺灣文學》（張文環主編）兩大文學陣營為最重要。但即便可以用傾向日本或臺灣立場來指認兩者，在日益強制化的皇民文學奉公體制下，事實上兩方的作家都無法避免寫下協力戰爭的作品。周金波〈志願兵〉與陳火泉的〈道〉無疑就是最好的「樣版」。

和前一階段的批判同化型人物的小說不同，皇民化運動下新一代的作者已經無法完全地站在一個確定的位置去批判小說人物日本化後的言行，反而是不斷投射著他們現實中的焦慮，讓他們的小說人物不斷在「平等」、「認同」等被殖民者縈懷於心的難題上煎熬。

周金波的〈志願兵〉是皇民文學的「樣版」／台文館提供

歷來，除了上述兩篇，王昶雄的〈奔

日治時期小說家
陳火泉，戰後跨
越語言障礙，曾
出版非常暢銷的
勵志「人生三
書」。圖為陳火
泉照片／台文館
提供

流〉與呂赫若的〈清秋〉是較常被討論的「疑似」所謂「皇民文學」
作品。但事實上，還有相當多的作者與作品都在刻意地「視若無睹」
之下被棄置一旁。近來，關於張文環、吳漫沙與《風月報》、《南
方》、《臺灣藝術》等刊物上的作家和作品，甚至日人在臺作家，
都逐漸被以嚴肅的方式加以檢討（而非以視而不見或道德批評的方
式）。

周金波既是長久以來被視為皇民文學作家的典型，以他為中心來
討論應是相當好的出發點。

在周金波的「成名作」〈志願兵〉當中，我們看到了臺灣作家如
何地正面呼應日本帝國主義的戰時體制。小說中所有人物關於志願兵
的交談、辯論像是交響曲中同一主題樂式的重複與強化，最終在充滿
激情的血書志願書從軍一幕中達到高潮。面對像周金波這樣在小說中
表現為天皇戰死可以提高臺灣人地位，以及認為臺灣人是文化水準低
落的卑微人種，而相信只有像日本那樣現代化才能「破除迷信，打倒
陋習」的「現代主義者」（見〈水癌〉），我們要如何來看待他？

要為日本天皇戰死的周金波為何還會充滿苦楚呢（如〈「尺」的
誕生〉裡為學不會相撲而自卑的臺灣小孩）？周金波既已認同日本的

近代化價值，他這種認同未何不能為自己及臺灣人找到出路，而要為日本人的歧視耿耿於懷？我們不能不由這裡去想一想，臺灣人的悲哀不在於無法堅守民族立場，而在於他必須以放棄自我、扭曲自我、甚至犧牲自我的方式向統治者爭取平等。日本殖民時代，強勢的殖民文化迫使臺灣人藉同化以爭取平等，結果證明只是幻夢一場，這難道不是給我們一個暗示：一個不容人選擇認同與信仰的霸權，又怎有所謂真正的平等可言！因為霸權的本質原就不允許人們擁有自決的權利。

總之，我們除了評述「皇民文學」現象這個歷史問題外，也提出如何以後殖民時代臺灣人的觀點來重估此一文學現象，藉以提供當代臺灣人思索由此延伸的相關議題，希望我們真正能夠從仔細閱讀這些充滿先人血淚的文學作品中找到寶貴的啟示。

📖 延伸閱讀

- 施淑：《兩岸文學論集》（台北：新地，1997）。
- 陳芳明：《殖民地摩登：現代性與台灣史觀》（台北：麥田，2004）。
- 柳書琴：《戰爭與文壇：日治末期台灣的文學活動(1937.7-1945.8)》（台灣大學歷史學研究所碩士論文，1994）。

第6章　差異的文學現代性經驗——
現代台灣小說

◎陳建忠（國立清華大學臺灣文學研究所 助理教授）

壹、殖民現代性與文學現代性：
日治時代小說的書寫語境與時代命題

　　臺灣日治時代（1895-1945）小說發展，與臺灣社會殖民化與現代化歷程是亦步亦趨的關係，因此可以由知識分子與作家透過作品展現的美學與思想立場，來觀察日治時代臺灣小說的各種特質。而這種特質可以描述為是「多重現代性」（multiple modernities）經驗的展現，顯示臺灣小說在日治時代複雜而劇烈的變化。

　　在日本帝國主義的殖民治理下，臺灣社會與政經、文化各方面，同時接受了殖民文化，以及經由日本轉介而來的世界現代思潮。臺灣「被迫」進入一個「現代」世界，現代性的事物（理性、法制、民主、電話、西醫……等等）與固有傳統形成複雜的對應關係。面對現代性，不同階層與世代的臺灣人在迎拒之間反應各有不同，文學當然也反映了作家對於現代性君臨臺灣時的感受，他們並且以不同的文學手法來表現，而各有殊勝。

　　日本殖民主義為了在臺灣進行持續的資本與原料的壓榨，事實上並非一味巧取豪奪，而是有限度地進行資本主義化與現代化的改造工程，例如現代製糖工業與新式教育、衛生改善等，便是顯而易見的「現代性」事物。比喻地說，正是在「養雞取卵」這點上，殖民性與現代性在此找到接合點，「殖民現代性」的說法，恰恰可看出「進

步」背後的殖民掠奪意圖。因而，挾帶著被殖民主義話語所先驗地斷定為優越的現代性，讓本土知識分子在追求現代性的同時，不可避免地將殖民性與現代性的意象疊合在一起。

所以，所謂現代性的追尋固是日治時代知識菁英反殖民、反封建的思想來源，但殖民地下知識份子對現代性的接受，也時時顯現他們在思索如何對待本土性。尤其當殖民地文化之殖民性往往與現代性共生之際，本土特質在論述中被貶抑為有待進步的落伍文化，臺灣知識菁英時陷迷惘中的情形也所在多有。因此，循著臺灣作家對現代性的追求或抗拒的軌跡，我們試圖經由小說文本來觀察日治時代臺灣小說在思想主題、美學形式等方面的變化及其意義。

日治時代自一九二〇年代以來開展的現代小說傳統，從展現其文學現代性的形式變化，到思想上對殖民性與本土性的思索，主要演化出啟蒙小說、普羅小說與都市／現代主義小說、皇民化主題小說等幾種類型，並可以含括主要的文學現代性議題。

舊時的學堂經日治後，已轉變為新式教育如日本語、算數的學習書房。圖為臺北大稻埕區的新式書房／胡南提供

　　上述幾種被討論的小說次類型，可說是日治時代臺灣新文學研究的「重點」所在。這些小說所展現的文學現代性，以及他們對殖民現代性的迎拒態度，構成了討論這批小說的張力所在。

　　因此，重讀這些演示多重現代性經驗的日治時代臺灣小說，將使我們對置身於殖民現代性與追尋本土性之間的臺灣知識分子作家，其複雜幽微的心靈世界（精神史），有更深刻的理解。並且，對臺灣現代文學的文學現代性經驗之接受與演變過程，也將可以接合文學與精神史的互動關係，而獲致更適切的詮釋與定位。

貳、啟蒙小說與反封建、抵殖民

　　啟蒙主義（enlightenment），是臺灣知識分子的基本時代思想，他們所接受的啟蒙的現代性，具有複雜的意義。他們必須藉此現代性，同時對自己封閉的文化內部進行自我批判（反傳統／反封建），也必須對外部入侵的帝國殖民主義實踐進行抵抗（反帝／抵殖民）。

　　由最早幾篇發表於《臺灣》、《臺灣民報》等報章上的小說如：鷗〈可怕的沈默〉、追風〈彼女は何處へ？〉（她往何處去？）、無知〈神秘的自制島〉、柳裳君〈犬羊禍〉、施文杞〈臺娘悲史〉，基本上可以看到幾個明顯的特徵：如寓言體的形式、語言上仍多舊小說的套語或詞彙等，這些都是傳統中國舊小說的格套，可以說是還未掌握到現代小說技巧前遺留的舊痕跡。

　　到了賴和與楊雲萍、張我軍等較為成熟的小說家出現時，臺灣的現代小說已在學習西方式的現代小說形式、話語方面益形成熟了。

　　而首先，「人」的定義是什麼？或許是一個信仰啟蒙主義普世價值的啟蒙者首要的疑惑。啟蒙者思索追求自由、平等，但在他的民族內部

卻先看到積習已久的「非人」習俗。可以說，整個臺灣新文學與新文化
運動所追求的目標，大抵是「後進」的亞洲國家在被強迫步入「現代」
時所要面臨的課題。除了反殖民主義、反帝國主義之外，如何針對內部
的落後性進行「解魅」的工程，追求自由、人權、民主、科學，就有賴
源起於西方世界早已發展過的啟蒙主義，藉由啟蒙主義所揭櫫的理性精
神，「人」的重要性才能由封建宗法的威壓下得到釋放。

賴和被尊稱為「臺灣新文學之父」

遠景版賴和全集《一桿稱仔》，裡頭收錄有賴和的經典短篇小說

　　像賴和〈可憐她死了〉裡，富戶阿力雖然有大小三個太太，仍買來窮人家的十七、八歲少女阿金做為「獸性蹂躪」的工具，賴和記錄了這「非人」的生命；或者像〈一桿「稱仔」〉秦得參的悲鳴：「人不像個人，畜生，誰願意做。這是什麼世間？活著倒不若死了快樂」，其實都是賴和以啟蒙者的精神在呼求「人」的尊嚴與價值。

　　值得注意〈浪漫外紀〉中對「鱸鰻」（流氓）的特殊看法。賴和由鱸鰻的性格看到他們性格的優劣面，他雖指出他們易受籠絡的缺點，卻似乎由他們無法被律法，特別是殖民者之律法的框架所框限的性格深表讚許。他們敢於反擊，因而「殊不像是臺灣人定型的性格」，就已道盡賴和對臺灣人性格的期待。

　　我們認為，啟蒙小說當中，從民族、

階級、性別等各方面的議題，試圖打破傳統的思維模式，建立以個人主義、自由主義等解放現代性為基礎的現代文學，是日治時代小說發展中，第一個值得正視的新小說文類。

參、普羅小說與批判現代性

基本上，啟蒙主義與民族主義是日治時代知識分子相當一致的思想基礎。然而，相應著世界與本土的現實要求，社會主義思潮的傳入使得臺灣政治、社會運動團體在二〇年代末期產生分化，不同的意識形態陣營對臺灣未來的想像也因而出現不同主張。

普羅文學（proletarian literature）原本即是指無產階級文學，又被論者稱為左翼文學。臺灣的普羅小說發展，受限於總督府對政治運動的壓抑，不能稱興盛。但普羅小說的社會主義思想，都因對本土性的護持，以及對殖民現代性的保留態度、甚至批判，可視為日治時代臺灣小說多重現代性經驗的另一層面貌。

楊逵，可以說是這一波普羅文藝思潮湧動下，最有創作實績的普羅小說家。從他的許多看法與實踐上，頗能說明臺灣普羅小說面對現代性的態度。楊逵的普羅小說〈送報伕〉，入選東京《文學評論》第二獎（第一獎從缺），成為第一位成功進軍日本文壇的臺灣人。這篇小說除了批判臺灣官商勾結與日本資本家壓榨，顯示出他對殖民現代性的強烈批判外，他提出具「國際主義」色彩的「跨國無產階級結盟」的理念，由「階級結盟」而非「民族對立」的角度立論，更將臺灣的現代性經驗，與世界性的反資本主義現代性思潮勾連。

呂赫若小說〈牛車〉，刊載於日本左翼文學刊物《文學評論》2卷1號，是繼楊逵後再一次進軍日本文壇的代表作。小說中表現了殖民後

呂赫若日記手稿／《文訊》提供 　　　　　呂赫若〈牛車〉內文書影／台文館提供

引進的現代運輸工具，如何取代傳統牛車，而在殖民者宣稱的資本主
義現代化發展口號下，使臺灣農民陷入更貧窮的境地。如同張深切在
一篇〈對台灣新文學路線之一提案〉中評論吳希聖〈豚〉、楊逵〈新
聞配達夫〉、呂赫若〈牛車〉時所說的，臺灣文學發展到一九三〇

呂赫若，1935年以小說
〈牛車〉嶄露頭角，後赴
東京學習聲樂。回臺後與
王井泉、張文環、林摶
秋、簡國賢等人創組「厚
生演劇研究會」。1944
年出版個人小說集《清
秋》，為戰前臺灣作家唯
一出版的小說。一九五〇
年代，因參與「鹿窟武裝
基地事件」，死難於臺北
縣石碇附近。

年代中葉，左翼普羅文學有更深刻的發展，
他說：「這三篇作品都是一樣接著日本普羅
文學的路線。這條路線，現在好像漸形成一
種影響底勢力，將去建築臺灣文學的新路線
了」，便點出臺灣左翼小說的確被當時評論
者所重視。

　　普羅小說的出現，與啟蒙小說一樣以寫
實主義為主要手法，但更強調階級覺醒與批
判資本主義體制的立場，強烈地表現對殖民
現代性的抵拒色彩。

肆、都市小說與文學新感覺

　　陳芳明教授在已《聯合文學》發表的

王昶雄，原名王榮生，臺北淡水人，日本大學齒學系畢業。早年為《臺灣文學》同仁，雖以牙醫為本業，仍創作不綴。小說〈奔流〉曾入選1943年《臺灣小說選》。另如歌詞創作〈阮若打開心內的門窗〉，至今膾炙人口。

王詩琅，筆名王錦江，臺北萬華人。1927年因參加無政府主義組織「臺灣黑色青年聯盟」入獄。早期其作品充滿知識分子的關懷與省察，描寫日治時期社會運動與勞工階級的處境，深刻反省島國人民的性格與心態。

楊雲萍，本名楊友濂，臺北士林人。1925年與江夢筆合辦《人人》雜誌，為臺灣第一本白話文學雜誌。

　　《臺灣新文學史》中，描述到臺灣三〇年代文學時，提到農民、左翼文學興起外，另一個發展現象便是「都市文學」的崛起。

　　翁鬧的〈天亮前的戀愛故事〉由主角的獨白與主觀印象，呈現都會的現代性，那也就是都市文學創作者的文學新感覺。

　　交織著日本新感覺技法，強調主觀性與內心描寫的臺灣留學生小說，巫永福〈首與體〉當中所描述的故事，便是相當顯著地，透露殖民地知青徘徊於封建文化充斥的被殖民臺灣，充滿現代性魅惑的殖民母國都會東京之間的故事，自然具有殖民地文學國族認同的寓意。小說是透過兩位臺灣青年留學生所敷演出來的。

　　當中的留學生以一「困惑者」的形象出現於臺灣文學史上，作者雖以新銳的技巧把觸角深入人物心理，從而拓深了人物心理狀態描繪的深度。但，身在母親「臺灣」與殖民者「日本」兩者之間的臺灣留

學生，經歷的正是一段令人困惑的試煉。比起賴和這一漢文世代對本土性的思辨與護持，日文世代作家巫永福及其同時代作家小說中的困惑者，則是殖民現代性的新俘虜。

伍、皇民化（主題）小說與殖民現代性

自從日本帝國主義在1895年開始統治臺灣後，由於臺灣之歷史文化、語言、風俗習慣迥異於日本，日本乃仿照列強統治殖民地的方式，實施帶有民族差別待遇的殖民地統治。日本政府為強化統治，相繼提出關於一視同仁、內地延長主義、同化主義的方針，特別企圖透過「殖民教育體制」培養具有日本國家認同的臺灣人。此外，日本還強化了現代日本與落後臺灣的二元對立概念，因而造成臺灣書房的沒落、傳統習俗的消失，使得日語的逐漸普及（相對的是母語的喪失）、日本式生活象徵現代、進步的觀念逐漸成形，「同化型」的人物就誕生在這樣的殖民文化情境當中。

因此，同化型的人物在臺灣文學中其實出現得甚早，絕非皇民化運動後才出現，只不過，二○年代及三○年代中期的作家以批判性的角度描寫這類人物，用高度的民族立場批判了「背叛」的臺灣人。像賴和〈補大人〉、陳虛谷〈榮歸〉、朱點人〈脫穎〉、蔡秋桐〈保正伯〉都是當中的著例。

1937年7月，中日戰爭全面爆發，在臺灣，也推行「皇民化運動」，主要項目有：國語運動、改姓名、志願

皇民化運動動員後，連專賣事業也避不過精神號召的響應。圖為臺灣總督府專賣局於昭和13年（1938）出製清酒「凱旋」／胡南提供

兵制度、宗教、社會風俗改革，目的就是要把殖民地人民改造成「天皇的子民」。日治歷史上的「皇民文學」一辭出現得頗晚，特別是在戰爭末期才被日本官方與學者、作家特別標榜的，兼具有「讚賞」與「收編」的意味。但戰後我們習慣以「皇民文學」一辭所指稱的作品，卻是由臺灣（或中國）民族主義立場出發，帶有對協力殖民戰爭與皇民化運動者的作品的「蔑視」與「排斥」。

和前一階段的批判同化型人物的小說不同，皇民化運動下的作者已經無法完全地站在一個確定的位置去批判小說人物日本化後的言行，反而是不斷投射著他們現實中的焦慮，讓他們的小說人物不斷在「平等」、「認同」等被殖民者縈懷於心的難題上煎熬。

周金波的〈志願兵〉無疑是最好的樣版。陳火泉的〈道〉也屢被提及。此外，王昶雄的〈奔流〉與呂赫若的〈清秋〉也經常被「疑為」所謂「皇民文學」作品。近來，關於張文環、吳漫沙與《風月報》、《南方》、《臺灣藝術》等刊物上的作家和作品，甚至日人在臺作家，都逐漸被以嚴肅的方式加以檢討（而非以視而不見或道德批評的方式）。

周金波既是長久以來被視為皇民文學作家的典型，以他為中心來討論應是相當好的出發點。成名作〈志願兵〉的主題，便在於討論臺灣青年如何趨近於當一個「真正」日本人的心理癥結。留學的知識分子張明貴因為從「理論」、「理性」出發，始終難以突破那層非日人的感覺的薄膜，反倒是學歷不高的高進六不僅用擊掌儀式體會日本精神，更以血書志願從

《臺灣藝術》刊影／《文訊》提供

軍來表達了臺灣人效忠帝國的決心，毅然跨越了「血緣」與「種族」的藩籬，匯入皇國聖戰的大潮中。

但，周金波自己也並非沒有苦惱。在〈「尺」的誕生〉這篇小說裡，不會玩日本相撲遊戲的臺灣小學生，因自覺被輕蔑，竟變成了「旁觀者」，習慣站在圍牆邊靜靜參觀「小學校」兒童所展開的打仗遊戲。作者文中那種極力自我改造卻始終被排斥於日本人定義之外的違和感，是一直針刺著讀者的閱讀神經的，恐怕也只有當時的臺灣青年才能體察這種細微的孤立感罷！

陸、結語：重繪日治時代小說圖像

本文所涉及的現代性、本土性與殖民性等議題，既是思想的，也是美學的，需綜合且辯證地加以觀察。因此，文中所討論的啟蒙小說、普羅小說、都市／現代主義小說，以及「皇民化主題」小說，這些小說類型，尚有許多作品有待進一步討論，甚至結合作家創作歷程與世界文學思潮演變來解釋，應存在著相當大的研究空間。

事實上，如果我們還要深究日治時代臺灣小說的細緻面貌，尚有如通俗小說（偵探、言情等）與女性小說等類型，也都展現與一般嚴肅文學與男性文學不同的文學特質，希望日後能有更多人共同予以關注。

日治時代臺灣小說的版圖，它的圖像，仍在繼續擴大與變化中。

📖 延伸閱讀

・許俊雅：《日治時期台灣小說研究》（臺北：文史哲，1995）。
・陳建忠：《書寫台灣‧台灣書寫：賴和的文學與思想研究》（高雄：春暉，2004）。
・陳建忠：《日治時期台灣作家論：現代性、本土性、殖民性》（臺北：五南，2004）。

| 第7章 | 編織與重繪台灣圖像——
現代台灣報導文學與散文 |

◎范宜如（國立臺灣師範大學國文學系 副教授）

壹、楊逵報導文學的理論與實踐

一、開墾豐饒之野

　　楊逵的作品是臺灣報導文學「萌芽的標誌」。1935年，楊逵創作了臺灣文學史上最早的報告文學作品——〈臺灣地震災區勘察慰問記〉，1937年楊逵也陸續發表〈談報告文學〉、〈何謂報告文學〉、〈報告文學問答〉等理論性的文章。在〈談報告文學〉這篇文章裡，他提倡報告（導）文學，作為臺灣新文學的基礎：「要先寫我們所居住成長的這個臺灣社會，絕非把自己封閉在臺灣。我們很希望每一位作家都是視野廣闊的世界人，用這種角度看臺灣，寫臺灣。」在〈何謂報告文學〉一文中則為報告文學（reportage）下了一個簡明扼要的定義：「筆者以報導的方式，就其周邊、其村鎮、或當地所發生的事情所寫下來的文學。」並指出報告文學與其他文學殊異之處在於：第一，重視讀者（閱讀報導的人），第二，以事實的報導為基礎。第三，筆者對於應該報導的事實，必須熱心以主觀的見解向人傳達。1937年6月出

〈臺灣地震災區勘察慰問記〉發表於《社會評論》第1卷4號，收錄於《楊逵全集》第9卷，楊逵陸續發表有關報告文學的文章也收錄於此，圖為《楊逵全集》書影

版的《臺灣新文學》，楊逵又以問答的形式發表〈報告文學問答〉一文。他再次強調報導文學的重要性是「依據思考和觀察，來把握社會事物的真面目，並尋求、訓練做適合各種內容的最有效表現方式。」並強調報導文學對於開拓臺灣新文學的意義。

從楊逵對於報導文學的論述，我們可以讀到一個知識分子對於「社會」的介入，同時也可以理解文學創作者對於「讀者」的重視，更可以發現楊逵對於「文學」本質的掌握。而楊逵對於「事實」與「真實」的定位，更彰顯了報導文學與社會集體記憶之間的關連。在這個時代，重讀楊逵，可以傾聽臺灣文學原初的脈動之聲。

二、集體記憶的發聲——
〈臺灣地震災區勘察慰問記〉〈逐漸被遺忘的災區〉探析

發生在1935年4月21日的「台中、新竹烈震」，共造成了三千二百七十六人死亡。楊逵寫下〈臺灣地震災區勘察慰問記〉〈逐漸被遺忘的災區－臺灣地震災區劫後情況〉二文，讓我們重返現場，聆聽人民的聲音。

〈臺灣地震災區勘察慰問記〉一文以「意象」與「敘述」深入刻畫個人在震災之後所碰觸的死亡經驗。楊逵直書自己的情緒轉變，從「看見─驚恐─嚇呆─戰慄」，讀者也體會到死亡之網的籠罩，感受到震災帶給人們驚恐與不安。而死亡細節的敘述，如「一個三十歲左右的女人抱著用草蓆包裹的小孩的屍體，在倒塌的房子廢墟上徘徊痛苦著。那邊呼喚孩子，這邊喊爹叫娘、叫兄弟的哭號聲揪人心肺，猶如身在屠宰場。連斷腿的人都奮力要挖出自己的孩子。」更讓人興發不忍之心，直有「天地不仁，以萬物為芻狗」之嘆。

文章以寫實的筆觸，客觀地展示了「屯子腳」的民眾所生存的煉獄。然則，楊逵並沒有讓自己只停留在「旁觀他人之痛苦」的情境，他（以及臺灣文藝聯盟）投入救災的行動，同時也記錄了田野踏查的人文書寫。楊逵採取「實地調查日記」的形式，一一記錄當時食物發送與配給的狀況。雖然只是散落的文字記錄，卻在簡單的話語中看見人性的輝光。同時，楊逵也提出災區重建中所產生的社會問題。〈逐漸被遺忘的災區——臺灣地震災區劫後情況〉則看見行政人員的顢頇無能與小人物的無奈，讓人感嘆，在這裡是無法提問「有關正義與公理的問題」的亡邦之野！這些書寫，都呈現了賑災之際，民間與官方行事的差異。

昭和10年（1935）臺中、新竹地區發生大地震，單就清水一地即死亡326人。圖為災後設立之清水街震災紀念碑／胡南提供

再者，他親身造訪受災地點以勾勒地景的實貌，以平實的筆調再現地震後村莊的破落景貌。夾雜「聽說」與「眼見」的寫作材料，使地震的「實況」更加立體；以數字與比例敘述屯子腳的「全毀」，以「聽說，這個小鎮也死了兩百人。」寫豐原，一個「也」字道盡了臺灣島民共同的命運。新庄子的慘狀則以許多生物的死亡——從死豬到童屍、年輕的男屍讓人想像人間煉獄的實景。

地景的書寫除了突顯各地的災情以及楊逵探察的路線之外，隱藏

在「死亡文字」之後的，卻是另一種椎心的憤怒。是「天地不仁」的自然反撲？還是人謀不臧的體制問題？是大地給人類的修行？還是反映了國家力量的衰敗？這是楊逵以紀實之筆帶給我們的思索。

三、走進無聲時代

　　楊逵對於報導文學的體認與創作，置於1937年的時代背景之下，是「獨一的、宏亮的高音」，然而在日本高壓的統治之下，楊逵所倡導的報導文學因為帶有思想性及批判性，與殖民者的意識有所出入，沒有後繼的創作，更遑論後續的理論，這也是討論日治時期報導文學之際，僅有楊逵這兩篇作品之故！光復之後，楊逵在《力行報》上繼續倡導「實在的文學」，同年七月，楊逵在《潮流》雜誌夏季號中發表〈夢與現實〉，展現了他對「現實」的批判精神以及對年輕人深切的期許。然而，1949年4月發生了「四六事件」，警備司令部拘捕臺灣大學及師範學院（今臺灣師大)大批學生自治會學生，有關當局並以楊逵發表「和平宣言」為口實，將其拘捕入獄，判刑十二年；隨即展開對左翼人士及反對勢力的「肅清工作」。政治氣氛與社會環境因素相互影響之下，報導文學走向沉寂與荒蕪，無疑是文學對於歷史情境的一種無聲的映照。

貳、日治時期台灣散文

一、跨越邊界：日治時期臺灣散文的範疇

　　作為一種容易並直接表達意思的文體，散文經常是處於一種既主流又邊緣的位置。稱之為主流，是因為作家多使用散文作為表述自我、呈現思想、描述事件、訴說生活的方式；稱之為邊緣，則因為散

文沒有明確的文類特徵（如新詩的分行與意象語言、小說的敘事與對話），有如一種「殘餘的文類」，以這種看似具有「正典性」的文類思考回看日治時代的臺灣散文，可以發現日治時期的散文豐富、駁雜而多元的面貌。

二、編織臺灣：日治時期臺灣散文的主題內涵

散文書寫有寬闊的邊界，對於日治時期的作家而言，多元的題材，編織了臺灣庶民生活的肌理，也形塑了散文臺灣的「感覺結構」（stucture of felling）。通過散文，的確可以「發現」臺灣的歷史與社會；透過文字的召喚，凝視「我們的」鄉土。

（一）情感的表述與敘事

散文是一種最「真實」的文類，它貼近人的生活，呈顯了作者內在的情感地圖。圍繞著生活的敘事之外，真誠的情感是日治時期散文動人的質素。

吳新榮〈亡妻記〉在《臺灣文學》發表時，被黃得時譽為臺灣的《浮生六記》。細讀吳新榮此文，可以發現早年臺灣常民生活的細節、作者跨越性別框架的真誠以及散文中的情感敘事。文章傳述男性的情感世界，頗為細膩，並透過與孩子的對話以呈顯潛藏的悲哀。文章的副標題是「逝去的青春日記」，文末，作者也以平易而具象徵意涵的春天，作為對這份消逝情感的記憶。

除了吳新榮〈亡妻記〉之外，龍瑛宗〈時間的嬉戲〉也呈現了情感的流動，深具感覺性。除了個人情感的介入，哲理思維的氛圍使得散文的書寫增添思考的肌理，顯示了文學恆久不變的追尋。

吳新榮，臺南佳里人，號震瀛、史民，筆名兆行。1933年與鹽分地帶詩人郭水潭等成立「佳里青風會」，1935年成立「臺灣文藝聯盟佳里支部」，並參與楊逵創辦的「臺灣新文學」。二二八事件時曾入獄百日。著有《震瀛詩集》、《震瀛隨想錄》、《震瀛回憶錄》、《震瀛採訪錄》等。圖為《吳新榮日記》書影

龍瑛宗，本名劉榮宗，新竹北埔人。1937年以處女作〈植有木瓜的小鎮〉入選日本《改造》雜誌佳作推薦獎。1946年起擔任台南《中華日報》日文版文藝欄主編，儼然成為南部文化運動的主導者。作品有《龍瑛宗集》、《夜流》等。圖為《龍瑛宗集》書影

（二）空間的文化詮釋

1、以旅行拓展人文視域

　　林獻堂的《環球遊記》，可以勾勒一座城市乃至於一個國家的圖像；透過歷史的典故與對照，人文的觀察與摹繪，深化了寫景散文的視野。如塞納河左岸與右岸的對比，以至從噴水聯想及當年志士仁人之熱血，感嘆「嗚呼恐怖時代之法蘭西！」；造訪拿破崙之墓，則與項羽垓下之戰對比。至此，旅行已不再只是空間的移動紀錄，而是歷史與記憶的文化感受。

　　旅行中許多的細節描寫，都展現了對於「國民性」的思考，走進「他者之域」，林獻堂念茲在茲的不是所見的異國風景，而是這一國國民的特質。因此，當他發現巴黎人多為「質樸勤儉」，則錄之於遊記；甚且注意「容貌離奇衣服質樸」的鄉下老人，詢問他及其子攀龍「世界第一美麗的都市此語真是不虛，君看以為如何？」的自信神采。而閱讀法國學者的書，以「走路」的模樣來歸結英、法兩國的人民特性。更可了解旅行中所見與閱讀可以相互映證。

此外，日本上野音樂學校畢業的江文也，將晚報上所見的新聞轉換成對自我的批判，〈從北平到上海－白鷺鷥的詩篇〉（原載於《月刊樂譜》，1936年9月）以音樂為主線，以大量的譬喻書寫旅行的見聞，呈現個人在旅途中的情緒與心懷，世界性的音樂成了「駐紮著胸口的世界各國的軍隊」，呈現另一種旅行的視域。

江文也，臺北淡水鎮人。曾四次獲得日本作曲獎第二名、柏林世運特別獎、威尼斯國際音樂節作曲獎，時人譽為「台灣蕭邦」或「亞洲最有才華的作曲家」。作品有「孔廟大成樂章」、「鄉土節令詩曲」、小提琴奏鳴曲「頌春」、「臺灣民歌」、「阿里山交響曲」等。圖為《江文也》傳記

2、摩登城市

劉捷〈大稻埕點畫〉表現了一種「摩登城市」的潛質。陳芳明在《殖民地摩登》指出，摩登觀念的接受，在二〇年代的臺灣就很普遍。臺共領袖謝雪紅就曾被稱呼為「モダソボイ」(摩登男兒)。在三〇年代，臺語也出現「毛斷」一詞，與中文發音的「摩登」近似。這篇文章以女性意象書寫城市，對於城與人之間觀察深入，顯示了臺灣對於「摩登」觀念的轉換與接受。以聲音、聽覺的交混寫出城市的「感覺性」，從聲音、飲食等面向朝向了「摩登城市」的內涵，而「獵奇」的觀察角度又形成另一種反諷的聲音；城市，成了另一種異質空間。文章的另一個角度，指出城市的變化所形成的一種看得見（看不見）的焦慮，如咖啡廳的質變，沒落的學者成了「講古師」以及「摩登藝妲氣質」的紀實書寫等等，這些觀察在在說明了作者劉捷擴大了書寫邊界，綜合了新聞、實錄、田野調查等形式，創塑了散文的另類風景，也讓我們理解─城市，的確是個「多重敘事之

地」。

（三）殖民經驗下的反省與批判

臺灣新文學的發展一開始就與殖民地
的文化反日運動脫離不了關係，這也是臺
灣新文學傳統具備特殊性格之所在。賴和
的創作除了正面對應文化殖民的現象，也
透過隱喻的方式呈現了文化抵抗的意味。

1、為什麼孩子要上學？

賴和〈無聊的回憶〉一文，是回顧教
育之旅的喟嘆，也涵括個人經驗的回溯，
隱含內在的批判。作者自覺：「學校和我
的緣故，想僅僅在畢業生名簿上有我姓名
而已。」如是，學校帶給作者的是「曾經
遊戲的所在？」還是諄諄教誨的模範？經

劉捷，廣安村人。屏東公學校
高等科畢業後，到高雄擔任
《臺灣新聞報》的採訪記者。
抗戰前轉往大陸，曾在警察教
練所擔任教官，後升為第二
分局長。抗戰勝利後返臺，任
《國聲報》的臺北分社主任。
二二八之後與農牧結緣，並擔
任《臺灣養雞月刊》主編及
《農牧旬刊》的發行人兼社
長。曾出版《我的懺悔錄》。
圖為劉捷作品《我的懺悔錄》
書影

過時間的流逝，作者回顧過往那些「勸誘」的、「畏懼的」情緒，入
學之後「駭異不慣」的經驗，總結成「為什麼要上學」的整體困惑。

當時的臺灣社會，並非每個人都有機會讀書。上學，反而形成
了「階級」的劃分。賴和紀錄友人母親的話：「讀書！你們有錢人可
以去讀書，我們貧窮的人，無錢誰肯教給我們。青盲牛！無錢的人誰
不是在做牛做馬！」也寫出自己的困惑：「我們也算不上有錢人，什
麼也要去讀書？那些我所認識的有錢人家的子弟，年歲和我一樣了，
有的還較我大一些，尚教佣人背上街上遊玩，什麼他們有錢有可沒讀
書？也可不做人？是不是錢的要緊，還在讀書之上，做人之先。是不

是？」

友人母親的話顯現了「金錢」是有沒有能力上學的劃分標準；賴和的思考則回到讀書本身的意義。然而，臺灣人的命運不只是「有錢人」與「貧窮人」的界線而已，去學校學習日本話與一般人不會說日本話所形成的界線，才是教育的荒謬之處。更可悲的是，即便上學，老師教導日本話也不甚用心，不夠盡力，以至於賴和竟有「我也曾傷心過為何不做日本人來出世」這種矛盾的情結，也反映了當時臺灣人困惑而尷尬的處境。這篇文章可說是日治時期教育史的另類紀錄。

賴和，筆名懶雲、走街仔先，生於彰化廳彰化街市仔尾，又名葵河。1914年畢業於臺北醫學校，1917年於彰化開設賴和醫院。地方父老尊稱為「和仔先」。其創作兼括新舊文學，具批判日本殖民統治不公不義的寫實筆法與抗議精神。曾兩度入獄，日本戰敗前即因病去世。死後被尊為「台灣新文學之父」。圖為《賴和全集》書影

2、監獄經驗

「監禁」與「流亡」是絕大多數政治異議分子必須經歷的身心鍛鍊，監獄即是另一種規訓的「空間」。日治時期，許多臺灣菁英因抗日運動而被捕入獄，其中最著名的就是發生在1923年12月16日的「治警事件」。賴和的〈隨筆〉寫在「治警事件」滿一周年之後，文中言及：「這一日是向平靜的人海中，擲下巨石，使波浪洶湧沸騰的一日，這一日曾使我一家老幼男女，驚唬駭哭併累及親戚朋友，憂懼不安的一日，這一日是我初曉得法的威嚴？公正？的一日。」以連續的排比句呈顯個人的情緒與感受，使閱讀者體會威權的影響力。

蔣渭水的〈獄中隨筆〉（原載《臺灣民報》第59－62號），則

呈現了孤絕情境中一個知識分子的生活體驗。如：「飯中多有枯腐變黑的飯粒，在平常是捨棄不值的東西，在獄裏是比粟粒更好的食物，因此有時偶然一見是臭米飯粒，及至嚙破的時，卻是鳥鼠屎，臭氣迫人，甚是厭惡，只因若要吐出，又恐好的飯粒並去，所以不得不硬著喉強吞落去。」從飯粒與鳥鼠屎混雜的小事，即可看出監獄中的生活與飲食狀況。除此之外，紀錄自己被法索所縛，重點不在自己被縛的委屈或苦痛，而是縛法的適切與否：「他的縛法太不合衛生……法索縛左胸部，有礙呼吸，對犯人的體育上，大有害處。……我本要教授他衛生的縛法，後來看他牽出別的犯人，都是縛在腹部，我才放心作罷。」深具「醫生作家」的專業知識，而其間展示的悲憫情懷更令人動容。

蔣渭水，宜蘭人，幼年時因其父厭惡日本教育而從張鏡光攻讀漢學，十六歲才入公學校，三年後考取臺北醫學校，後至臺北大稻埕開設大安醫院。1923年與蔡培火等六人到東京請願籌建臺灣議會期成同盟，觸犯臺灣總督，判刑四個月。1927年文協分裂，蔣渭水乃於7月成立「臺灣民眾黨」。1931年被日本禁止結社。蔣渭水罹病後一病不起，8月病逝臺北。圖為《蔣渭水傳》

3、迷失之影

賴和在1928年5月7日《臺灣大眾時報》創刊號，發表了一篇隱喻左右兩翼分裂的詩化散文〈前進〉，本文是臺灣散文演進史上的里程碑。本文以詩化意象，隱喻當時的時代氛圍，兼具社會性與藝術性；以隱喻的技巧，暗示其對左翼的支持，以及對抗日運動的高度期許。足見他在反殖民戰線分裂過程中在新文協一方介入的程度。

文章的開頭，充塞著沉重的氣氛，賴和以「黑暗的晚上，暗黑的氣氛」，幾百

層地底下的重重黑暗，「是未曾有過駭人的黑暗」等連續不斷的「黑暗」意象，呈現一種困境美學。在黑暗之中，「主角」——「兩個被時代母親所遺棄的孩童」現身。作者以隱晦的話語，說明了「孤兒」的處境，這兩個人，或許是追慕母親的慈愛，因而離家；或許是被逐的前人之子。作者以「黑暗」與「孩童」這兩個意象，呈現了當時殖民社會的氛圍，以及深陷其中的知識分子的處境。

前進，固然是充滿希望與力量的，然而，「路曼曼其修遠兮」，現實世界中還有許多看不見的陰影在前方。這也是本文不隨俗的一種藝術表現，並非以勵志性的話語強化「前進」的力度，而是透過各種「可視」的景物，洞見時代的荒謬與無奈。

（四）島嶼書寫的跨文化想像

民俗文化體現了初民對人生、自然、社會的思考和想像，它也是一個獨特的文化視角，而日治時期作家與原住民接觸之後的紀實書寫，類似所謂「民族誌」書寫，龍瑛宗〈薄薄社的饗宴〉就具有這樣的特質。文中呈現了飲食與儀式的文化特性，如糖蜜酒、米麻米茲：「搗製的時候，原料不太含水分，而成品的形狀也是隨便捏成的，看來很粗獷，味道相當淡，卻有一種特別的風味。」除了婚宴的食物內容之外，隱藏在婚宴背後的

David Feterrman曾言，民族誌是一種描述群體或文化的藝術或科學。……民族誌根本上是本質的描述。民族誌學和民族學是用來完成一個可理解的人類學研究，需要一般的文學檢閱，資料蒐集技巧的呈現、描寫、轉譯和彼此關聯的討論。圖為日治年代臺灣阿美族原住民老照片／胡南提供

則是婚姻關係與性別問題。從一場婚宴延伸及適婚年齡、財產象徵、家庭權力的掌控、婚姻關係的成立與解除等等。可以看出龍瑛宗與原住民的文化接觸之深入，即使是「藩」社，也能欣賞其獨特的民俗儀式。

馬奎斯《百年孤寂》說到：「物體自有其生命，只需喚醒他們。」器物本身不只是生活的用具，而有其時間的意涵與人文的象徵。張文環〈檳榔籃〉即以細膩的筆觸，以文字重現常民生活。以米粉糰及鼠婦蟲占卦生男或生女的遊戲，呈顯了早期臺灣兒童遊戲生活的面向，也是另一種類型的民俗書寫。

（五）傾聽女性的聲音

如果性別是文學閱讀的一個角度，那麼日治時期的臺灣散文對於女性的摹寫，除了吳新榮以亡妻作為傾訴對象的喁喁獨語，以及賴和在第一篇作品〈無題〉的女性敘述之外，楊千鶴的〈待嫁女兒心〉寫出了女性面對婚姻的踟躕、惶惑乃至於批判性思考。

文中有儀式，有傳統家庭面對女兒出嫁的複雜心理，也指出女性面對適婚年齡的心境。透過一只「銅」戒指，她的生活就被「同」化進而消融於一個家族之中，一種無奈之感油然而生。文章末了，則是作者出嫁前凝視嫁妝的一幕，又讓整篇文章翻轉了觀看的視角；文章自身涵藏了對話的框架，一如女性書寫，有著舉輕若重的力度。

三、散文書寫的多音現象

處於舊文學到新文學的變化階段，日治時期的散文書寫的多音現象，其實時間與空間經緯下的「必然」。黃美娥指出，在1895年至

1924年間，其所能接觸到的「新體」文
學，來源至少有三：一是1869年日本明
治維新後逐漸產生的「近代文學」，二是
十九世紀末、二十世紀初中國晚清時期曾
經出現的白話文運動和文學改良風潮；其
三為1917年的中國白話文運動。一直到
1924年新舊文學論戰後，新文學的「典
律」（canon）才普遍獲得較大的認同與實
踐。以散文中的文字表現為例，就有以下
幾個特點：

楊千鶴，1921年生於臺北市
兒玉町（俗稱南門口，現南昌
街一段），1940年畢業於日治
時代臺灣唯一的女子最高學府
―臺北女子高等學院。1941
年擔任《臺灣日日新報》報社
記者，被認為是臺灣的第一位
女記者。圖為《楊千鶴傳――
人生的三稜鏡》

其一：文言文與白話交錯

　　林獻堂以文白交錯的語文表述旅行的
經驗，除了在文中引用古詩之外（〈拿破
倫之墓〉開頭即是：「力拔山兮氣蓋世，時不利兮騅不逝，騅不逝兮
可奈何，虞兮虞兮奈若何。」），古雅的文言敘述，穿插現代的用語
（如「真是好看」、「其他的街路」）顯現日治時期散文在新舊文學
融合之下的語境。

其二：白話文與新詩並時出現

　　從文字表述來看，賴和書寫的第一篇散文〈無題〉，前半闋是白
話文，後半闋是一首新詩，有年少文藝青年書寫的特質。在語言運用
方面，除了白話文的基調，也具有臺灣色彩。

其三：自然融入臺語文

　　創作者在其作品中自然地融入臺灣語文，例舉如後：蔣渭水的
〈獄中隨筆〉：「只因若要吐出，又恐好的飯粒並去，所以不得不

硬著喉強吞落去。」的「吞落去」；賴和〈無題〉：「最時式的衣
衫」，〈無聊的回憶〉以「青盲牛」、「干樂」、「頭鬃」、「頂
港」等等語詞，並用到臺灣諺語「閹雞趁鳳飛」（東施效顰之意），
讀來備感親切。

其四：日文漢字的使用

以賴和的文章為例，他受過日文教育，因此在他的散文中常可讀
到日文漢字，如「小使」（工友）、「御用達」（承辦商人）等；或
如蔣渭水的「手信」等等，這些字詞的出現並不妨礙文本的閱讀，其
實也助於理解當時的時代情境。

四、結語

散文可說是個人生活的雕塑。透過散文的形式，作家展現了個人
生活細密的感受，發抒為文，或者是一種論述，重新組構個人生活的
斷片；或者是一種感性的紀錄，表現自我的情懷。日治時期散文容或
因為對於外在現實的關切、藝術形態的表露凌駕了藝術美感的營求，
然而，透過情感的表述與敘事、空間的文化詮釋、殖民經驗下的反省
與批判、島嶼書寫的跨文化想像以及女性的聲音這幾個向度，以散文
編織臺灣、重繪臺灣，我們可以與島嶼上的先輩對話，照見「人」的
風景。

延伸閱讀

・陳萬益主編：《國民文選散文卷（Ⅰ）》（臺北：玉山社，2004）。
・陳建忠：〈黑暗之光──談賴和詩化散文〈前進〉中的時代感〉，《臺灣新文藝》（2000
年6月）。
・許達然：〈日據時代台灣散文〉，「賴和及其同時代的作家：日據時期台灣文學國際學術
會議」論文（1994年11月25日-27日）。

第8章　三種語言交響的詩篇——
現代台灣新詩

◎林淇瀁（向陽）（國立臺北教育大學臺灣文化研究所 副教授）

壹、從三種語言出發

　　臺灣新詩運動是伴隨著臺灣新文學而出，而且總是走在時代潮流尖端，表現出了詩人對於時代、社會的高度敏感，透過作品不斷翻新臺灣新文學的進程，日治年代的臺灣新詩發展就是如此。

　　1923年5月追風以日文創作〈詩の真似する〉（詩的模仿）四首短製，紹啟了臺灣新詩的源流。這四首短製，分別是〈讚美蕃王〉、〈煤炭頌〉、〈戀愛將茁壯〉與〈花開之前〉。以日文新詩開始的臺灣新詩發展，是我們不能不面對的歷史事實，這不但說明了臺灣新詩史的繁複性，同時也標誌了殖民地年代臺灣新詩和文學的多樣性。從追風以降，其後有王白淵，最後則是三〇年代之後陳奇雲、水蔭萍及其成立的《風車》詩刊，以及鹽分地帶詩人郭水潭等日文詩人的存在，都使日治年代的臺灣新詩和當時的中國新詩產生歧異。談臺灣新詩，因此不能忽略日文詩人和作品的脈絡。

　　其次，由於臺灣新文學運動和中國五四新文學運動也存在關聯性，我們同樣不能忽略中國白話文學對臺灣新詩的啟發和影響。1924年在北平讀書的張我軍就是點燃這一把火的第一人。他於1925年12月自費出版的《亂都之戀》因此成為臺灣新詩史上第一本漢文新詩集。加上1930年《臺灣民報》推出「曙光」欄，刊載新詩，一時之間，也使新詩人輩出，如賴和、楊守愚、楊雲萍、楊華等優秀詩人的作品，

《亂都之戀》全書64頁，出版於大正14（1925）年12月28日，收張我軍發表於《北京晨報》和《臺灣民報》詩作55首。絕版多年，後由民俗收藏家黃天橫於1986年發現，交由向陽所編之〈自立副刊〉發表，後該書以原㤵複製，連同原書交張氏哲嗣張光直教授，而於1987年由遼寧大學出版社重刷出版。圖為張我軍著作／台文館提供

因此和同時期的日文新詩相互較勁，蔚為大觀。

最後，則是起於三〇年代的臺灣話文運動，主張使用臺灣話來寫詩，也使臺灣新詩出現臺灣話文的作品，包括賴和、楊守愚、楊華等詩人都曾以生動的臺灣話文寫出佳作，刷新臺灣新詩面目，也奠定了戰後「臺語詩」上場的基礎，並成為討論或理解臺灣新詩發展史不可或缺的一大流脈。

要了解日治時期的臺灣新詩發展，必須先了解臺灣新詩語言在初起階段的繁複性、多樣性，才能正確掌握臺灣新詩發展的獨特性。

貳、日治時期台灣新詩發展

日治時期的臺灣新詩發展，時間不長，以1923年5月追風創作算起，直到1945年日本結束統治截止，不過二十二年。但這二十二年期間，在詩的語言上，已如前述存在著日文、中文、臺文的應用；在詩的表現和主張上，也存在著現實主義和現代主義的交鋒；而不同詩人及其作品的風格，更是多采多姿，因此有必要先就這個時期的新詩發展進行鳥瞰。

　　我們將以「奠基期」（1923-1932）、「發展期」（1932-1937）和「轉折期」（1937-1945）三個分期來概述日治時期臺灣新詩發展的進程。

一、奠基期

　　1920年7月16日，《臺灣青年》在日本東京創刊，開啟了臺灣新文化運動的序幕，也被視為臺灣新文學的濫觴。創刊初期的《臺灣青年》基本上以評論為主，強調臺灣文化改革和開創，因此並無文學創作，文學論述則以創刊號刊出陳炘〈文學與職務〉為先發；直到1922年7月第4號刊出追風（謝春木）的小說〈彼女は何處へ？〉開始連載，臺灣新文學創作才正式登場；而新詩則要到1923年5月，追風創作日文創作〈詩の真似する〉（詩的模仿）四首短製（發表於1924年4月《臺灣》第5年第1號，延誤八個月出刊）才真正啟動。因此，臺灣新詩的奠基期宜自1923年算起，而以追風為主要的奠基者之一。

　　〈詩的模仿〉四首短製，是〈讚美蕃王〉、〈煤炭頌〉、〈戀愛將茁壯〉與〈花開之前〉。其中值得注意的是〈讚美蕃王〉與〈煤炭頌〉：

讚美蕃王

我讚美你

我以你的手，你的力量

建立你的王國

贏得你的愛人

你不剽竊人家功勞

我讚美你
你不虛偽，你不掩飾
望你所望的
愛你所愛的
你不擺架子

煤炭頌
在深山深藏
在地中地久
給地熱熬了數萬年
你的身體黝黑
由黑而冷
轉紅就熟了
燃燒了溶化白金
你無意留下什麼

〈讚美蕃王〉，透過對原住民族領導者的讚頌，表現詩人在受到外來統治者殖民的悲哀下，建立獨立自主烏托邦的想望，以及對「望你所望的／愛你所愛的」自由的嚮往，反映出詩人的左翼思想，也反映了那個年代臺灣人的集體想像。〈煤炭頌〉，則以煤炭的生產過程和特性，「身體黝黑／由黑而冷／轉紅就熟了」，轉喻被殖民者歷經劫難，但終將破蛹而出的意志。

與追風一樣使用日文書寫的詩人，在奠基期還有陳奇雲、王白淵，兩人的詩作產量更多、藝術成就更高。

　　陳奇雲為澎湖人，1930年11月出版日文詩集《熱流》（南溟藝園）。他的詩以長詩如〈赤崁樓的足音〉、〈偎依著五月的雨〉聞名，充滿頹廢自傷的浪漫主義風格。1931年6月1日，王白淵的日文詩集《棘の道》則在日本久保庄書店自費出版，王白淵和追風都是左翼青年，把一生奉獻給社會主義及其運動，而不見容於日本政府和其後來臺的國民黨政府。他們兩人的詩猶如後殖民論者范農（Franz Fanon）所說表現了「被制服卻不甘願，被視為劣等人卻不認為低人一等」的心境，而在藝術成就上，由於受到日本前衛詩人的影響和啟發，因此又具有融合自然主義的特質。以王白淵的〈詩人〉為例：

> 薔薇默默盛開
> 在無言中凋謝
> 詩人為人不知而生
> 吃自己的美而死
>
> 蟬在中空唱歌
> 不顧結果如何飛走
> 詩人於心中寫詩
> 寫寫卻又抹消去
>
> 月獨自行走
> 照光夜的黑暗
> 詩人孤獨地吟唱
> 談萬人的心胸

　　這首詩，既是王白淵的自畫像，也可說是日治時期臺灣新詩人共同的感傷。「薔薇默默盛開／在無言中凋謝」，具象地寫出詩人內在如薔薇的沉靜特質，也喻示了日治時期臺灣「詩人為人不知而生／吃自己的美而死」的孤獨感：詩人在心中寫出的詩，塗塗抹抹，彷彿「月獨自行走／照光夜的黑暗」，在殖民帝國的統治之下，臺灣詩人的孤獨吟唱，原來是在在為萬人吐出胸中沉埋的鬱卒。

　　在日文新詩已經啟動之際，1923年之前，漢詩的力量還是相當強大。《臺灣》的「詞林」專欄從未斷過，即使是後來提倡新文學的張我軍也仍在寫漢詩，1923年4月出版的《臺灣》第4年第4號刊登他的漢詩〈寄懷臺灣議會請願諸公〉：

　　故園極目路蒼茫。為感潮流冀改良。盡把真情輸北闕。休將舊習守東洋。匹夫共有興亡責。萬眾還因獻替忙。賤子風塵尚淪落。未曾逐隊効觀光。……

　　再過兩期，同年6月出版的《臺灣》第4年第6號又刊了張我軍的另一首漢詩〈詠時事〉。這一比對，臺灣新詩並非由於張我軍的提倡而開始的事實就相當清楚了。

　　其次，臺灣出現的第一首中文新詩也不是張我軍，而是施文杞，他在1923年12月於《臺灣民報》發表〈送林耕餘君隨江校長渡南洋〉，稍後再發表〈假面具〉一詩。兩詩的文句平淡，缺乏詩質，因此較少受到重視。

　　張我軍的活躍，先是以鼓吹臺灣白話文學而受矚目。1925年12月28日他自費在臺北市出版了臺灣新文學史上的第一本中文詩集《亂

都之戀》，這本詩集表現了張我軍在中國北京發生的戀情，也表現了初期臺灣中文新詩的嘗試風格。張我軍的詩以白描為主，較缺乏意象表現，與施文杞的風格略近，比較起來，追風的〈詩的模仿〉、王白淵的〈詩人〉，意象表現就鮮明多了。

這個階段中文新詩的詩人，也不可忽略小說家賴和和楊華的存在。賴和是臺灣新文學運動的領航人，被稱為「臺灣新文學之父」，其中最受矚目是寫實主義的社會詩，著者如〈覺悟下的犧牲：寄二林的同志〉，〈南國哀歌〉，他如〈種田人〉、〈可憐的乞婦〉、〈農民謠〉、〈農民嘆〉、〈冬到新穀收〉等關懷中下階級的詩作，更是充滿左翼作家的悲憫；更重要的，賴和的語言，雜揉了臺灣話文、中文和日式漢

有關誰是臺灣新詩第一人此一爭議，向陽曾在〈歷史論述與史料文獻的落差：回應張靜宜〈誰是臺灣新詩第一位作者〉〉一文中有所討論：「從書寫的角度看，追風的寫作時間較早；從發表的角度看，施文杞則早於追風而晚於各丁。」（《聯合報》副刊，2004年6月30日）。另一方面，隨著史料的出土，舊有觀點與評價不免有所翻新，根據林瑞明的考證與推論，賴和的〈祝南社十五週年〉約是1922年的作品，此詩在當時雖不曾發表，但若從書寫角度觀之，不但早於追風與施文杞，也早於胡適和各丁。圖為張我軍照片／台文館提供

文，生動地表現了殖民地作家的後殖民語言風格。如〈生活〉一詩：

> 永遠的世間，充滿著瞬間的人。
>
> 無數的人群，有個單獨的我。
>
> 整天整夜，忙著那食和眠
>
> 像這樣的生活

我對她總沒有留戀

奈此養命的力

不容人們一刻拒絕

但到後來，他想到的，仍然是勞苦的大眾：

只可憐勞動者們

用盡氣力流盡血汗

過他困苦的日子

僅能得不充分的睡眠

糊亂的三餐

這首詩以「孤獨的我」應襯「勞苦的大眾」；以出自內心的悲憫寫出勞動者「不充分的睡眠」、「糊亂的三餐」的悲哀。臺語詞「食和眠」、「養命」、「氣力」日語詞「勞動者」和中文詞彙相互穿插，更是顯現了殖民地臺灣的特殊語言風格。

楊華作品今已整理出版，先有莫渝編輯、桂冠出版的《黑潮集》，後又有羊子喬主編、春暉出版的《楊華作品集》。圖為楊華照片／台文館提供

和賴和一樣，擁有漢學基礎的詩人楊華，則以小詩、臺語詩聞名。楊華被稱為「薄命詩人」，一生貧病，最後懸樑自殺，得年三十六，留下遺稿《黑潮集》、《晨光集》等未刊詩作約三百多首。他的詩部分模仿冰心、泰戈爾短詩，而其中〈女工悲曲〉、〈心絃〉以臺灣話文書寫，成就和

影響都相當大。以完成於1932年的〈女工悲曲〉為例：

> 星稀稀，風絲絲，
> 淒清的月光照著伊，
> 搔搔面，拭開目睭，
> 疑是天光時。
> 天光時，正是上工時，
> 莫遲疑，趕緊穿寒衣。
> 走！走！走！
> 趕到紡織工場去，
> 鐵門鎖緊緊，不得入去，
> 纔知受了月光欺。
> 想返去，月又斜西又驚來遲；
> 不返去，早飯未食腹內空虛；
> 這時候，靜悄悄路上無人來去，
> 　　　冷清清荒草迷離，
> 　　　風颼颼冷透四肢，
> 　　　樹疏疏月影掛在樹枝。
> 等了等鐵門又不開，
> 陣陣霜風較冷冰水，
> 冷呀！冷呀！
> 凍得伊腳縮手縮，難得支持，
> 等得伊身倦力疲，
> 直等到月落，雞啼。

這首詩清楚顯現楊華站在批判資本帝國主義壓榨工人的左翼立場。詩用臺語寫出，更見其寫實批判風格。楊華筆下的女工，象徵所有日治下臺灣人民的共同處境。詩採取押韻形式，近乎歌謠，故題為「悲曲」，尤其「靜悄悄路上無人來去，／冷清清荒草迷離，／風颼颼冷透四肢，／樹疏疏月影掛在樹枝。」四句，更見民間戲曲的深厚影響，這使他的這首詩能脫出生活話語的侷限，開創臺語文學的深厚格局。

奠基期的詩人還有楊守愚、虛谷等。

二、發展期

奠基期的臺灣新詩主要以寫實主義為風潮，發展期之後，則開始出現超現實主義的詩風。發展期可以1932年1月9日《臺灣新民報》獲准由週刊改為日報，4月15日正式發行，作為一個界碑。從此時開始，臺灣的新詩風格更加豐富而有著新的發展，除了寫實主義詩人持續創作之外，提倡超現實主義的詩人和詩社也在此時出現，楊熾昌及其領導的「風車詩社」，就象徵著臺灣新詩的另一程新路。

楊熾昌，筆名水蔭萍，是臺灣超現實主義的先行者，他早於1931年出版具有超現實風格的日文詩集《熱帶魚》，1933年在臺南集合李張瑞、林永修、張良典與日本詩人戶田房子、岸麗子、尚梶鐵平等共七人組成「風車詩社」，推動超現實主義。1936年楊熾昌發表臺灣第一篇超現實主義宣言〈新精神和詩精神〉，除了介紹當年日本盛行的前衛運動與現代詩運動（包括西方未來派宣言、達達主義、超現實主義、新即物主義等論述）之外，更推崇超現實主義。他主張「聯想飛躍、意識的構圖、思考的音樂性，技法巧妙的運用和微細的迫力性

等」，強調「超現實是詩飛翔的異彩花苑」。這在他的詩作具體被表現出來，如〈尼姑〉一詩：

年輕尼姑的端端打開窗子。

夜的濕氣沉迷籠罩著。端端伸出白皙胳膊摟抱胸膛。在可怕的夜氣中，神壇佛像儼然微笑著。端端的眼跟夜一樣澄清，影子寂靜了，燈光整夜燃燒。

被夜的秩序所驚嚇的端端走入虛妄的性之理念。我的乳房為什麼比不上她的美。我的眼窩下面為何只映照著忘掉的色彩而已……

紅色玻璃的如意燈繼續燃燒著。青銅色的
鐘漂浮著冰冷靈魂，尼姑的正廳宛如停車場一
樣冷靜

在紅彩陰影，神像蠕動著

韋馱爺的劍亮出來，十八羅漢騎著神虎。

端端合掌，失神地昏倒過去。

跟黎明的鐘爬起來的尼姑端端。線香與淨
香瀰漫著。端坐著的端端哭泣著。誦了一陣子
經文。

──老母喲！老母

端端向神奉獻了處女尼姑的青春。

根據呂興昌整理之〈楊熾昌生平著作年表初稿〉，「風車詩社」成立於1933年秋季。另一方面，有關風車詩社的成立時間眾說紛紜，如羊子喬與陳千武即認為風車詩社創於1934年。此外，林佩芬有關楊熾昌的訪談紀錄則提及風車詩社創於1935年。圖為楊熾昌照片／台文館提供

〈尼姑〉寫於1934年12月，這首詩以少女
端端出家為尼為主題，將現實與虛幻、情欲與聖

靈、女尼與佛像之間那種猶疑／游移的衝突表
現得相當細緻幽微，加上鮮明意象的繽紛與斷
裂、情緒的搏動與起伏，表達出纖細的感性，
荒廢的美，也顛覆了傳統東方文化的保守與內
斂，是一首置於今日一樣鮮麗、淒美而又動人
魂魄的詩。

同屬風車詩社的林修二，
1944年因病去世，享年
三十一歲。圖為林修二照
片／台文館提供

　　同屬風車詩社的李張瑞、林修二詩風也相
當接近，他們都特別強調意象的經營和頹廢氣
氛的營造，例如李張瑞的〈肉體喪失〉：

　　　　我從宇宙的音響昇華
　　　　頭腦悲哀的遊戲
　　　　白煙　紫的白
　　　　白和紫的煙追逐著
　　　　好啦　我不想什麼
　　　　戀和生活和夢和床

　　這首詩運用色彩的變化，將人生的瑣碎寫得入骨三分，白色和紫
色的煙霧是人生的暗喻，「戀和生活和夢和床」則是現實世界。頹廢
的美感，不著一字，盡得風流。
　　比起戰後「創世紀詩社」的超現實主義書寫，風車詩人的超現實
詩作及其主張，顯得更有系統，更充分。不過，《風車》只出四期即
廢刊。
　　這個階段寫實主義的陣營，以「鹽分地帶」詩人群為主。「鹽分

地帶」指的是臺南、佳里、北門一帶產鹽地區，其中優秀詩人有吳新榮、王登山、郭水潭等。

郭水潭於1929年加入日人多田利郎主持的「南溟樂園」，開始從事新詩創作；1932年與吳新榮等籌組「佳里青風會」，1935年成立「臺灣文藝聯盟佳里支部」，形成全面日文化時期臺灣鄉土文學的陣營。郭水潭的詩並不豐富，卻是「鹽分地帶」詩人群中成就最高的。他的詩情感真摯，對現實深刻關懷，又能超出現實，表現冷靜的美感。如他於1939年因次子夭折所寫的〈向棺木慟哭〉：

可愛的吾兒，建兒喲
爸爸不眠地在喊你

喊你戴白銀盔，拿金色槍
騎白雪似的駿馬
從遙遠的孩兒國萬里迢迢
容貌活潑地回來──

不、不、你不是
不是追求虛榮的孩子

如果，真的是你
你會雙手捧著秋棗的果實
像平日那樣搖搖擺擺
微笑著回來

……

可愛的吾兒，建兒喲
爸爸給你一個約定吧
約定在公墓的池邊
獨立寂寞的你的墳丘旁
種植一棵相思樹
當悲哀的時候就來看看你

啊！在你永遠歇息的地方
供獻的花被風玩弄著

萎謝了也好，可憐的花啊
往何處去？幼稚的靈魂
無心的兩隻蝴蝶
飛來，翩翩舞著，又飛走了

《郭水潭集》書影

　　這首詩以抒情筆調細膩地寫出一個
父親對亡兒的不捨，但在情緒約制得宜
之下，詩的結尾帶入墓前蝴蝶飛翔的景
象，則讓意境格外深刻，死亡和生命的
交會，更顯豁達寬闊。

　　吳新榮則是鹽分地帶文學的靈魂人
物。他和賴和一樣，關注社會弱者、以

臺南縣立文化中心出版《吳新榮選
集》書影

文學之筆表現反抗精神，他的詩〈故鄉的輓歌〉、〈霧社出草歌〉都
是名詩，以臺語寫出的〈故鄉的輓歌〉為例：

> 同胞們呀！
> 你不要忘了你的少年時，
> 在那明月亮亮的前庭裏，
> 看那兄嫂小嬸杵著米，
> 聽那原始時代的古詩。
>
> 現在呢！
> 各地各庄都有舂米機器，
> 日日夜夜鳴聲哀悲，
> 啊啊你看有幾人餓快死，
> 你看有幾人白吞蕃籤枝。
> ⋯⋯

　　這首詩用臺語寫故鄉殖民前後的對照，語言較為白描，但感情深
厚，今昔比對，更見深沉。

　　王登山是典型的「鹽村詩人」。他的詩走新感覺派路線，自然之
美、情感的波動，相互交織，因此也曾被日人黑木謳子譽為「新感覺
派詩人」。如〈海邊的春〉：

> 我常常來站立的
> 海濱

落寞的身軀凝視著
逐漸昏暗下來的天空
和大海蒼白的顏色

《華麗島》創刊號書影

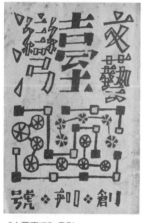

《文藝臺灣》書影

三、轉折期

1937年，日本臺灣總督府全面禁止使用中文，到1945年日本戰敗為止。這個階段因為漢文的禁用，賴和停止創作，加上皇民化運動的展開，左翼思潮和政黨、社會運動的遭到壓制，臺灣的新詩創作因此陷入停滯、轉折的尷尬階段。

在這個階段中，日本詩人西川滿於1939年9月創辦「臺灣詩人協會」，12月創刊由他主編的《華麗島》詩刊，1940年1月，改組「臺灣詩人協會」，設立「臺灣文藝家協會」，發行《文藝臺灣》。日文新詩在殖民當局的鼓勵下有了蓬勃發展，而西川滿則成為這個階段臺灣文壇、詩壇的官方掌門人。這是臺灣詩社當中由日人作家主持的特例，這個轉折時期的臺灣詩風也因此受到相當大的影響。

因此，臺灣的詩人開始轉向不觸及

寫實的浪漫、頹廢、抒情路線，在戰火之下，燦開蒼白的花朵。如楊雲萍、邱淳洸、張冬芳等詩人皆是。

《楊雲萍的文化活動及其精神歷程書影》

楊雲萍，原名楊友濂。中學時開始發表小說、新詩於《臺灣民報》，十九歲時，與器人（江夢筆）創辦了臺灣第一本白話文學雜誌《人人》。1943年由臺北清水書店出版他的日文詩集《山河》，收詩24首。他的詩作，部分表現臺北大稻埕風物民情，另一部分則屬生活斷想，具有思想厚度，如〈鱷魚〉一詩：

> 我靜止著不動，
> 但地球卻還是在那裏運動。
> 「這裏的水是多麼冷呵，
> 再稍稍地溫暖一些吧。」
> 然而寒冷，寒冷，
> 啊，寒冷，
> 惟有我尾巴上的劍
> 卻永遠鋒利，決不黝黯。

這首詩以擬人的詠物筆調，表面上書寫鱷魚的特性，內在層面則寓含對外在「還在那裏運動」的世界的嘲諷，以及對於「寒冷」的堅決頑抗。在日本皇民化運動如火如荼展開，戰爭發動之際，楊雲萍的

這首詩猶如當頭棒喝。

　　邱淳洸，本名邱淼鏘，曾於1938、1939分別出版《化石的戀》、《悲哀的邂逅》兩本日文詩集，以描寫愛情為主，他的詩感傷唯美，如〈白手帕〉：

　　　　我一直在沉思
　　　　火車越過了幾個車站
　　　　而仍然
　　　　有白手帕的影子浮現在眼前

　　　　綠色的風景從車窗飛逸
　　　　柔軟的光稀落落的打入心胸
　　　　河、森林、山、不動的雲
　　　　還有我

　　　　午前的太陽
　　　　把暖風送來給詩人
　　　　因而微微的熱情昇上了
　　　　然而 越走越遠離的距離喲

　　　　我還在沉思
　　　　沉思遇見妳的那個下雨天

　　這首詩以年輕男女交換手帕，表現愛情的青澀、甜美，情境動

人。車窗外的自然景象，車窗內的睹物思人，兩者相互交錯，形成美麗的落寞感。

參、銜接：從日治時期到戰後初期

1942年，由中一中學生張彥勳、朱實、許世清等三人發起的「銀鈴會」成立，出版油印刊物《ふちぐさ》（邊緣草），共出刊十幾期，戰後因為林亨泰的加入，於1948年發行詩刊《潮流》。這個中學生的組合，意外地成為銜接跨越語言的一代，他們保留了日治末期臺灣新詩的傳統、風格，在跨向戰後的臺灣詩壇上延續了微末的一線香。

1948年「銀鈴會」發行的詩刊《潮流》雜誌書影

「銀鈴會」及《潮流》詩刊的意義，不只在於它是臺灣戰後新詩發展的開端，也在它是銜接戰前、戰後臺灣新詩發展的過渡。《潮流》登載的日文詩與中文詩作約為8比2，顯現了日本戰敗之後、1949年中華民國政府播遷來臺之前，臺灣仍有為數不少的日文新詩人和詩作存在，這是日治時期臺灣新詩源流的承續，而非「斷層」；同時也是曾受日本前衛詩潮影響的臺灣詩人（如詹冰、陳千武、林亨泰、錦連）將日治時期的前衛實驗帶到戰後促成現代主義運動的銜接。

除此之外，銀鈴會詩人群，在跨越日文轉為中文的語言鴻溝之後，到了六〇年代還跨越到「笠」詩社之中，並以他們的臺灣本土經

驗和現實意識，從現代主義跨越到現實主義，這是臺灣新詩發展過程中相當特殊的「三重跨越」：跨越年代、跨越語言、跨越美學。

　　回顧日治時期的臺灣新詩發展，我們可以看到三條流脈：一是由追風紹啟而迄於風車詩社、鹽分地帶詩人群乃至楊雲萍等詩人的日文書寫，二是施文杞、張我軍引介而來的白話中文書寫，三是賴和、楊華嘗試的臺灣話文書寫。這三條流脈，在日本殖民當局統治政策、以及戰爭的陰影之下或隱或現。其下則是三種書寫文體（連同語言之後意識形態及認同）的辯證和鬥爭。日治時期臺灣新詩發展的多樣性與複雜性，由此可見。

📖 延伸閱讀〜〜〜

【評論部分】
・羊子喬：《蓬萊文章臺灣詩》（臺北：遠景，1983）。
・葉笛：《臺灣早期現代詩人論》（高雄：春暉，2003）。
・林淇瀁：〈長廊與地圖：臺灣新詩風潮的溯源與鳥瞰〉，林明德編，《臺灣現代詩經緯》（臺北：聯合文學，2001）。

【作品部分】
・羊子喬、陳千武主編：《亂都之戀》（臺北：遠景，1982）。
・羊子喬、陳千武主編：《廣闊的海》（臺北：遠景，1982）。
・羊子喬、陳千武主編：《森林的彼方》（臺北：遠景，1982）。
・羊子喬、陳千武主編：《望鄉》（臺北：遠景，1982）。
・李南衡主編：《日據下臺灣新文學・明集4・詩選集》（臺北：明潭，1979）。

第9章　「橋」的銜接與斷裂──
當代台灣文學史的首場論戰

◎吳明益（國立東華大學中國語文學系 副教授）

白薯站在地球的一邊！

只見歷史像遊牧民族，在遼闊的大草原上徬徨著。

祖國──但一陣西伯利亞冷風吹來，什麼都不見了，都沒有了。

鍾理和，〈白薯的悲哀〉，1946

壹、前言

　　如果我們相信文學史並不是一塊固定不變的碑石，而更近似於各種時代因素所組成的複合體，那麼它至少可以分化為以作者為核心的「創作史」，以文本為核心的「文本史」，以及讀者(包括專業讀者與普通讀者)期待闞下的「接受史」，還有，不斷涉入、影響兩者的「非文學因素」(extra-literary factors)。四〇年代的「橋」副刊論戰，其中就包含了不少非文學性因素。

　　約從1947年11月到1949年3月間，新生報「橋」副刊上發生一些關於文學觀點的論述，這些論述關涉了創作概念、過去文學史實的解釋與接受，並且在受到政治、文化政策等非文學因素的干涉下，形成一段特別的對話。

　　當時無論是引發討論，或是參與討論的作者都使用筆名，因此事過境遷後，大部分的作者無法確認身分。但這一場部分參與者隱其名，多數參與者並非重要文學創作者的「論戰」，在臺灣文學史上卻

極其重要。因為論戰過
程及其間所隱含的文學
觀點交鋒，暗示了未來
臺灣文學發展上的幾個
焦點議題。文學史家慣
將此論戰稱為「橋副刊
論戰」，亦有人稱為
「臺灣新文學運動論
戰」，或「臺灣文學論
戰」。「橋副刊論戰」

《新生報》「橋」副刊，約從1947年11月到1949年3月
間，發生一些關於文學觀點的論述，形成一段特別的對
話，後因政治與文化政策等非文學因素的干涉下而結束。

是自一九二○年代臺灣新文學運動以來，另一次和中國二、三○年代
文藝思想、理論和作品發生對話的文學史事件，這個事件中其實充滿
了不同文學觀點間溝通的欲望。不過事實上，文學史上極少有「出現
共識」的歷史情境，反而在歧異的意見中反而較容易發現文學的核心
問題。回顧整個「橋副刊論戰」的過程，我們可以發現爭議的發生可
能有幾個主要的原因。

貳、斷裂的起因

　　從論戰過程來看，論戰雙方各持不同的「歷史認知背景」，那
個背景的議題即是：「對臺灣被日本統治時期的認知差異」。倘若我
們從當時被國民政府統治的臺灣民眾眼光來看：國民政府與想像中的
「祖國」是否有落差？當時國民政府來台後設立了集軍政大權於一體
的「行政長官公署」，歷史學家李筱峰在《解讀二二八》中認為「這
種體制，與日本時代的總督府在性質上並無二致」。而在1945年後，

國民政府的官僚體系又產生了極為嚴重的貪污現象，這顯然使得文化菁英在政治上與經濟上的期待產生了落差，並引發了反抗統治者的心態。在文壇上，本地的文學菁英則不免因此形成同情並偏向左翼運動與左翼文學的傾向。統治者面對這樣情勢時，卻又採取了較獨斷的文藝政策，使得當時的作家面臨「重新接受新語言」的困境，因此兩者之間的衝突便益形惡化。

從執政者的國民政府眼光來看，臺灣是被日本殖民了五十年的地方，在皇民化運動後，臺灣文化顯然在從中國來台的文化人士眼中看來，已經相當程度「日本化」。因此掌握權力的政府機關，不免想藉強化單方面想像的「民族精神」與「民族教育」來改變這種現象。實施「國語」教育，禁用日語，甚至關閉使用日文的相關媒體，就是這種思維下一連串的政策執行。1946年10月24日，龍瑛宗所主編的中華日報日文版文藝欄被迫廢刊，在形式上只是一家報紙的文藝欄消失，但實質上則是熟悉日文寫作的作者失去發表園地，在他們心理上造成了難以言喻的痛苦和陰影。林瑞明在《台灣文學的歷史考察》一書中曾陳述了張我軍戰後回到臺灣，遇見張文環的情形：

> 我一邊和文環君且走且談，一邊斷斷續續地想著文環君的事。在臺灣光復以前，他是臺灣的中堅作家，從一個文學家正要步入成熟的境地。就在這當兒，臺灣光復了。臺灣的光復在民族感情熾烈的他自是有生以來最大的一件快心事，然而他的作家生涯卻從此擱淺了！一向用日文寫慣了作品的他，驀然如斷臂將軍，英雄無用武之地，不得不將創作之筆束之高閣。光復以來雖認真地學習國文，但是一隻創作之筆的練成談何容易？……目前他的國文創作之筆已

練到什麼程度我不太清楚，但是他這幾年來所受生活的重壓和為停止創作的內心苦悶我知之甚詳。我每一想到這裡，便不禁要對文環君以至所有和他情形類似的臺灣作家寄以十二分同情！

其次是「重大政治事件的衝擊」所引發的效應。1947年發生了震撼社會的二二八事件，這也是政治一言堂的開始，許多藝術家、文化界人士在事件中被捕或被殺，造成了寒蟬效應。

第三，論戰雙方「對臺灣文學與臺灣文化認知有差異」。當時的國民政府，由於兩岸長期隔絕，對臺灣歷史、文學和文化理解顯然相當不足，往往把本地文化菁英的一些想法，籠統地歸因到「受奴化教育」的因素之下，造成雙方的誤解加深。在這的歷史背景下，文化菁英仍懷著某種溝通的意圖，想要將「中國文學」與「臺灣文學」這兩個概念銜接起來。

參、銜接的策略與基礎

從整個文學史的發展來看，橋副刊論戰之前，其實已經有類似重新定位「臺灣文學」的言論。彭瑞金《台灣文學探索》一書曾引述1947年初，中華日報「新文藝」主編江默流的看法：

> ⋯⋯本省的情形有點特殊，五十餘年受日本帝國主義者的統治，臺灣與祖國的關係被隔開了，文化的交流遇到了障礙，我國「五四」時代所掀起的新文藝運動，二十年來曾有若干收穫，但臺灣卻沒有機會接受到這個運動的影響，因此，這兒還是一塊「文藝的處女地」

　　但這顯然是因為論述者不了解日治
時代臺灣文藝發展所提出的看法。這樣的
看法既有偏差，遂引起文壇對相關議題的
不同解釋。不久稚真發表〈論純文藝〉，
提倡「為文藝而文藝」。楊風則以〈請走
出象牙塔來〉來表達不同的看法，他以較
偏向左翼文學精神的觀點，說明文藝工作
者，「一定對時代的苦樂是敏感的，而這
敏感又往往代表著許多人所感受的苦樂，
他歌頌光明，也咀咒黑暗」。類似這樣的
論爭焦點其實在於對文學本質看法的不同

龍瑛宗，本名劉榮宗，新竹北
埔人，1937年以〈植有木瓜樹
的小鎮〉，入選日本《改造》
雜誌小說徵文「佳作推薦」。

所引發的，但「橋」論爭的焦點，卻涉及文學創作使用語言等等問題。
或許，我們必須將心態調整到當時的歷史情境才能有同情的理解。

　　當龍瑛宗所主編的中華日報日文版文藝欄廢刊後，對於那些僅能
使用日文進行創作的台籍作家來說，創作生命受到了嚴重的打擊。因
為副刊實是當時文壇最重要的發表媒介。隔年（1947年）8月1日，
新生報「橋」副刊創刊，它以三日或間日出刊的形式，維持了二十個
月，一共出刊二百二十三期，成為當時最有影響力的文學媒介之一。
當時副刊的主編是歌雷（原名史習枚），他主持的「橋」副刊成為論
戰最主要的戰場，歌雷也是這場論戰中的主要發聲人物之一。

　　在創刊號裡，歌雷發表了一篇〈刊前序語〉，裡頭提到：

　　……拋棄那些曾經終日呻吟的文字，那些文字就是使人鑽小圈
子、傷感、孤獨、帶有濃厚傳染病的，因為，唯美主義的傷感主義

在今日讀者中已經沒有需要。……一個文藝工作者，最重的是真
實、熱情與生命。

　　從他陸陸續續發表的文章來看，歌雷最核心的觀點就是創造「人
民的」、「生活的」、「戰鬥的」、「革命的」、「寫實的」、「人
道精神」的文學。或許也可以說，這是偏向「左翼」的文學。同時，
「橋」也希望將五四中國新文學及「民主科學」的香火在臺灣搭建出
一座「文學之橋」。歌雷雖是「外省作家」（葉石濤先生則稱為「省
外作家」）的身分，但「橋」在政治態度上既反日，也不認同國民政
府，因此得以和本地文學菁英有了一定程度「溝通」的基礎。彭瑞金
在《台灣新文學運動四十年》中評價歌雷當時領導的「橋」，曾言：
「剛開始，對臺灣過去的歷史和文學運動並沒有具體的認識，卻無愧
對於文學沒有偏見，誠實而狂熱的文學信徒……。」可稱公允。我們
可以這樣說：橋論戰一開始就在一個態度「誠實而狂熱」的文學媒體
上發生，由兩地不同文化、時代背景孕育出的文學信徒，彼此試探對
方對文學的認識，及背後隱藏的文學態度與文學信仰。

肆、築「橋」為了溝通什麼？

　　1947年11月7日，歐陽明（藍明谷）發表〈臺灣新文學的建設〉。
文中具體提出建構臺灣新文學必須面臨的幾個核心議題：

　　（一）臺灣新文學與中國新文學的聯繫問題。

　　（二）臺灣新文學的歷史和性質的問題。

　　（三）人民文學論的提出。

　　（四）省內省外作家和文化人的團結問題。

這幾個問題，其實無意中籠罩了「橋」論戰的核心議題。我們或許可以就歐陽明提出的這幾個焦點，與「橋論戰」中其它發表文章統合起來看，重新歸納出幾個焦點議題。

首先，在第一個焦點在於「臺灣新文學」與「中國新文學」之間的關係。「臺灣新文學」是不是一種「邊疆文學」、「地方文學」？它能否算

葉石濤於「橋」論戰中強調臺灣文學的特殊性／《文訊》提供

是一個「獨立的文學」？雖然只是一個簡單的問句，其實背後糾葛著文化認同的差異性，及建構文化主體的意圖。

在「橋」上發表意見的省外作家多數意見是要把臺灣新文學引向「中國新文學一支」的概念底下，而本省作家則希望能建立一個臺灣新文學的傳統，並希望未來能在此傳統下發展。這個論題的核心關鍵其實是：先不論臺灣在日本殖民時期之前與中國文學的關係，這些年臺灣新文學發展的歷史，逐步形成的「特殊性」是否大到足以「脫離」中國新文學，而得以另立傳統？

歌雷、姚筠、錢歌川、陳大禹偏向承認其特殊性，但認為還是中國文學下的邊疆文學，他們甚至擔心臺灣文學帶有太多「殖民地」、「日本文化」的色彩。而楊逵、林曙光（瀨南人）、葉石濤則強調特殊性，認為臺灣文學應該建立在此地地理與歷史情境下的特殊性上「再茁壯」，不應以建立中國的邊疆文學為日後的目標。

我們或許可先聚焦來看臺灣文學史上極重要的文學家楊逵的看法。當時楊逵也發表了〈如何建立臺灣新文學〉、〈過去臺灣文學

運動的回顧〉、〈作家到人民中間去觀察〉、〈尋找臺灣文學之路〉等文章，他並且在「橋」所舉辦的茶會發言，強調「反帝反封建與民主科學」，並表達他對語言轉換所導致的文學創作問題的看法。他說明自己所判斷的建立臺灣新文學的幾個具體步驟，分別是：打破省內外之隔閡，召開全省文藝工作者座談會，擬定題目座談新文學問題，翻譯刊登日文寫作的作品，提倡寫實的報告文學。不久，「橋」副刊以台籍作家為主舉辦了第二次茶會（與會的尚有吳濁流、吳瀛濤、林曙光、黃得時等人），楊逵再次發言，他說：

吳濁流乃戰後推動臺灣新文學運動的靈魂人物，創辦《臺灣文藝》，並留下三部長篇小說《亞細亞的孤兒》、《無花果》、《臺灣連翹》。圖為《臺灣連翹》書影中吳濁流身影

回顧臺灣新文學動的過去，我們可以發現的特殊性是語言上的問題，在思想上的『反帝反封建與民主科學』……與國內卻無二致。」、「光復以來快要三年了，應要重振的臺灣文學界卻還消沉得可憐。這原因其一是在語言上，就是，多年來不允許使用被禁絕的中文，今日與我們生疏起來了，以中文就很難得充分表達我們的意思了。」、「其二是政治條件與政治變動，致使作者感著不安威脅與恐懼，寫作空間受到限制。

楊逵的看法極具思考層次，首先他聲明臺灣新文學與中國新文學在「反帝反封建、建立民主科學」的立場是一致的，但不一致的地方

有兩個：一是語言的問題，二是政治對文學施予的壓力。這兩個狀況將在未來中國新文學與臺灣新文學的統合上產生問題。

而雖願意承認臺灣文學有特殊性，卻仍應歸在中國文學下的論者，或許可以陳大禹跟錢歌川的說法為代表。陳大禹發表的〈「臺灣文學」解題〉中主張「臺灣文學」應該成立，但「臺灣文學」是中國的「邊疆文學」的存在。錢歌川的看法則是，因日本殖民統治，「臺灣的文學活動陷於停頓狀態」，因此在建設臺灣文學時，可以同意「使用、參雜臺灣地方語言」，但不能將臺灣文學與中國文學、日本文學相提並論。歌雷的看法也很類似：

> 關於臺灣文學的特殊性問題，並不是我們要強調臺灣文學的地域性，與地域性的特殊保持，而是說我們必定要通過今日臺灣文學的特殊因素而使之發展，正如我們所能看到的國內文壇中所提到的『邊疆文學』一樣，是藉著地域性的不同，來反映現實性的真實與民間形式的應用。

我們可以發現，省內作家大都肯定日據時代臺灣新文學的發展已有一定成就，但省外作家對此都較缺乏認識，因此即使有部分持較寬容觀點的論者認為可以接受臺灣新文學以「雜揉」的語言方式表現，卻不能肯定臺灣新文學能與中國新文學的發展應放在同一個層次上看，而認為前者應納於後者的體系之下，最終希望能「異途同歸」。很明顯地可以看出，這便是論爭爭議的焦點。

第二個焦點則是對「中國新文學」的評價。胡紹鍾所發表〈建設臺灣新文學之路〉，強調要建設「自主的」、「有地方特性」的文

學。他提出臺灣文學不應該再受到五四的限制，理由是文學的本質就是要「不斷革命」，而五四文學革命是「過去的革命」，今天的文學應該「不斷向前革命」。這樣的觀點獲得楊風的支持。孫達人則發表〈論前進與後退〉加以反駁，他認為五四就是「反帝、反封建的政治社會思想運動」，而五四當時的社會形態跟當時臺灣的社會形態差不多，因此臺灣新文學追求這樣的精神不能算是一種倒退。駱駝英則將兩種意見加以諧調概括，認為可以繼承五四精神，再向前走。

邱永漢早期日文作品《濁水溪》、《香港》等，由允晨出版

在這個觀點的論爭上，有一個前提是：臺灣當時的社會形態，是否與五四時期的中國社會形態相仿？也就是說，文藝在社會演化中所扮演的角色，兩者是否相同？這個觀點當然是見仁見智。因此1948年8月間駱駝英發表的〈論「臺灣文學」諸問題的論爭〉中，便聚焦在這個關鍵點。駱駝英認為，既不能說五四以來的社會形態全變了，也不能認為五四以來的中國社會完全停滯未變。但五四精神的本質是正確的，因此臺灣文學若能在這個基礎上發展，應該沒有疑義。

論戰的第三個焦點，便是對結合「浪漫主義」與「寫實主義」，構成「新寫實主義」這樣書寫風格的看法，而這又

和何謂「人民的文學」這樣的概念直接相關。阿瑞在1948年5月14日於「橋」副刊上發表了一篇〈狂飆運動〉，這個詞其實是來自德國十八世紀的所發生的sturm und drang(or storm and stress)。德國的狂飆運動強調個人主義、崇尚自然、順應感情的行為模式，反對過度的理性主義。雷石瑜主張臺灣也要發展「狂飆運動」，藉以打破當時臺灣新文學面對的「障礙」與「歷史重壓」，讓創作者的「感情與良心」得以釋放，並且發揮出創作者的「個性」。他並希望能進一步「涵養更高的人生觀——把浪漫主義的個人中心」「提升到群體中心」，建立「更高的宇宙觀」，把「浪漫主義提高到（對於生活的）科學認識」。於是他便提出了「新寫實主義」這樣的概念。雷石瑜主張的新寫實主義意謂著「自然主義的客觀認識和浪漫主義的個性、感情的綜合與辯證的提高」。在此一概念下，楊逵和朱點人的作品被提高到相對重要的地位。

　　論戰進行到1949年結束之前，尚出現一個論題是「關於文學理論和實踐的關係問題」。1948年8月15日，陳百感（邱永漢）發表〈臺灣文學嗎？容抒我見〉。陳百感主張理論來自人民，屬於人民。搞理論應該認識人民的思想、情感，「與人民同苦樂、教育人民，向人民學習，以文學為武器，為人民服務」，這其實已經很接近社會主義文學的觀點。他並認為文學理論應從人民中來，經過提煉，為創造和實踐所用。但駱駝英責備陳百感徹底否定了理論對實踐的作用，淪為實踐論、經驗批判論和實用主義。1948年9月5日，陳百感發表〈答駱駝英先生〉，這時國共三大戰役正在華北展開，國府形勢急轉直下。陳百感的文章更強調「實踐」的重要性，他甚至提出了理論應淺白易懂這樣的文學概念。然而這樣的論述還在紙上談兵的階段時，共產黨早已讓文藝成為武器，加速了國府在中國大陸的潰敗，1949年國府遷台，

政治局勢轉換，「橋」也隨之斷裂。

肆、兩種文學史觀溝通的暫時隔斷

　　筆者個人認為，在一九四〇年代中，鍾理和是最特殊、且具有典型性的一個「複文化背景」的作家。他幼時受日人教育，並上過教古文的村塾，到過北京，並在回臺灣後重新以中文寫作。他在《鍾理和全集・六》中曾自述自己「在學校讀的是日文，學校畢業後緊接著的一段時間所接觸的又幾乎是日文……其次，我的中文（應該說是白話文）又是無師自通，用客家音來拼讀的，便是這二點使我後來的寫作嚐受到許多無謂的苦惱，並使寫出來的文字生硬和混亂。我初習寫作時一邊執筆在手，一邊在心中用日文打好底稿，再把這底稿譯成國文（按：即中文），然後方始用筆寫到稿紙上。日文文法和客家音的國文，這是我的兩大對頭。」文學是一種語言的藝術，因此教育背景對創作者操用語言的熟稔度有絕對的影響。鍾理和在該篇自述中尚提到，自己一直在「學習」如何當一個作家，這個「學習」無異既是複義性的，而且帶有隱喻性，那隱喻性正說明了臺灣此地的創作者，或文學理論家，都在試圖為這種複文化背景進行調合，搭建一座多方都可接受的，通向未來的「橋」。

　　但政治環境的變更，卻對這種朝向正面的發展產生了重大衝擊。1949年4月6日，發生「四六事件」，台大、師院學生與文化界人士數百人被捕。「橋」副刊主

《鍾理和論述》書影之鍾理和身影

四六事件的導火線是1949年3月20日晚上臺大與師範學院兩學生的「單車雙載事件」。由於警員處理違警事件不當，台大、師院學生數百人，前往第四分局交涉，搶救被拘禁的兩位學生。21日，兩校學生數百人遊行，抗議警察暴行，並列隊前往市警局請願。29日，兩校學生組成自治會，在台大法學院操場舉行慶祝青年節的營火晚會，並宣布設置全省性的學生聯合會。4月5日，師院校方突然接到上級通知，清明節放假一天（以往不放假）。警備總部電令台大、師院兩校，拘訊「不法」學生十餘人。4月6日，警備總司令部拘捕約二百名師院學生（包含自動隨車受捕人數），是為「四六事件」。省府電令師範學院即日停課，聽候整頓。1950年5月10日，前台灣省保案司令部以「涉嫌叛亂」之由，陸續逮捕台大及師院學生四十幾名，其餘學生聞訊紛紛展開長達幾年的逃亡生涯。後師院學生陳水木等十八人遭槍決，其餘被補學生分別判處十五年以下不等刑期。圖為四六事件後的相關報導

編歌雷也被捕，「橋副刊」論戰中的重要角
色孫達人、雷石榆亦同遭逮捕，臺灣新文學
運動重要人物楊逵也在四六這一天，為撰寫
「和平宣言」再度被捕，並且在綠島囚禁了
十二年。

在此之前，「橋」已於3月12日停刊，
省內作家與省外作家的溝通橋樑陡然斷裂，
一場充滿熱情與激動的文學、文化辯論也告
終結。赴台任臺灣省主席兼警備司令的陳誠
於5月20日發布「全省戒嚴令」，被國民黨
視為共產黨外圍組織的文學團體「銀鈴會」

林曙光，高雄鹽埕埔人，近年曾出版一系列有關高雄民俗采風。圖為林曙光《打狗瑣譚》作品書影

被迫解散，呂赫若赴港與中共華東局聯絡回台後失蹤，葉石濤在1951
年被捕。而曾協助許多僅能以日文寫作的作家翻譯、潤飾發表的林曙
光（本名林身長）因被列入黑名單而開始逃亡；黃昆彬、邱媽寅、陳
金火、施金池等人亦遭到逮捕。「橋」已斷裂，這意味著某個時代的
離去，某種文學價值的告別，也意味著臺灣文壇不同文學史觀的溝通
暫時停止，但爭議、思辨、對話與試探仍在繼續。

「秋天是風雨連綿的季節，而白薯，就是在這時候成熟的。」做
為跨語言一代的作家，鍾理和在〈白薯的悲哀〉中如是寫。

📖 延伸閱讀～

· 石家駒：〈一場被遮斷的文學論爭：關於臺灣新文學諸問題的論爭 1947-1949〉，收錄於
  陳映真、曾健民編《1947-1949臺灣文學問題論議集》（臺北：人間，1999年），頁9-28。
· 彭瑞金：〈記一九四八年前後的一場臺灣文學論戰〉，《臺灣文學探索》（臺北：前衛，
  1995年），頁221-239。
· 陳芳明：〈戰後初期文學的重建與頓挫〉，《聯合文學》197期(2001年3月)，頁150-163。

第10章　戰火在文字裡燃燒——五○年代的反共戰鬥文學與現代主義的興起

◎封德屏 （《文訊》雜誌社社長兼總編輯）

壹、反共文學興起的時代背景

　　1948年底，國民黨因國共內戰節節失利，開始準備撤退臺灣。1949年5月20日臺灣省政府、臺灣警備總司令部宣布戒嚴。1949年12月7日國民政府正式遷臺。

　　初抵臺灣的國民政府，面對的是內戰的失敗，台灣又因二二八事件、四六事件，呈現一片敗亂現象。1949年8月5日，美國國務院發表《中國問題白皮書》，國民黨頓時陷入內外交攻，孤立無援的境地，中共甚至揚言要在三個月內「血洗臺灣」，短期內完成解放臺灣的任務。因此，國民政府遷臺初期，政權可說是岌岌可危。

　　這樣恐共、懼共的危機，一直到1950年韓戰爆發，美國恢復援助臺灣，並派遣第七艦隊開始駐防臺灣海峽，才稍獲解除，也讓國民政府有了喘息的機會。在美國經濟與軍事力量的支持下，國民政府也從1950年開始展開消除「赤色」思想，希望進一步確保政權的穩固。

　　初期，國民黨對內開始檢討大陸失敗的原因。蔣介石在〈交議本黨改造案說明〉中，對國民黨當時的腐敗、渙散，已充滿改造的決心。

　　1950年7月，國民黨中常會通過〈本黨改造案〉，對外公布「本黨改造綱要」， 1950年8月5日「中央改造委員會」正式成立，於是籌劃

年餘的改造工作正式開始，除屬行國民黨各級黨部組織、紀律的徹底改造外，並展開了包括農民運動、勞工運動、婦女運動、青年運動的民眾運動。

貳、相關文藝運動的展開

一、文化改造運動

國民黨檢討失敗，除了歸結本身組織的渙散、腐敗及不振外，在思想戰上，國民黨認為文藝戰線也徹底失守。因此，配合「反共復國」國策的「文化改造運動」，就成為國民黨眾多改造運動的重要環節，這也直接構成五〇年代臺灣的文化生態環境。文化改造運動其中以推行發起青年救國運動、改訂教育制度及教材、籌組青年救國團，對各級學校和學生嚴加控制等為重要內容。

此外，文化改造運動另外兩項重點：「揭露共匪對思想之暴虐極權統治」，「屬行明禮尚義雪恥復國之精神教育」，更是用高密度的、擴及整個社會層面的活動來進行民眾的思想教育。

蔣介石在總結以往的失敗時，反覆強調國民黨的「宣傳不夠主動而理論不夠充實」，被共產黨占了上風。於是責成「健全宣傳機構」，舉辦軍中文化展覽會，大中小學生反共抗俄漫畫展覽、美術展覽，巡迴宣傳反共影片，設立廣播電臺、播音站，創辦反共報紙、雜誌，在鐵路沿線各站設計「反共抗俄」宣傳列車等等，可謂各種宣傳機器一起啟動。

因此國民黨的改造運動雖歷時僅僅兩年，「反共」的宣傳效果已深入人心。

二、文化清潔運動

1953年11月蔣介石發表《民生主義育樂兩篇補述》，一時之間文藝界人士與各機關團體，幾乎以總動員的方式對這篇文章作出回應。張道藩以〈略述民生主義的文藝政策〉一文，認為《民生》一書「對民生主義社會文藝政策的指示與設計，復為未來的中國文藝復興，展示了光明燦爛的遠景。」

國民黨中央改造委員張道藩
／台文館提供

中國文藝協會也舉行二十四次座談會，並將《民生》內容歸結為三個部份和六大努力方向。其中第六條方向，即提出「為完成以上任務，決以各種方式，展開文藝運動，以加強對匪之攻心戰鬥。」

1954年7月26日，文協發起人之一陳紀瀅，在《中央日報》及《臺灣新生報》兩報發起「文化清潔運動」的文章，除了《民生》一書中所示「赤色的毒」與「黃色的害」外，陳紀瀅還認為透過內幕雜誌揭發他人隱私，助長是非混淆社會風氣的「黑色新聞」，亦應撻伐。同年8月8日，王藍以中國文藝協會發言人身分支持此一運動，明白宣告：「……本會願接受各界領導鞭策，克任前趨」。這兩篇談話發表後，「文化清潔運動」乃在文協發起與推動下，如火如荼地展開。

三、戰鬥文藝運動

1955年由蔣介石提出「戰鬥文藝」的號召，1956年1月國民黨第七屆中常會通過「展開反共文藝戰鬥實施方案」，這是國民黨政府首次對文藝發展有明確的訴求，也是自「民生主義育樂兩篇補述」、

「文化清潔運動」以來，同一脈絡的延續。

1949年11月3日，大陸來臺作家孫陵寫下「保衛大臺灣」歌，被稱為「反共文藝第一聲」；同年11月16日，孫陵在《民族報》「民族副刊」發刊詞中，又以〈文藝工作者的當前任務──展開戰鬥反擊敵人〉為題，這也是有關「戰鬥文藝」的第一篇文章。1950年3月23日，一場由《台灣新生報》副刊主辦的文藝作家座談會，會中也就「戰鬥文藝」的問題提出討論。總括來說，在1955年之前「戰鬥」或「戰鬥文藝」一辭的使用，泛指文藝界在面對中共強敵時應有的心理準備，文藝應視為與中共戰鬥的一條重要的路線。

1954年中國青年寫作協會第一次全體會員大會，由高明代表作協發起人再度提出「戰鬥文藝」，並稱「戰鬥文藝就是爭生存的文藝」，後來被國民黨中央採用，由蔣介石對外發布，作為文藝運動的名稱。中國文藝協會對此運動動員亦不遺餘力，除舉辦各種戰鬥文藝活動、座談會、文藝廣播、文藝晚會、文藝選集等，可以說是整個戰鬥文藝運動的中心。至此「戰鬥文藝」的提出，直接以國家、以黨的力量，將五○年代的反共文學推向了高峰。

中國文藝協會邀請虞君質主編的《現代戰鬥文藝選集》書影

參、文藝團體與文藝機構的設立

文藝政策需要推動與執行，五○年代反共文學的發達，當然得力於官方及半官方的文藝團體的推波助瀾。以下分述五○年代幾個重要的文藝團體與文藝機構。

一、中華文藝獎金會

　　1950年3月，國民黨中央第四組成立中華文藝獎金委員會。整個「文獎會」的工作由國民黨中央改造委員張道藩來執行。

中華文藝獎金委員會創辦之《文藝創作》書影／《文訊》提供

　　「文獎會」於1950年成立，至1956年結束。當時「文獎會」的徵稿辦法寫明：「本會徵求之各類文藝創作，以能應用多方面技巧發揚國家民族意識及蓄有反共抗俄之意義者為原則。」而徵求之作品則分成兩部份，一是經常徵求文藝理論、詩歌、小說、劇本等稿件；二是每年於元旦、五四、雙十節、國父誕辰定期舉辦文藝獎金。

　　1951年5月，「文獎會」創辦《文藝創作》，專門刊登文獎會得獎作品，發行六年期間超過八百萬字，對「反共文學」的宣傳與提倡，起了很大的作用。

　　雖然這些得獎作品大部分的主題皆與「反共」有關，但其中也有例外，臺籍作家廖清秀的《恩仇血淚記》，與鍾理和的《笠山農場》，其主題並非「反共抗俄」，也獲得入選。

　　在那個物質匱乏的時代，文獎會的高額獎金確實是激勵藝術家創作的最大動力，也吸引了大量的寫作人口，雖然創作主題單一整齊，但徵求的文類與形式卻多樣化，包括詩歌、曲譜、小說、劇本、宣傳畫、漫畫、文藝理論、歌詞小調等，照顧到形式的多樣性與內容的通俗性。

　　這一股強大的「反共文學」浪潮，隨著1956年「文獎會」宣布停辦，該年12月《文藝創作》停刊，也逐漸消失了熱潮。

二、中國文藝協會

　　1950年3月，「文獎會」成立除了獎勵反共文學創作外，國民黨中央構想到運用社團組織的力量，決定輔導成立文藝性機構。於是由陳紀瀅與當時各報副刊編輯成立的「副刊編輯者聯誼會」擔任發起人，於1950年5月4日，在臺北市中山堂光復廳成立了中國文藝協會，幾乎網羅了當時文壇大部分人士，組織完整而龐大。有了黨政在經費等各方面的協助，「文協」展開各類文藝工作，以及擔任各類文藝研習的企畫及輔導機構，致力於文藝的推廣與教育，並培養新一代的創作者。「文協」利用綿密的組織來團結文藝界人士，凝聚文藝界人心，如果說「文協」為五〇年代官方文藝政策的代理人或實行者，應不為過。

陳紀瀅照片／《文訊》提供

中國文藝協會成立之初，張道藩、王平陵、謝冰瑩、耿修業、馮放民、孫陵、趙友培、王藍等十五人為第一任理事。圖為謝冰瑩照片／《文訊》提供

三、中國青年寫作協會

　　1952年10月31日，隸屬國民黨青年工作單位的中國青年反共救國團成立，主要任務是聯合全國青年，加入反共救國行列。1953年8

月，在「救國團」的支持下，包遵彭、劉心皇、高明、馮放民等人發起創立「中國青年寫作協會」。

「作協」成立之初的會員屬高學歷知識分子，大專占78%，高中占20%。該會除各縣市、海外眾多分會外，直屬單位有：一、中國文藝函授學校，以加強文藝函授教育。二、中國筆友會，以加強與世界各國通訊。「作協」除出版《幼獅文藝》外，又協助各分會出版青年期刊、文藝叢書。其出版定期刊物之多，出版文藝叢書之豐，在文藝團體中首屈一指。

「作協」每年一度重要工作項目，則為配合中國青年反共救國團全國青年暑期戰鬥訓練，委託該會舉辦的戰鬥文藝營，數十年未曾間斷。對全國文藝青年的思想、寫作均有重大影響。

潘人木照片／《文訊》提供

四、臺灣省婦女寫作協會

臺灣省婦女寫作協會於1955年5月5日在臺北市成立，由蘇雪林、謝冰瑩、李曼瑰、徐鍾珮、張雪茵、劉枋、王琰如、王文漪、張明、潘人木、張秀亞等三十二人發起，成立大會當日，來自全國各縣市共百餘人。

該會宗旨為：「本會為鼓勵婦女寫作，研究婦女問題，以實踐三民主義，加強反共抗俄力量為宗旨。」但該會也發表宣言，闡明「這是集合了自由中國各階層的愛好寫作

張秀亞照片／《文訊》提供

婦女的結晶……從今天起，我們要把分散的力量，集合在一起，用我
們這支筆的隊伍，開向前線，打到敵人的心臟！」

「省婦協」為所有文藝社團中唯一的一個婦女界的文藝社團，
和國民黨的婦女工作有很深的淵源。除經常舉辦各類型寫作之座談會
外，還訪問金、馬前線官兵，以及出版文藝叢書等。叢書的出版除極
小部份，受到「反共抗俄」主題的影響外，其他內容對女性自覺、女
性價值肯定與婦權的爭取，性別、族群的議題等也都是關心的目標。

肆、五○年代的文藝雜誌及報紙副刊

文藝雜誌與報紙副刊是五○年代兩大文學生產機構，也是文壇
主要組成單位。在物質資源艱困的五○年代，竟然有八十種以上的文
化、文學性雜誌相繼創刊，不能不算是文壇奇蹟。追蹤緣由，當然政
府的文藝政策獎勵創作，以及在那個動亂時代，去國離鄉的悲憤心情
急於發抒是主要原因，部份則是因為渡海來臺的兩百萬居民中，有不
少是曾在大陸時期有辦報、編刊物經驗的文藝青年，再加上戒嚴時期
報紙有限張、限證的限制，這些老手，只好往編雜誌、辦刊物上面發
揮了。

政府既然大力推動「戰鬥文藝」，也希望作家用筆寫下「共產
黨」的暴行，以及「反共抗俄」的決心。但創作必須有發表的園地，
於是充滿戰鬥氣味，就形成了五○年代文學雜誌的一個特色。這些雜
誌集中在所謂的官辦(包括黨、政、軍)雜誌，其中有文獎會辦的《文
藝創作》，國防部總政治作戰部的《軍中文摘》，後改名為《軍中文
藝》、《革命文藝》，救國團的《幼獅文藝》。此外還有一些主動配
合或間接接受補助的雜誌，有《半月文藝》、《文壇》、《火炬》、

《軍中文藝》刊物／《文訊》
提供

《軍中文摘》刊物／《文訊》
提供

《革命文藝》刊物／《文訊》
提供

《綠洲》、《中國文藝》、《文藝月報》等。

　　但五〇年代數量龐大的文學雜誌，不只是「反共文學」單調或唯一的主題，知識分子參與的文藝、文化性的雜誌，也逐一浮現檯面，例如台灣大學夏濟安、吳魯芹、劉守宜辦的《文學雜誌》，以及1960年台大外文系白先勇、王文興主辦的《現代文學》。而非純文學的雜誌，例如聶華苓主編的《自由中國》的文藝欄；1957年創辦的《文星》雜誌，也頗受知識界青睞。此外《筆匯》在1959年創刊，除了文學創作與評論，也大量介紹歐美新思潮，頗有繼承《文學雜誌》遺風的企圖。

　　1950年11月，五位台糖公司職員師範、金文、辛魚、黃楊、魯鈍創辦了《野風》，其創刊宗旨為「創造新文藝，發掘新作家」，它的普及性及對新作者的接納程度，使得讀者量直線上升。《野風》的抒情浪漫、軟性低調，表面上雖處文壇邊緣支流，卻別具時代意義。其他還有幾份頗受讀者歡迎的雜誌，如《暢流》、《自由談》、《拾

《文學雜誌》刊物／《文訊》
提供

《文星》雜誌／台文館提供

《自由中國》雜誌／《文訊》
提供

穗》等，都擁有不少的讀者。

　　在報禁及戒嚴解除之前，臺灣的報紙副刊結構上基本上仍是屬於「文藝性」副刊的傳統框架之內。學者向陽認為這種現象一方面是來自副刊的傳統，一方面報業本身也受到政治力的壓力及警戒。同時，在國民黨的文藝政策下，報紙副刊也是其政策落實的一個重要傳播媒介。不僅這股「反共文藝」熱潮成為臺灣副刊的主流，因為報禁及戒嚴，五〇年代民間辦報幾不可能，政治嚴謹的肅殺氣氛，還是相當程度的讓副刊掌門人，備感壓力。《台灣新生報》副刊主編因登〈袖手旁觀論〉去職

林海音等女作家合照／《文訊》提供

是一個例子。1953-1963年任職聯合報副刊
主編的林海音，也因副刊一篇小文而下臺。
昔日以郭衣洞聞名的柏楊，在《自立晚報》
主編副刊期間之雜文觸怒當道，而以他在
《中華日報》副刊翻譯的「大力水手」獲
罪，下獄九年。

柏楊在獄中期間仍持續治
史，出獄後即出版歷史經典
《中國人史綱》。圖為柏楊
《中國人史綱》書影

伍、新聞管制及書刊檢查制度的
　　實施與影響

　　由於國共對立，國民黨退敗到臺灣來，
檢討失敗的原因，國民黨歸結其中一項為文
藝戰線的失敗。痛定思痛的結果是，禁絕一切與大陸有關的訊息，圖
書、報紙等，並對文藝出版、結社採取嚴格的把關或檢查或禁止。

　　1950年發布「臺灣省戒嚴期間新聞紙雜誌圖書管制辦法」；1951
年1月通過「臺灣省政府、保安司令部檢查取締違禁書報雜誌影劇歌曲
實施辦法」，明顯的是為了配合並服務國府反共抗俄的基本國策而制
定的。其中有關新聞紙雜誌圖書管制辦法中的文字模擬兩可、無任何
標準可言，諸如「危害社會」、「挑撥感情」等文字。此外，凡在本
省發行之新聞紙雜誌圖書及其他出版品，應於發行時檢送一份給保安
司令部備查，在這種嚴苛的審查下，臺灣所有的出版品難逃國家檢查
的命運。

　　曾寫下反共第一聲：「保衛大臺灣」的孫陵，1956年所著的《大
風雪》一書亦被臺灣省保安司令部查禁。還有紀弦、覃子豪、彭邦楨
的詩，穆中南的小說，不是被禁，就是要求刪改。在這種「動輒得

咎」不知標準為何的禁書檢查制度下，造成作
家心中的莫名恐懼，不僅消減、阻礙了創作的
多元性，對學術自由、文化發展的影響，以及
自五四以降的新文學傳統出現斷層，更是絕大
的損失。

陸、反共文學與現代主義文學的消長

覃子豪照片／台文館提供

　　儘管國民黨在遷臺初期，戒慎恐懼地對
左翼色彩的文藝思潮嚴加防範，對曾經放言「血洗臺灣」的共產黨充
滿了敵愾同仇的敵對氛圍，「反共抗俄」、「反共復國」幾乎成了五
〇年代文化教育的主軸，國民政府透過宣傳、教育、獎勵寫作、輔助
出版等等，試圖將「反共文學」的大業，根植在每個人心中。然而五
〇年代的遷臺作家都可謂「反共作家」嗎？五〇年代所有的文學作品
都是反共文學嗎？事實上，我們不能視而不見許多作家雖身處「邊
緣」，他們仍用文學創作，為這個時代留下多元繽紛的聲音。

　　以下我們分別來看一下這些在主流的反共文學之外的邊緣文學。

一、展現女性意識超越反共的政治意識

　　即使1955年成立的「台灣省婦女寫作協會」是以「實踐三民主
義，增強反共力量」為宗旨，站在官方立場認為這些女性作家組成的
「筆隊伍」，是加強反共文學力量的，但事實上，婦協出版的集體創
作集、個人的選集，內容也都很少「反共」，這些女作家的女性主體
意識，遠超過反共的政治意識。

　　我們可以從五〇年代女性作家留下的創作成果來檢驗這一時期的

創作。首先是武月卿主編的《中央日報·婦女與家庭週刊》，這份原為「婦女」與「家庭」創辦的週刊，卻因主編的喜文、能文，成為一個女作家聚集、文學氛圍濃厚的刊物。許多五〇年代女作家的第一本書大部分的作品都在這個園地發表的。

此外，1949年創刊的《自由中國》半月刊上的「文藝欄」，由女作家聶華苓主編。聶華苓主編期間，有意識地將《自由中國》文藝欄與當時的反共文學風潮區隔開來，讓為數頗多的女作家的散文，以及數量驚人的中篇、短篇小說發表於此，而這些小說的主題，很少是反共的，絕大多數是具有「社會性觀點」及女性意識的。

二、《文友通訊》及省籍作家的處境

由於語言隔閡與障礙，中文使用的重新學習，使得臺灣本地作家在五〇年代幾乎陷入「噤聲」的年代。但基於對文學的熱愛，他們仍然展開漫漫中文學習之路。

1957年4月23日，由鍾肇政發出首封召集信，以手刻鋼版方式，每個月彙集各文友的信，再油印郵寄給文友陳火泉、廖清秀、鍾理和、鍾肇政、施翠峰、李榮春、許炳成（文心）等七人，「每期九開白報紙兩張為度，不收費亦不發稿費」，所有文友硬性規定每月寄稿一次，稱為「文友通訊」。刊物的宗旨是「切磋砥礪，互通聲氣」，此通訊前後共維持

鍾肇政【臺灣人三部曲】作品（一）
《沉淪》書影

詩人紀弦發起「現代派」詩社，宣告
要「實現新詩現代化」。圖為《現代
詩》雜誌／《文訊》提供

十五期，這些「戰後第一代臺灣小說家」，其中有四位當時已獲文獎會的長篇小說獎或其他文類獎項。這份維持了一年四個月的《文友通訊》，具體說明了主流之外的另一群文壇作家的聲音。

三、現代主義文學的興起

學者陳芳明將1949到1955視為「反共文學」的第一階段，反共文學發展至此已開始呈現疲態，這樣的說法當然有其理由的。1956年張道藩主持的「文獎會」宣告停辦，該會所支持的《文藝創作》也隨之停刊。1956年1月20日，三〇年代以「路易士」筆名，參與了戴望舒「現代派」的紀弦，在臺北發起成立「現代派」，2月1日《現代詩》第13期刊登了「現代派公告」宣布「六大信條」。紀弦大喊要「領導新詩再革命」，要「實現新詩現代化」，也就是要新詩徹底地全盤西化。在此後持續的現代詩社、藍星詩社兩大詩社的論爭中，以軍中詩人為主，在南部創刊的「創世紀」詩社也加入論辯的陣營，臺灣現代詩運動因此蓬勃展開。

　　另一方面，如果以《文學雜誌》、《文星》雜誌倡導開始算起，現代派小說和現代派詩潮興起相差無幾。1956年9月，臺灣大學外文系教授夏濟安聯合該系一批師生創辦《文學雜誌》。在創刊號〈致讀者〉中即表明：

王文興照片／《文訊》提供

　　　我們雖身處動亂時代，我們
　　希望我們的文章並不「動亂」。
　　我們所提倡的是樸實、理智、冷
　　靜的作風。……我們認為：宣傳
　　作品中固然可能有好文學，文學
　　可不盡是宣傳，文學有它千古不
　　滅的價值在。

　　顯然夏濟安反對共產黨的煽動文學，但他也反對五〇年代口號式的反共文學。站在「新舊對立、中西矛盾」的文化困境中的夏濟安，用自由主義的立場，加上現代主義的思考，這也就構成《文學雜誌》的重要特色。除了為臺灣文壇帶來一股清新的空氣，也開始了臺灣文壇和西方現代主義文學的關係。

　　國民黨在五〇年代「反共文

陳若曦照片／《文訊》提供

王禎和照片／《文訊》提供

學」、「戰鬥文藝」所採取的鋪天蓋地、高壓式的宣傳，仍阻擋不了女性文學、自由主義文學、本土文學自邊緣逐漸影響中心的趨勢。《文學雜誌》所表現的，正是五○年代知識分子對社會的疏離現象。在內容呈現上，以整個包括傳統的和現代的西洋文學為介紹對象，在實際創作的作品中，也有傳統的寫實手法為基調。後來臺大成立「現代文學社」，以至《現代文學》雜誌創刊的一些主管幹部：白先勇、王文興、陳若曦等人，都是夏濟安的學生，他們早期的作品也都在《文學雜誌》上發表，可以說《文學雜誌》對臺灣文壇有重要的影響，不僅是臺灣第一份學院派的文學雜誌，更為臺灣現代主義文學的崛起，作了理論的建構以及人才的準備工作，可以說是臺灣現代主義文藝思潮的前奏、先聲。

📖 延伸閱讀

· 葉石濤：《臺灣文學史綱》（高雄：文學界雜誌社，1987年初版），第三章。
· 應鳳凰：〈50年代臺灣文藝雜誌與文化資本〉，收錄於李瑞騰編，《中華現代文學大系 貳：評論卷》（臺北：九歌，2003年初版），頁491-508。
· 范銘如：〈臺灣新故鄉─五○年代女性小說〉，收錄於梅家玲編《性別論述與臺灣小說》（臺北：麥田，2000年初版），頁35-65。
· 彭瑞金：《臺灣新文學運動四○年》（臺北：春暉，1997年初版），第四章。

第11章 橫的移植？—— 六〇年代的現代主義文學

◎郝譽翔（國立東華大學中國語文學系 教授）

壹、存在——六〇年代知識分子的焦慮

　　五〇年代開始，國民黨政權退居臺灣，為抗拒赤化，將文藝當成政治工具，形成思想與文化論述上的嚴厲箝制，因此戰鬥文藝與反共文學的發展達到高峰；然而意識形態高度張揚的結果，致使此時期的文學一如尹雪曼所言：「太過於概念化，太過於生硬」，最後終因過於八股與缺乏生命力而逐漸被文藝界揚棄。

　　進入六〇年代，冷戰時期的國際情勢使得臺灣的處境孤立無援；政府的高壓統治亦持續桎梏知識分子的心靈，致使知識分子因被迫「噤聲」而感到苦悶。加上臺灣經濟起飛，隨著經濟市場的開放，西方的精神文化、社會風俗也一併傳入，造成臺灣文化迅速西化，陳芳明即指出此階段是「臺灣文學史上出現的最大流亡圖」。然而知識分子的介入批判，卻也間接形成了中、西方文化的衝突。在這種文化對峙與政治意識形態運作的歷史情境下，知識分子對於現實充滿徬徨、無奈。此時，適西方戰後文藝思潮如存在主義、弗洛伊德心理分析以及現代主義的傳入，亦有實驗小說、劇場、電影等的交流，多樣化的刺激與觀點皆成為臺灣知識分子與作家借鏡觀摩的對象。因此王德威以鄭愁予的詩句：「美麗的錯誤」來比擬臺灣現代主義的發生，實有其深刻的歷史淵源與文化深意存在。

　　六〇年代臺灣現代主義思潮的興起，主要是以存在主義思想為基

礎。存在主義的信仰是現代主義文學極力表現的主題，且西方現代派的文學大師，往往自身就是存在主義哲學的信徒，例如：薩特、卡繆等。因此以西方存在主義為主的現代派小說與詩，都被當時的知識分子視為瑰寶，成為爭相傳播與模仿的對象。

　　歸結言之，臺灣六〇年代現代主義文學的出現，或可如王德威《臺灣：從文學看歷史》所道：「『現代』之所以為現代，正是出自對時間斷裂的危機感觸，對道統、意義、主體存亡絕續的焦慮心情。對照五、六〇年代臺灣歷史情境，我們要說是現代主義，而非寫實主義，才最能體現一個時代的徵兆。」而這時代的知識分子便欲捕捉住人類命運的剎那，試圖停下腳步，去問道：究竟是哪些東西把自己帶到生命的這一點呢？在寫實主義與現代主義的擺盪中，我來自何方？又要去向何處？

王德威編，《臺灣：從文學看歷史》書影

貳、兩大支柱──《文學雜誌》與《現代文學》

　　臺灣現代主義文學是以現代詩為起點，而以現代小說創作為主要的全盛標誌。

　　現代詩以紀弦《現代詩》季刊及「現代詩社」為首，強調「領導新詩的再革命，推行新詩的現代化」為目標。後又有「藍星詩社」的《藍星詩刊》、《藍星詩頁》，及張默、洛夫等的《創世紀》。這些

詩人洛夫／《文訊》提供

洛夫以前衛、實驗的詩創作風格著稱，圖為所出版之作品集／《文訊》提供

詩社的作風與作品不管在形式或文字上，皆以前衛、實驗的方式進行挑戰，雖受到保守主義的強烈批判，然亦實際記錄了六〇年代現代詩變革的文學軌跡。

《自由中國》民國45年2月1日合訂本第十二集書影／《文訊》提供

小說的改革繼現代詩而起。重要的刊物有李敖等的《文星》雜誌、雷震的《自由中國》及夏濟安的《文學雜誌》、白先勇的《現代文學》等，亦有聶華苓、於梨華等現代小說的創作。經歷了五〇年代及六〇年代乏善可陳的文壇狀況，代表現代主義的新銳作家紛紛崛起，莫不躍躍欲試。

其中以臺大外文系夏濟安為首的一批師生，在1956年創辦了《文學雜誌》月刊，強調「苦幹、硬幹、實幹」的樸實作風，擺脫了當時描寫軍中生活或色情、懷舊的創作主題，轉而進入知識分子的思考層

面。夏濟安在創刊號之後寫了一篇〈致讀者〉，其中寫道：

> 我們雖然身處動亂時代，我們希望我們的文章並不「動
> 亂」。……我們不想逃避現實。我們
> 的信念是：一個認真的作者，一定是
> 反映他的時代表達他的時代的精神的
> 人。……我們並非不講求文字的美麗，
> 不過我們覺得更重要的是，讓我們說老
> 實話。

《現代文學》第一期書影／《文
訊》提供

夏濟安表明不想顛倒黑白，或者
僅是在創作上毫無意義的舞文弄墨，而
是冀欲在保守、高壓的環境壓力下，為
臺灣文學的發展疏通出一條得以與西方
文學交流的甬道。不過李歐梵在《現代
性的追求》相關論述中對臺灣文學中的
「現代主義」亦提出不同的觀點：

《文學雜誌》創刊號第一卷第一
期／《文訊》提供

> 然而，真理和真實顯然並非讀者
> 群和未來作者所追求和可能提供的。
> 具有諷刺意味的是，夏教授所要培養
> 的年青一代作家，對於反映社會政治
> 現實一事並不像他們對單純的語言美
> 那麼有興趣。當他們不得不描寫「真

實」時，就採用「現代主義」中五花八門的暗諷或影射的手法，從而表現了他們被孤立的恐懼、不安全感以及代父輩受罪的困惑。現代主義文學滋長的時期，就這樣成熟起來了。

張愛玲照片／《文訊》提供

《文學雜誌》採古今交融、中西互映、創作與理論批評並重的編輯方針，因此吸收了許多與反共文學理念背道而馳的作家，其中包括：聶華苓、張愛玲、毛子水、張秀亞、林海音、林文月、於梨華……等。過程就如於梨華所說：

林文月照片／《文訊》提供

> 我們這些人就是從在《文學雜誌》上投稿，以後慢慢培養起來的。

這些作家的加入，其實即明顯地象徵了六〇年代臺灣文學發展過程對於反共文藝的時代反動。

《文學雜誌》創刊號上也刊出思想家胡適的文章／《文訊》提供

到了1960年，白先勇與陳若曦、王文興等聯絡籌畫，成立了《現代文學》雜誌社，並在同年三月出版了《現代文學》創刊號。《現代文學》的發刊詞中清楚表明創刊宗旨：一是提倡純藝術，另一則是推崇西洋現代文學：「我們打算分期有系

統地介紹翻譯西方現代藝術學派
和潮流，批評和思想，並盡可能
選擇其代表作品。我們如此做，
並不表示我們對外國藝術的偏
愛，僅僅依據『他山之石』之進
步原則……。」因此它大量譯介

陳若曦照片／《文訊》提供

西洋文學作品，啟發讀者對西洋
文學的閱讀興趣；另一方面則積極刊登臺灣的現代小說創作，進而培
養出一批臺灣現代派文學的代表作家。因此現代主義文學乃成為臺灣
六〇年代主導文壇的文學流派，而這也是夏濟安《文學雜誌》撒下的
種子所促發的結果。

　　《現代文學》自1960年創刊至1973年停刊，歷時十三年，發稿
五十一期。1977年又在遠景出版社的支持下復刊，不過由於經營困
難，臺灣現代派文學最重要的文藝園地還是於1986年再次停刊。

參、移植西方──六〇年代的文學基調

　　六〇年代的臺灣文壇，是現代主義文學的主流時代，不僅標誌著
臺灣現代主義文學的興起，對於西方文學現代主義觀念與作品的引進
亦有卓越的成果。

　　其時主要是提倡以「橫的移植」來取代「縱的繼承」，把西方
存在主義、意識流、超現實主義等前衛的文學意識形態和寫作技巧引
入，企圖試驗、創造出新的藝術形式和風格。

　　六〇年代的知識分子，因為無法在大陸文學、日據時代臺灣新文
學底下覓得文學安頓之處，因此陷入如葉石濤所言的「真空狀態」。

不斷游離的結果，不得不走向全盤西化的現代前衛文學傾向，而「無根」、「放逐」、「漂泊」的思想成為被關注的焦點，也因此探尋人的存在意義的存在主義思想由此風靡。王尚義的小說〈野鴿子的黃昏〉即充滿此種思潮傾向。另漂泊、無根的主題亦在六〇年代化為所謂的「留學生文學」，記錄這「沒有根的一代」的精神虛無，不管是在外留學漂泊的無根或者是文化上的游離都被深刻刻畫，寫來細膩感人。陳若曦、叢甦、張系國、白先勇、聶華苓、於梨華等都有不少此類的作品，其中於梨華《又見棕櫚，又見棕櫚》最具有代表性，被譽為「留學生文學的鼻祖」。

王尚義《野鴿子的黃昏》書影

　　臺灣的現代主義文學雖然在六〇年代蔚為風潮，亦有自己的刊物與文學流派，然實際上它仍缺乏嚴密的組織與統一的綱領，作家與作家間彼此的文學主張及創作風格都不盡相同，因此表現出的文學風格也比較複雜。臺灣六〇年代現代主義文學雖然多是「自行其是」，也往往因為過度「都會」的、「舶來」的、個人主義的傾向而遭到詬病，然亦唯有此種激情而蒼白的面貌，才能展現臺灣六〇年代的時代徵兆。

於梨華《也是秋天》書影

肆、代表作家與作品——聶華苓、白先勇、王文興

　　六〇年代現代派小說作家約可以分為兩類：一類是像聶華苓、於梨華、白先勇、陳若曦……等，他們接受了西方現代主義的某些面向，然後與傳統文學進行碰撞、融通，因此並不是純然的全盤西化，且在他們的作品中還略略透顯著現實主義的影子；另一類則是像王文興、歐陽子、七等生、馬森……等，他們的作品中並沒有濃厚的現實主義意識，也離開了傳統文學，轉以全盤西化的精神來進行文學創作。囿於篇幅限制，下文乃以聶華苓、白先勇、王文興等三位重要的現代派作家為代表，勾畫臺灣六〇年代現代主義文學的大致風貌。

一、聶華苓

　　聶華苓（1925-），生於湖北應山縣的一個仕宦家庭。對日抗戰時，十二歲的聶華苓與全家人開始逃難。這種家庭逢難與流亡生活讓聶華苓很早就體驗苦難的人生。1949年，她離開大陸來到臺灣，創作生涯也在此時開始發光發熱。她曾擔任《自由中國》的文藝欄編輯，堅持文藝的自主，反對刊用反共的文章，但是隨著雷震的被捕、《自由中國》的停刊，聶華苓也被警總嚴密監控，後聶華苓便埋首於寫作與翻譯，創作出長篇小說《失去的金鈴子》和許多短篇，並有機會在《聯合報》進行連載，造成了強烈迴響。

　　1962年起聶華苓在臺灣大學和東海大學教授現代文學與文學創作的課程，她廣泛閱讀圖書館中所藏之中國當代小說，尤其是魯迅與五四時期的作品。1963年認識了美國詩人保羅・安格爾，至1967年更進一步成立「國際作家寫作室」，接待、交流世界各國的作家。這時的聶華苓已經不再只是著眼於苦難，而是有著更廣闊的眼界，去剖

析局勢與人生，而且她的文學觀念也在赴美以後逐漸成形、確立，認為應該要「希望溶傳統於現代，溶西方於中國」，是為早期的現代派作家的代表。

聶華苓的作品很多，包括在1980年出版的短篇小說集中所收的〈月光・枯井・三腳貓〉；六〇年代初期所寫的長篇小說《失去的金鈴子》，以及赴美後所創作的《桑青與桃紅》，都是她的主要代表作品。

聶華苓作品《桑青與桃紅》書影

〈月光・枯井・三腳貓〉可以說是現代派小說的代表，主要描述主人公汀櫻因為丈夫因病性無能，而欲與一面之緣的樂兆清發生關係。聶華苓用意識流的筆法，在慾望與傳統禮教的衝突中，細膩鋪敘汀櫻的內心及潛意識的活動。

《失去的金鈴子》則主要在控訴中國封建制度對於女性的箝制，描述一群被傳統封建禮教束縛的女子，不斷追求自己想要的婚姻、愛情。主人公苓子愛上自己的舅舅楊尹之醫生，而她卻發現尹之與寡婦巧姨熱戀、幽會，苓子因妒火中燒故意撞破此事，導致巧姨被莊家趕出、尹之被誣陷販賣鴉片而入獄；另外少女玉蘭被迫未婚守節，她選擇放縱情慾，勾引縣長等其他男性私通；丫丫不與指腹為婚的癆病鬼結婚，選擇與當地駐軍連長私奔，仍然還是被抓回來。聶華苓通過敘述這些不幸的女子，對傳統的婚姻制度進行強烈的抨擊。

《桑青與桃紅》則是描寫在動亂的時代中，中國書香世家女子桑青經過命運的摧殘，放縱自身的情慾，轉變成為西方世界的蕩婦桃

紅。聶華苓活用現代派中意識流與象徵等的敘述方式，以及現實主義
刻畫手法，把桑青墮落、毀滅的過程描寫得極為深刻。

聶華苓的創作大部分集中在五、六〇年代，其作品的內容主要鎖
定在幾個面向，包括：抗戰時期的回憶、從大陸流離到臺灣的這些人
內心普遍存在的失落與惆悵心境的刻畫，以及中國人在動亂歷史中的
境遇……等。聶華苓的小說作品，一如黃重添在《臺灣新文學概觀》
所言，是「一曲『浪子的悲歌』」。她刻畫「失根」的苦痛，塑造不
同類型的浪子形象，實際上亦是契應作者本人的心境與感受。

聶華苓在小說創作上的風格表現，即如她在《桑青與桃紅》的
前言中所說，她所欲從事的，是「一個不安分的嘗試」。而亦因這個
「不安分」的執著，使得她的作品呈現出精緻而炫麗多彩的藝術風
貌。不管是在內容上的多樣構思，抑或是追求寫實與象徵相結合的故
事布局，聶華苓皆以其真實典型的細節描寫展現出個人的文字與創作
魅力，不僅遙契了時代歷史境遇，同時亦具有強烈而豐富的社會意
涵。此或正如白先勇在〈流浪的中國人——臺灣小說的放逐主題〉所
言：

> 今日臺灣的作家也為國難沈痛，滿腔悲情，他們的作品可能也
> 不自覺回應了這憂時傷國的偉大傳統。

二、白先勇

白先勇（1937-），出生於廣西桂林，1952年來到臺灣。1957年
進入臺大外文系，1965年後即在加州大學聖塔芭芭拉分校任教至今。

白先勇的父親為國民政府白崇禧將軍。他自小家境富裕，但卻

在七、八歲時染上肺病，被隔離治療四、五年，使得原本活潑外向的白先勇，變得敏感內向，直到上大學才又恢復外向的性格。在這段養病期間，白公館的老央經常為白先勇講歷史故事，開啟了他對於文學的興趣，因此老央可視為是白先勇的第一位文學啟蒙老師。初中時，第二位幫助他進入文學世界的啟蒙老師——李雅韻，推薦白先勇投稿《野風》雜誌，奠定他創作的文學基礎。最後在臺大外文系遇到第三位啟蒙老師——夏濟安。夏濟安在《文學雜誌》上刊出白先勇的〈金大奶奶〉，對他來說是很大的鼓勵。於是白先勇和王文興、歐陽子、陳若曦等幾位同學在1960年創辦了《現代文學》雜誌，他們的作品也多刊載在此上頭。時至1962年，白先勇母親病逝，服喪完畢後他便與父親道別前往美國，就如他自己在《驀然回首》中所言「月餘間，生離死別，一時嘗盡，人生憂患，自此開始」，這樣的人生閱歷讓白先勇在文學創作上的表現更顯深刻而細膩。

白先勇《寂寞的十七歲》書影

白先勇的作品有《寂寞的十七歲》、《紐約客》、《臺北人》、《孽子》等，其中以《臺北人》最為重要。《臺北人》分開來看是十四篇短篇小說，但其中卻有著大陸——臺灣、過去——現代的內在連結，從第一篇〈永遠的尹雪豔〉寫到第

《孽子》書影

十四篇的〈國葬〉是一個連續的整體，就像夏志清所言的：「《臺北
人》甚至可以說是部民國史」。白先勇在這部書中一方面有著永遠不
老尹雪豔的幻想，另一方面也有著古繼堂所言：「忠於歷史，忠於生
活的寫實主義作家」的筆法。

　　白先勇雖然大量地吸收了西洋文學的創作技巧，但他的小說中卻
始終貫穿著中國小說的傳統。在他的作品中，可以清楚看見中國古今
小說影響的痕跡，因此在中國當代文學史及小說史上，自有其獨特的
藝術價值與地位。

　　白先勇選擇以創作來寄託感時憂國之思。幾乎所有評論白先勇
的學者皆肯定其於創作上意識流手法的運用，並認為白先勇是中、西
方文學表現手法相結合的集大成者。因此他的作品中除了意識流手法
的使用之外，還大量運用象徵、色彩藝術等技巧來塑造人物、表達
主題；另外他亦擅長以數字融入內容主題的編排，利用數字來營造
「有」與「無」的相對美感，使小說具有
詩一般含蓄的情調。

　　融合「現代」與「傳統」，一直是白
先勇在創作上努力的方向與目標。他把人
世的蒼涼感作為文學的最高境界來追求，
因此作品風格曲折低迴。夏志清曾說：

夏志清〈白先勇論（上）〉，收
入於1969年12月《現代文學》
第39期。圖為夏志清攝於純文學
出版社外／《文訊》提供

　　白先勇是當代中國短篇小說家中
的奇才。這一代中國人特有的歷史感
和文化上的鄉愁，一方面養成他尊重
傳統、保守的氣質，而正統的西方文

學訓練和他對近代諸大家創作技巧的體會，又使他成為一個力創新
境，充滿現代文學精神品質的作家。

夏志清評論白先勇的說法，或許正如實呈顯了白先勇擺盪在「傳
統」與「現代」中的矛盾心境與文學風格。

三、王文興

王文興（1939-），福建福州人。
1947年遷來臺灣，1958年進入臺大外文
系就讀，與白先勇、歐陽子等人同班，至
今仍留在臺大外文系任教。

王文興照片／《文訊》提供

王文興在《現代文學》雜誌中，是屬
於智囊團的人物，負擔了早期大部分的編
輯工作。他不但信服、宣揚現代派的文學
主張，更強調文字的精省與重要性，也在
創作中加以實踐，其代表作就是1972年在
《中外文學》連載、1973年出版的《家
變》。除此之外，亦出版有短篇小說集
《龍天樓》、《玩具手槍》，以及1981年
的長篇小說《背海的人》。

王文興深受西方文學語言創作影
響的作品《背海的人》

《家變》的故事與人物相當簡單，
是王文興「精省」的一個代表。故事是敘
述范閩賢受不了兒子范曄的虐待而離家出
走，以及范曄的尋父過程，最後以尋找三

月無著而結束。這部小說在文字運用、結構安排上都相當的嚴謹與突出，在故事內容上則反映出在社會變遷及西化過程中的家庭問題，讓人警覺在西化過程中，傳統家庭與西方社會觀念的衝突。

歷來學者對於王文興作品的評價相當兩極化，如顏元叔認為《家變》是「五四以來中國最偉大的小說之一」；然古繼堂對《背海的人》則有著極負面的批評，並指出王文興堅持全盤西化的創作理念，導致他創作道路「愈走愈窄」。但無論如何，王文興的確是六〇年代最忠貞於西方現代派的代表作家。

王文興在創作上對文字的講究，早年已可見一斑；然與其說他是注重字面上的意義，還不如說他是執著於文字本身的「演出」。不管他人對王文興的評價如何，王德威認為《家變》、《背海的人》已經成為「見證現代主義到臺灣，最狂放，也最寂寞的經典」。

王文興以文字的表現來挑戰傳統、解構傳統，摧毀了中國語言的書寫形式，因此招致諸多的抨擊與批評；然其明白地表示「因為文字是作品的一切，所以徐徐跟讀文字才算實實閱讀到了作品本體」。王文興的堅持，展現其文學觀念、文學創作與政治、文化四位一體的一貫主張，亦構成其獨特而強烈的作品風格，在六〇年代現代派的代表作家中具有其不可替代性。

📖 延伸閱讀

- 李歐梵：〈臺灣文學中的「現代主義」和「浪漫主義」〉，收入於《現代性的追求》（臺北：麥田出版社，1996年），頁175-190。
- 張誦聖：〈現代主義與台灣現代派小說〉，收入於《文學場域的變遷》（台北：聯合文學出版社，2001年），頁7-37。
- 陳芳明：〈台灣現代文學與五〇年代自由主義傳統的關係〉，收入於《後殖民台灣》（台北：麥田出版社，2002年），頁173-197。

第12章 沒有鄉土，哪有文學？—— 七〇年代的現代詩論戰與鄉土文學論戰

◎林淇瀁（向陽）（國立臺北教育大學臺灣文化研究所 副教授）

壹、風雨飄搖，回歸鄉土

打開戰後臺灣文學史，從1945年之後，在國民黨的統治之下，基本上來自臺灣土地的聲音是遭到壓抑的。其中原因甚多，較顯著的，如日本殖民統治結束之後臺灣作家面臨「跨越語言」的問題，必須從原來熟悉慣用的日文轉而學習中文，因此中輟其創作，是原因之一；1947年二二八事件導致臺籍菁英遭到剷除，臺籍文學家也受牽連，倖存者因此喑啞無聲，也是原因之一。這樣的結果，使得五〇到六〇年代的臺灣文學書寫難以看到臺灣土地與人民的圖像：五〇年代的主流反共文學、六〇年代的現代主義文學，整體上都匱乏對臺灣這塊土地的關愛和描寫，也閃躲了對臺灣社會現實的刻繪和關注。反共文學的刻版政治書寫和現代主義文學的疏離現實，使得戰後二十多年的臺灣文學書寫出現了相當程度的傾斜現象，也使得白色恐怖統治下的臺灣社會真相和人民聲音無法被清楚表現出來。

七〇年代的「鄉土文學」之破繭而出，就文學場域的變化來看，是最根本的內部因素。事實上，以現實主義作為主要書寫精神和技巧的鄉土文學本來就是日治時期臺灣新文學運動和書寫的主流，從賴和、楊逵到吳濁流等作家的作品中都表現了臺灣土地和人民的具體圖

鍾理和長篇小說《笠山農場》書影

鍾肇政長篇小說《魯冰花》，曾改編成電影

像；就是在五〇年代的反共文學狂潮下，鍾理和也寫出了〈雨〉、〈貧賤夫妻〉等多篇中短篇小說和長篇小說《笠山農場》，承續了臺灣鄉土文學的香火；到了六〇年代現代主義文學勝場的階段，鍾肇政開始發表他的長篇小說《魯冰花》、大河小說《濁流三部曲》，並且召集省籍作家，廖清秀、文心、陳火泉、鍾理和等人通過油印的《文友通訊》相濡以沫；1964年《臺灣文藝》雜誌和《笠》詩刊的創刊，也標誌著臺灣本土文學社群集結和鄉土文學再起的里程碑——「跨越語言的一代」作家的重新出發，配合著戰後代作家的登上舞臺，使得七〇年代擁有相當充分的「鄉土文學」發展空間。

臺灣文學場域內部的改變之外，進入七〇年代的臺灣接二連三出現了外交危機的衝

擊，以及臺灣的社會變遷，則是促成鄉土文學抬頭的外部因素。

從外交衝擊而言，1970年11月發生「釣魚臺事件」，引發了臺灣知識分子的民族主義覺醒，出現「保釣運動」；1971年10月，中華人民共和國取代中華民國在聯合國的代表權，臺灣退出聯合國；1972年2月，美國總統尼克森訪問中國，簽署「上海公報」，承認中華人民共和國政府為唯一合法的中國政府，更使得臺美外交關係生變，加上這年9月，日本宣布與中國建交，與臺灣斷交，都導致了臺灣在國家處境上的困難和緊接著的一連串斷交事件。在這樣的外交危機之下，知識分子因此而有「回歸鄉土」的省思，要從文化上尋求自強自立的重建，「民族」與「鄉土」這樣的概念開始浮上檯面。長久以來就存在於臺灣文學書寫中的鄉土文學因此重獲評價與重視。

臺灣當時的社會變遷也提供給鄉土文學發展的溫床。臺灣自五〇年代實行土地改革，六〇年代開始資本主義化過程之後，在經濟上取得了以美國為中心的國際市場邊陲地位，同時也形成了新中產階級的興起，以及青年知識分子訴求政治改革、文化振興的聲音，臺灣的外交挫敗，使他們希望透過社會實踐，「直接參與到政治社會的改革行列」中，再造一個新社會。這些知識分子多半出生於戰後，被稱為「戰後世代」，他們無分省籍、意識形態，強烈反省，並且展開對上一代的批判，他們挑戰當時的政治體制，要求文化的重建，鄉土文學是在這樣的社會變遷下，由戰後世代的青年知識分子所提出，並且建構出了讓主政的國民黨當局相當緊張的鄉土文化論述。鄉土文學的再起，意味著戰後世代知識分子對於國民黨黨國文化霸權的挑戰。這正是1977年國民黨發動「鄉土文學論戰」，準備打壓鄉土文學的根本原因。

　　是在這樣的外部因素和內部因素交錯之下，六〇年代向西方學習、並藉以逃避國民黨黨國文化霸權宰制的現代主義文學，因此成為戰後世代知識分子抨擊的對象，借助現代主義走進個人內心世界，模擬西方資本主義現代人孤寂、疏離感，以逃避現實的現代主義文學，因而遭到批判。現代主義文學，在內容上的脫離現實社會、在形式上的過度西化，都與七〇年代處於外交困境下的臺灣有所悖離，傳統性、民族性、社會性和本土性的主張，在七〇年代形成主流。日治時期的臺灣文學作家及其作品，此時再獲重視，五、六〇年代出現的臺灣鄉土文學作家及其作品也獲垂青，而戰後世代作家也開始進入文學場域，鄉土文學到此際，已經沛然莫之能禦。

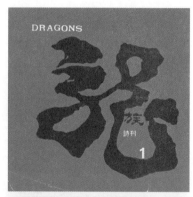

《龍族》詩刊／《文訊》提供

貳、前奏曲：現代詩論戰

　　一九七〇年代最重大的文壇事件非鄉土文學論戰莫屬，但在這場論戰爆發之前，現代詩壇已經先行展現了敏感的詩人對於六〇年代詩風的不滿。最早的不滿，來自戰後代所組成的三個主要詩社：「龍族」、「大地」與「主流」。

　　龍族詩社於1971年3月3日創刊《龍族》詩刊，創刊宣

言強調「我們敲我們自己的鑼　打我們
自己的鼓　舞我們自己的龍」。口號相
當簡單，卻透露出戰後代詩人對於五、
六〇年代「橫的移植」詩風的厭棄，以
及以「龍」為象徵的反歸中國傳統的想
望。

《大地》詩刊／《文訊》提供

　　接著是同年7月創刊的《主流》詩
刊，該刊強調「我們否定／我們以前／
所擁有的」，「將慷慨以天下為己任，
把我們的頭顱擲向這新生的大時代巨
流，締造這一代中國詩的復興」。在這
個主調下，反對舊有的詩壇書寫被標舉而出，反映了多數戰後代詩人
對於「這一代中國詩的復興」的承擔意願。

　　再接著，是次年（1972）9月創刊的《大地》，該刊集合來自各
大學的青年詩人，針對五、六〇年代的西化詩風，提出「希望能推波
助瀾漸漸形成一股運動，以期二十年來在橫的移植中生長起來的現代
詩，在重新正視中國傳統文化以及現實生活中獲得必要的滋潤和再
生」。

　　在龍族、主流、大地三個戰後代詩社發出對於現代詩西化路線的
反省的同時，詩壇外部也出現了對於現代詩西化路線的猛烈攻擊，那
就是以關傑明、唐文標兩人為首的「關唐事件」的出現。

　　關傑明是英國劍橋大學文學博士，當時執教於新加坡大學英文
系，並為《中國時報》「海外專欄」作家，他在1972年於「人間副
刊」發表〈中國現代詩人的困境〉及〈中國現代詩的幻境〉，他以讀

過的三本選集《中國現代詩選》、《中國現代詩論選》及《中國現代文學大系》為例，沉痛地批判當時的現代詩不過是「生吞活剝地將由歐美各地進口的新東西拼湊一番而已」的書寫，指責詩人「漫不經心地指責傳統文化對文字運用束縛太深，但又不能自己深刻地發展出一套控制語文結構及語文使用的理論」，以「世界性」、「國際性」掩護西化，忽略了「民族特點」。這兩篇論述一出，隨即引發這三本選集的主編社團《創世紀》的緊張。該刊立刻於當年9月推出復刊號30期，除了非正式地答覆關傑明的批評以外，也表示對「以往的某些創作觀將有所修正」，「將努力於一種新的民族風格之塑造，唱出屬於這一代的聲音」；同年12月出版的《創世紀》31期則推出〈關於「中國現代詩總檢討」專輯〉，展開對關傑明的反擊，認為他「言論過分偏激武斷」，「企圖一筆抹殺全部歷史」。

事實上，關傑明的批只指是一個浪頭，1973年7月7日，龍族詩社出版了《龍族評論專號》，主編高上秦在〈探索與回顧──寫在『龍族評論專號』前面〉的序文表示該專號所輯乃係「由各種不同身分的個人，透過各種不同的角度，對於中國現代詩壇廿年來的功過得失，作一剖析」，「作一重新估價與認真檢討的試探」，並指出五、六○年代的西化詩風「遠離了他所來自的那個傳統與社會」、「忘記了他仍生活在群眾中，也忘記了他的作品最終仍要回到廣大的群眾裡去」，「失去根植的泥土」。

這本專號一出版，不僅震盪詩壇，也引發文化界的矚目與討論。而在專輯中，當時回國擔任臺大數學系客座教授的唐文標發表〈什麼時候什麼地方什麼人──論傳統詩與現代詩〉，以周夢蝶、葉珊、余光中的作品為例，提出批判；此外，唐文標也在《文季》發表〈詩的

唐文標在《中外文學》發表〈僵斃的現代詩〉，
引起詩壇震盪。圖為唐文標照片／《文訊》提供

沒落——臺港新詩的歷史批判〉、在《中外文學》發表〈僵斃的現代詩〉。這三篇論述，對於當時的詩壇猶如震撼彈，引起所謂「唐文標事件」（後來與關傑明事件合被稱為「關唐事件」）。

唐文標對於現代詩的指責和批判，歸納起來重點有二：一、逃避現實，他在〈詩的沒落〉文中，認為應該掃除「1965年後，詩壇開始了一個所謂抽象化的寫法和超現實的表現」，指出五、六〇年代詩人存在著「個人的、非作用的、『思想』的、文字的、抒情的、集體的」等六大「逃避」。二、僵斃頹廢，他在〈僵斃的現代詩〉文中，認為現代詩「散布著麻醉劑，迷幻藥」，必須「體察詩的本來面目，健康的個性，詩所特具的美好經濟的言語，和詩能對社會所起的正作用」，才能對社會做出貢獻。

關傑明和唐文標對於現代詩的抨擊，強烈而直接，反響也相對強烈。1973年10月出版的《中外文學》2卷5期首先刊載了顏元叔的〈唐文標事件〉，指唐文標「以偏概全」，2卷6期刊出余光中〈詩

余光中照片／《文訊》提供

人何罪〉為詩人答辯，周鼎則在《創世紀》指責唐文標提倡「詩應服役於社會」、「居心險毒」。這場現代詩論戰從而展開。

不過，越一年後，1974年8月出刊的《中外文學》、《創世紀》同時推出專號，則開始出現對於現代詩發展路向的不同思考。一方是藍星的余光中，一方是揭起超現實主義巨纛的洛夫。余光中在《中外文學》發表〈詩運小卜〉，指出六○年代反傳統的現代主義，「奢言反傳統，一方面自絕於古典，另一方面又無力真正了解西方」，並肯定龍族詩社所代表的戰後代詩人「批評的突破和思想的獨立」；洛夫則在《創世紀》發表〈請為中國詩壇保留一分純淨〉，反擊關傑明、唐文標「挾其凌厲之筆，狂掃異己」之外，也強調現代詩「精神上的虛無、風格上的晦澀、意象語的經營，以及對純粹性的追求，決非『西化』二字可以概括，這是時代使然、當代文風使然，而且中國古已有之」。

總結起於龍族、主流、大地等戰後代詩社對現代詩的反省，而關傑明、唐文標對現代詩的嚴厲批判，到余光中與洛夫的相對態度，這場起於1971年結於1974年的現代詩論戰，可說是戰後臺灣新詩發展史上重大轉捩點——相對於「世界性」、「超現實性」、「獨創性」和「純粹性」等現代主義路線的主張，戰後代詩人開始朝向「民族性」、「社會性」、「本土性」、「開放性」和「世俗性」的現實主義路線發展，終於具體表現在1979年創刊的《陽光小集》邁入八○年代之後的書寫與實踐中。

更重要的是，這場現代詩論戰，對於其後出現的鄉土文學論戰也具有前奏效用，通過現實主義詩風的強調，為鄉土文學的現實主義提供了部分論述基礎。

參、是「現實」還是「鄉土」：鄉土文學論戰

在詩壇出現現代詩論戰的同時，臺灣的鄉土文學也正在茁長壯大。鄉土文學的形成有其歷史脈絡，日治時期臺灣新文學運動就已確定了鄉土文學與現實主義的書寫主流，這是不容忽視的歷史背景；戰後的臺灣文學發展過程中，鍾肇政及其《文友通訊》的文友（鍾理和、陳火泉、李榮春、廖清秀、施翠峰、許炳成）也已開始鄉土文學的書寫；1964年吳濁流創刊《臺灣文藝》、林亨泰、陳千武、白萩等創刊《笠》詩刊的文學傳播行動，都提供給在六○年代匍匐前進的鄉土文學孕育的搖籃，成為臺灣本土作家集結的本營，同時葉石濤早在1965年於《文星》雜誌發表〈臺灣鄉土文學〉，也逐步建構出了鄉土文學的理論基礎……。這些先行者的努力，都提供給了戰後臺灣的鄉土文學充分的養分。

不過，我們也不能忽略另一股同樣不滿於現代主義書寫的文學社群的努力，那就是從六○年代末期出發的《文學季刊》、《文季》雜誌，隱然延續著中國三○年代而下的現實主義傳統，通過書寫對於當

陳映真照片／《文訊》提供

陳映真著作書封／《文訊》提供

黃春明照片／《文訊》提供

黃春明著作書封／《文訊》提供

時的國民黨文藝政策表達不滿，同時在作品發表和作家養成的兩個層面，也都促成了迴異於完全以西化現代主義為宗的作家，如陳映真、黃春明、王禎和等人及其作品的出現，壯大了七〇年代前期鄉土文學的力量。此一文學社群與前述《臺灣文藝》為主的文學社群在七〇年代相濡以沫，形成風潮，同時也對國民黨的黨國意識形態機器造成了極大的威脅。

在這樣的脈絡底下，1977年鄉土文學論戰的爆發，因此是有跡可尋，而非突如其來的。1977年4月，《仙人掌》雜誌推出「鄉土文學專輯」，發表王拓〈是現實主義文學，不是鄉土文學〉、銀正雄〈墳地裡哪來的鐘聲？〉、朱西甯〈回歸何處？如何回歸？〉，以及尉天驄〈什麼人唱什麼歌〉等論述。這四篇論述，各有立場，卻已暗示出左右兩個陣營，一方強調鄉土小說的必要性、現實主義的正當性，另一方則質疑鄉土小說「有變成表達仇恨、憎惡等意識的工具的危機，質疑鄉土文學變質了，和三〇年代中國的普羅文學無異。這是其後更大的對鄉土文學進行指控的淵藪。

王禎和照片／《文訊》提供　　王禎和書封照片／《文訊》提供

　　1977年5月，葉石濤在《夏潮》雜誌發表〈臺灣鄉土文學史導論〉，強調臺灣鄉土文學的特殊歷史脈絡和特性，主張鄉土文學應該以臺灣為中心，「應該是站在臺灣的立場上透視整個世界的作品」；並提出「臺灣意識」一詞，強調鄉土文學是「反帝、反封建的共通經驗，以及篳路藍縷以啟山林的，跟大自然搏鬥的共通記錄，而絕不是站在統治者意識上所寫出的、背叛廣大人民意願的任何作品」，他並批判流亡文學、回憶大陸經驗或西化作品缺乏臺灣經驗。此文一出，立即引來同屬鄉土文學陣營的陳映真的駁斥。

　　陳映真在〈鄉土文學的盲點〉一文中，強調臺灣鄉土文學「受影響於和中國五四啟蒙

葉石濤照片／《文訊》提供

運動有密切關聯的白話文學運動，並且在整個發展過程中，和中國反帝、反封建的文學運動，有著綿密的關聯；也是以中國為民族歸屬之取向的政治、文化、社會運動的一環」。很明顯的，葉、陳兩人雖然同屬國民黨的眼中釘，但在鄉土文學的歸屬性上卻有著嚴重的分歧，葉強調臺灣的特殊歷史經驗，陳則強調中國的民族主義歸屬。

　　鄉土文學論戰的高潮和交鋒，爆發於1977年8月17日，《中央日報》總主筆彭歌在《聯合報》副刊「三三草」專欄發表連續三天的〈不談人性，何有文學？〉一文，針對前述王拓、尉天驄、陳映真的文章提出駁斥，質疑他們的政治立場，要求他們要有「民族主義和愛國主義」；接著，是8月20日余光中跟進發表〈狼來了〉一文，直接強調臺北已經出現「工農兵文藝」，質疑鄉土文學受到中共利用，有特定的政治用心。鄉土文學論戰發展至此，已經朝向政治意識形態的指控和檢肅進行。

彭歌照片／《文訊》提供

　　從另一個層面來看，這其實也隱藏著國民黨統治當局可能掀起一股政治整肅，準備壓制方興未艾的鄉土文學風潮的繼續，因此當時的文壇充滿著山雨欲來的高度不安。彭歌、余光中文章發表之後，鄉土文學作家因此噤聲，《中華雜誌》有鑑於緊張情勢的一觸即發，發行

人胡秋原乃連寫〈談「人性」與「鄉土」之類〉、〈談民族主義和殖民經濟〉以及〈中國人立場之復歸〉等多篇文章，呼籲國民黨記取教訓，不宜打壓鄉土文學。

1978年元月，國防部總政戰部主任王昇在「國軍文藝大會」上發表談話，強調鄉土文學「要擴大鄉土之愛，成為國家之愛、民族之愛」。這個談話冠冕堂皇，實際上是鑑於鄉土文學風潮已開，無法打壓，因此以宣告國民黨政府文藝政策底線（國家之愛、民族之愛）做為下臺之階，鄉土文學論戰到此告一個段落。

肆、結語：從鄉土到臺灣

七〇年代臺灣文壇先後爆發「現代詩論戰」和「鄉土文學論戰」，說明了文學發展與社會變遷的相互影響。臺灣國際處境的艱困，促使了文壇開始深刻思考五、六〇年代依附美國文化傘下的現代主義文學路線的盲點，因此而有回歸傳統、關懷現實、擁抱鄉土的現實主義路線的提出。在詩壇，現代詩論戰扭轉了先前西化的超現實主義詩風，轉而朝向戰後代詩人發聲的現實主義之路發展；在文壇，鄉土文學論戰則促發了臺灣本土現實主義路線的深化，並且告別了長期以來國民黨掌控的三民主義文藝路線，朝向書寫多元臺灣的方向前進。

這兩場論戰共同具有的意義則是，它們都使得戰後在臺灣出生的詩人、小說家與知識分子重新省思文學和歷史、社會、政治的關係，重新看到生養文學的臺灣的具體存在。也在這樣的認識下，這兩場論戰對臺灣文學史來說，更具有關鍵性與轉捩性。七〇年代的臺灣文壇，基本上存在著「既是中國，也是臺灣」的社會學認同，所以葉石

濤和陳映真共同面對了彭歌、余光中的指控，儘管葉陳兩人具有不同的民族主義，但對現實主義的文學主張則是疊合的，這使得鄉土文學在七〇年代的臺灣取得關鍵性作用。

從轉捩性的角度看，七〇年代知識分子對臺灣的危機意識，充分表現到對現實社會的鄉土意識之中，進入八〇年代之後，進一步發展出以臺灣意識為基礎的臺灣認同，因此形成其後「臺灣意識」與「中國意識」的對立。臺灣意識在鄉土文學論戰之後逐漸加重，「既是中國，也是臺灣」的模糊性逐漸清澄、分野，到八〇年代中期之後，「鄉土文學」更正名為「臺灣文學」，並成為泛指所有在臺灣創作、發表的文學的總稱，這毋寧是可喜的，也是臺灣文學行經日治年代、國民黨威權年代的重重考驗與打壓之後，終於取得主體性的豐饒之果。

📖 **延伸閱讀**

· 陳正醍：〈臺灣的鄉土文學論戰〉《臺灣近代史研究》（日文），第三號／陳炳崑譯，收錄於曾建民主編《臺灣鄉土文學・皇民文學的清理與批判》（臺北：人間，1998年初版），頁129-181。
· 尉天聰編：《鄉土文學討論集》（臺北：遠景，1978出版）。
· 向陽：〈康莊有待──七〇年代現代詩風潮試論〉，《康莊有待》（臺北：東大，1985出版），頁49-86。
· 陳芳明：〈歷史的歧見與回歸的歧路──鄉土文學的意義與反思〉，《後殖民台灣──文學史論及其周邊》（臺北：麥田，2002出版），頁91-107。

第13章 繁花似錦的文學年代——八○年代以降的台灣文學

◎須文蔚（國立東華大學中國語文學系 副教授）

壹、步向自由與多元的美麗島

　　一九八○年代，是臺灣政治、經濟體制全面解除管制的關鍵時刻，政治的鬆綁給作家更大的發揮空間，隨著1986年民主進步黨成立，1987年解嚴，1988年報禁解除，跟隨著動員戡亂時期的終止、開放大陸旅遊、探親和文教交流等，可供發表的文學作品園地增加，題材也不再受限。

　　隨著政治管制的逐步鬆綁，社會主義思想在臺灣不再是禁忌，各種具有批判精神、文化研究興趣的思想，和更趨於複雜、細緻的文化理論一起在文學圈激盪。在八○年代初期還遭政府查禁的大陸作家作品，在解嚴之後，無論是魯迅、沈從文、巴金或老舍都不再是禁忌。體制的解構與民主浪潮席捲臺灣，不但左翼理論不再是禁忌，在政治解禁之後，更新的理論，像是「批判理論」、「結構主義」、「解構主義」、「後現代主義」、「女性主義」、「後殖民論述」等等，都伴隨著政治鬆綁運動而來，成為文學圈從僵化的思想牢籠掙脫，重新建立價值觀的新武器。

　　另一方面，臺灣今天的繁榮，可以說奠基在八○年代。1988年，臺灣平均個人 GNP達6,333美元，成為亞洲僅次於日本的資本輸出國，國際上普遍開始把臺灣視為「新興工業化國家」（Newly Industrializing Countries, NICs）。經濟的繁榮使得大眾文化、流行文化

與普遍性消費市場的出現，帶來嶄新與多元的文學生態環境。

八〇年代文學圈展現多元主題發展的風潮，舉凡寫實主義文學、女性主義文學、都會文學、區域文學、自然書寫、原住民文學、同志文學、旅遊文學、飲食文學等各種新興主題方興未艾。影響臺灣文學發展至深的「臺灣文學正名運動」，在九〇年代湧現，在一片追求主體性的呼聲中，臺灣文學有了嶄新的面貌。

《陽光小集》詩刊書影／《文訊》提供

《人間》雜誌創刊號

貳、八〇年代以降台灣文學傳播風貌
一、文學刊物與出版鬆綁與去中心化

臺灣文學傳播的鬆綁，從八〇年代與威權統治抗爭的替代性媒介開端，由於當時臺灣的大眾媒介幾可說完全掌控於國民黨的黨、政、軍三合一控制之下，形成一個「官僚威權體制」，而有效地控制了臺灣的社會。不僅政治運動必須動員地下的、邊緣的透過替代性媒介，在文學圈中，強調本土與涉入現實的刊物也以以同樣的姿態出現，例如1981年3月，《陽光小集》詩刊第五期改為詩雜誌形態，從事現代詩的多元化與社會化的運動。緊接著在1985年《人間》雜誌創刊，陳映真關注社會邊緣的書寫形態與編輯方針，振興了報導文學。

另一方面，1988年報紙解禁，兩大報的霸業漸損，而報紙大幅增張，更削弱了兩大副刊的影響力。報業競爭使得政治社會議題及有關影視體育、民生消費等通俗文化成為重點，更使得文學傳播面對一個去中心的後現代狀況。

經濟的富裕，帶來別開生面的文學傳播榮景，媒體和出版界也紛紛投身經營具有規模的文學期刊。1984年11月

《聯合文學》創刊號

《聯合文學》創刊，集合了海內外的作家與學者，刊載各類型文學創作，也引介比較文學的理論與評論，最具代表性。其他像林白出版社出版的《推理雜誌》，正中書局籌畫的《國文天地》月刊，學英文化公司出版的《文學家》月刊，或是《講義雜誌》，都為臺灣文

許悔之照片／《文訊》提供

學帶來多元的風貌。國民生活的富裕，校園也開始湧現許多新興的刊物，繼路寒袖在1981年創辦《漢廣》詩刊，許悔之在1985年主編《地平線》詩刊，楊維晨和黃靖雅創辦《南風》詩刊，黃智溶、胡仲權、林燿德、羅任玲合辦《象群》，陳浩和顏艾琳發行《薪火》詩刊，當時意氣風發的青年詩人，現在也都在文學界發光發熱多年了。

及至九○年代中葉，網際網路出現出現作者與讀者「重新部落化」（retribalizing）的現象，文學社群正面臨重組的變局。文學刊物與出版鬆綁與去中心化，副刊的重要性漸漸降低，文學雜誌、文學網

站以及部落格漸漸嶄露頭角。

二、文學社群的不斷重組

　　八〇、九〇年代文學社群面對最大的衝擊，莫過在1987年7月解嚴以後，黨國結構的解體，與文化市場快速地自由化與大眾化。過去由黨國支持的「中華文藝獎金委員會」、「中國文藝協會」、「中國青年寫作協會」、「臺灣省婦女寫作協會」、救國團的「戰鬥文藝營」等機構的榮景漸漸消逝。黨國鬆散控制下的文藝班隊或是與特定的文藝政策，誠然使文化界的聲音無法多元表述，但也培植了不少創作人才，提供創作者相濡以沫的社群空間。特別是邁入八〇年代至九〇中期，「中國青年寫作協會」在二十二屆副理事長鄭明娳與秘書長林燿德的帶領下，顛覆了黨國機器的任務，轉而發掘文壇新銳、舉辦研討會、出版專書，迎向市民社會興起的文藝爭論，一時之間令人耳目一新。但文學社群組織成員在內部進行「頡抗」的動作，隨著林燿德的猝逝，以及政黨輪替後政治情勢的巨大變化，曾經一度在九〇年代初期具有活力的黨國文藝團體，在來自國家體制支援日少，逐漸在九〇年代結束前，顯得欲振乏力。

　　有趣的是，從五、六〇年代崛起的同仁社團，卻能夠一直保有強大的活力，無論是《創世紀》、《笠》、《藍星》、復刊的《現代詩》，乃至於1992

林燿德作品作者簡介之照片

年創社的《臺灣詩學》，其中成員不無
重複，或是有不少同仁已經躍居文學媒
體、副刊或雜誌的主編，社群與國家
和市場的關係宛如「塊莖」一般，根鬚
相通，錯綜複雜。另一方面，從八〇年
代中葉到九〇年代崛起的新生代文學社
群，他們自組詩社、自辦詩刊，相較於
前述大型的協會組織，同仁刊物充分發
揮了衝突性運動社群的組織形態，動員
能力或引發論戰的能力較強，組織雖然
不穩定，但傳播的策略比較活潑，也以

《臺灣詩學》書影／《文訊》提供

反經濟邏輯的方式博取符號／象徵性權力，而非經濟上之成功。

　　和同仁團體同樣來自民間的文藝基金會、寫作會或工作坊，例如
「耕莘寫作會」、「吳三連史料基金會」、「鹽分地帶文藝營」以及
地方文藝協會，則在九〇年代的文學社群活動中扮演了教育與推廣的
角色，在推動臺灣文學和歷史運動上，也值得關注。

三、文學獎現象

　　後現代與後殖民主導文化下的多元、去中心，一方面使文學受
到某種程度擠壓，另一方面也刺激更多文學獎成立。在兩大報文學獎
外，原已有官方的中國文藝學會文藝獎、中山文藝創作獎和國家文藝
獎，本土派的吳濁流文學獎和吳三連文藝獎，及《中央日報》與《明
道文藝》合辦的全國學生文學獎。

　　由政府機構或文藝協會、基金會舉辦的全國性文學獎，或由大眾

傳播媒體，如《中國時報》、《聯合報》、《中央日報》、《中華日報》、《文學臺灣》、《臺灣新文學》等報紙雜誌設有年度文學獎，不僅促使文學典律的形成，且促進華語文學圈的交流整合。進一步觀察，還有鞏固文學社群，乃至國家意識形態的意義。焦桐就指出，影響力最廣泛深遠的兩大報文學獎，具現為一種權力位階的生產，評審被世俗化為德高望重者，參賽者被世俗化為有待提攜的後進，只有獲獎者才能靠那名聲晉升位階，甚至轉而擔任評審，獲獎者的名聲不是孤立的榮譽或金錢利益，它通過媒體的權力操作，取得某一種合法性的位階。

第一屆「臺北文學獎」得獎作品集書影

2003年「高雄市打狗文學獎」得獎作品‧長篇小說類書影

各種區域文學獎或類型文學獎的設立，如「臺灣省文學獎」、「臺灣文學獎」、「寶島小說獎」、「臺北文學獎」、「臺北縣文學獎」、「桃園文藝創作獎」、「夢花文學獎」、「臺中縣文學獎」、「礦溪文學獎」、「南投縣文學獎」、「南瀛文學獎」、「屏東縣大武山文學獎」、「府城文學獎」、「新竹市竹塹文學獎」、「臺中市大墩文學獎」、「菊島文學獎」、「基隆市海洋文學獎」、「高雄市打狗文學獎」、「嘉義市桃城文學獎」等；後者，包括政府、傳播媒體或非營利組織主辦的「生態文學暨

報導文學獎」、「觀光文學獎」、「旅遊
文學獎」、「勞工文學獎」、「中華汽車
原住民文學獎」、「全國身心障礙者文學
獎」、「華航旅行文學獎」、「信誼幼兒文
學獎」、「熱愛生命文學創作獎」等，不無
回應近年來本土意識抬頭，立足鄉土的地方
文學的意涵，故有凸顯次文類、特定美學主
張、特定社會意識或是商業宣傳等特色。也
同時藉由文學獎所彰顯的地方文化或特定觀
念主張，型構新的文學論述，建立新評論體
系，重構文學版圖。

李喬《寒夜三部曲》（遠景
版）書影

參、記憶台灣與追求主體性的追求

一、記憶臺灣與辯證認同的文化工程

　　王德威指出，八〇年代以來，記憶臺
灣成為重要的文化工程。在歷史還原的爭論
中，辯證認同，也同時成為文學界難以逃脫
的課題。無論是小說也好，報導文學也好，
直指現實，或僵固於意識形態的寫實風潮引

東方白歷時十年寫成一百五十
萬字大河小說《浪淘沙》。圖
為《浪淘沙》書影

退，回溯歷史的鄉土歷史的大河小說、政治小說與報導紛紛出現，再
現了臺灣的歷史風貌。

　　最大規模追溯臺灣歷史的文學創作，當以大河小說的書寫，八〇
年代李喬出版的《寒夜三部曲》，九〇年代東方白的《浪淘沙》，都
以表現臺灣人的命運的乖違，臺灣人身分的游蕩與流離，以及抵抗威

李昂照片及李昂著作書影／《文訊》提供

權的苦難歷史。就創作風格言，李喬的描寫技巧與強調寫實風格的鄉
土文學傳統有異，能接納現代主義小說的手法，運用意識流、獨白、
自由聯想等方法，刻劃人物的性格與心理。同樣的，東方白的小說技
法也鎔鑄了現代主義的手法，導引讀者從文學中認識歷史，是鄉土文
學的一大進展。

在八〇年代以後，小說界開始書寫白
色恐怖，成為記憶臺灣的一道道風景。陳映
真陸續推出〈鈴鐺花〉、〈山路〉、〈綠島
的風聲與浪聲〉等作品，寫政治受難者，更
放眼臺灣的特殊國際處境。朱天心創作〈從
前從前有個浦島太郎〉，既寫追述政治受難
者，也凸顯受難者在現實環境面對的政治炒
作與荒謬虛無，非常發人深省。及至八〇與
九〇年代交接的時刻，陳燁的《泥河》、李
昂《迷園》等，都是以追索二二八與白色恐

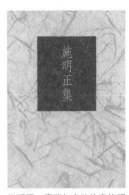

施明正，臺灣知名政治家施明
德之兄長，1988年因以絕食行
動聲援施明德，而致死亡。圖
為《施明正集》書影

怖主題著稱的作品。

　　和陳映真同樣具有牢獄經驗的施明正，1981年以〈渴死者〉獲吳濁流文學獎小說佳作獎，1983年以〈喝尿者〉獲吳濁流文學獎正獎，他所回顧的監獄風光則是荒謬劇場式的故事，更深層地挖掘政治迫害的心理層面衝擊。而在八〇年代崛起的張大春，則以魔幻寫實的筆法，寫出〈將軍碑〉，點出了臺灣當時隱而未顯的族群、國家認同或身分認知的衝突與矛盾。

　　在報導文學的書寫上，藍博洲從八〇年代中葉開始，專注挖掘白色恐怖的史料，以報導文學的形式揭露受難者的證言，其中最早也最著稱的作品，當推1988年刊行在《人間》雜誌上的〈幌馬車之歌〉。報導文學多半處理具有新聞性的題材，藍博洲卻把視野放在看似不具「時效性」（timeliness）的歷史事件上。看來是口述歷史資料的整理，不具備新鮮性，但是經過考據、挖掘與查證，藍博洲把荒謬、委屈以及經過再三曲解的歷史真相加以還原，進而建構出平反政治受難者的新議題，開拓出報導文學的新疆界，也為辯證認同的文化工程，開出另一條道路。

　　如果放眼散文界，1984年開始在中國

張大春《四喜憂國》書影

藍博洲深刻描寫五〇年代白色恐怖政治事件的力作《幌馬車之歌》／《文訊》提供

八〇年代在文化界燒出一片喧嘩的龍應台《野火集》

時報人間副刊發表「野火集」的龍應台，揭露社會的負面現象，寫臺灣落後的民主觀念，1985年《野火集》集結出版，短短二十一天再版二十四次，四個月後銷售將近十萬本，展現文學衝撞政治與社會的力道。

二、各種追求主體性的文學創作

影響八〇年代已降文學的「政治」思潮，一言以蔽之，就是追求主體性，無論是追求臺灣主體性的本土化運動，重建性＼別關係的女性主義或酷兒運動，或是尋求正名與自治的原住民運動，都滲透到文學創作中，形成特殊的創作主題。

（一）臺語文學創作的發展與成就

林瑞明主張，隨著臺灣意識的興起，八〇年代中期「鄉土文學」已逐步躍昇為「臺灣文學」，內在支撐著臺灣文學的臺灣意識，客觀的存在，同是文化上層結構的文學，自會表現出來，只是由於臺灣的特殊處境，顯得曖昧曲折，如同臺灣新文學七十年發展歷程鳥瞰下來，表面上期斷裂性遠大於延續性，但始終有一股潛流在底層流動，這是臺灣文學極為特殊的一個面相。

向陽十行詩書封／《文訊》提供

在二戰後，使用臺文書寫的作家，根據宋澤萊的觀察，從一九八〇年代才開始激增起來。大半的臺文新詩人的詩已經朝

向「傳奇」和「田園（抒情）」的文風來書寫。1991年更有以林宗源、向陽、黃勁連、林央敏、李勤岸、胡民祥等二十人組成「蕃薯詩社」，這是臺灣有史以來第一個臺語詩社。八〇年代到迄今重要詩人有：宋澤萊、林央敏、黃勁連、向陽、陳明仁、李勤岸、林沉默、莊柏林、路寒袖、張春凰等人，其中不少作家也致力以臺文書寫散文。

宋澤萊除了臺文詩的寫作之外，在1987年發表了臺語小說〈抗暴ㄚ打貓市——一個臺灣半山家族故事〉，全篇皆以漢字表現，必要時加上讀音註解，全文可以臺語讀；為了擴大讀者群，又自譯為北京話〈抗暴的打貓市〉。以一個臺奸家庭做中心，從二二八事件、白色恐怖貫穿到八〇年代的黑金政治，暴露出臺灣地方自治的黑暗面，更提出用臺語創作小說有力證明。

《宋澤萊作品集》（前衛版）書影

（二）性＼別文學的發展與成就

臺灣的婦女運動倡導自一九七〇年代開始，但在一九八〇年代中期，落實在各種性別問題成立的團體上，1985年臺灣大學人口研究中心成立婦女研究室，更將性別論述推向學院。

邱妙津作品《蒙馬特遺書》（印刻版）書影

八〇年代以降的女性小說家，諸如李昂、施叔青、蕭颯、袁瓊瓊、廖輝英、朱天文、朱天心、蘇偉真、鍾曉陽、朱秀娟、郝譽翔等人，不但書寫女性，更朝向凸顯女性在婚姻、家庭與社會中的衝突與困境，不乏具有抵抗父權以及追求自我的表現。至於同性戀和酷兒小說，如邱妙津、朱天文與陳雪的書寫，則為同性戀的主體建構，開創出新局。

在女性主義衝擊下的情慾詩或身體詩，使得詩的語言中充斥的大量肉體、生殖器、性交的語彙或象徵，一方面可協助詩人更貼近肉體與兩性關係，展開一種新穎而又令人騷動的抒情形式。如劉叔慧的〈一夜詩〉把藏書章、隔夜茶、練習曲和床頭書，用身體為意象，創作出具有多義性的詩作。也可藉此反思生命、情愛或情慾等人生的基本問題，像是羅任玲的〈寶寶，這不是你的錯〉，或如顏艾琳的系列作品，都具有這樣的性格。「女鯨詩社」於1998年11月1日「陳秀喜作品討論會」上成立，為臺灣首個以女性為主體的女詩社，更將女性主義運動轉化為詩行，向世人推廣。

九〇年代開始大量出現論述的女性主義運動，也不乏以報導文學與全民寫作的模式，打動人心。最著名的例子應為，1995年初秋臺北市女性權益促進會所推出《阿媽的故事》和《消失中的台灣阿媽》兩書，以及1998推出的《阿母的故事》徵文比賽選集。透過以報導文學的筆法「重構臺灣婦女生活史」，顯現出時代變遷、性別結構改變的痕跡，十分動人，也讓人們從文學中深思女性主義運動的重要性。

（三）原住民文學的發展與成就

八〇年代風起雲湧的「原住民運動」，讓原住民開始要求政治、

社會地位與權利的平等。在追求主體性的同時，必須強化族群內部認同的力道，原住民現代文學創作者的作品，往往強烈地表現出向外爭取「主體」位置、向內認識自己(文化母體)的面貌。

1987年、1989年次第在晨星出版社吳錦發編《悲情的山林——台灣山地小說選》、吳錦發編《願嫁山地郎——台灣山地散文選》、田雅各著《最後的獵人》、莫那能著《美麗的稻穗——台灣山地詩集》、柳翱著《永遠的部落——台灣山地散文集》等書，這些被認為是漢語原住民文學成熟的起點，也開啟了「山地文學」的風潮。

隨著原住民正名運動的推動，「原住民文學」在九〇年代取代了「山地文學」，而且以「具有原住民身分的作家作品」為標的，一律歸入原住民文學，不論他們寫作的題材為何。自此，原住民文學與「身分政治」結下不解之緣，孫大川就直指：

> 我們不但要將原住民嚴格界定在具有原住民身分的作者的創作上，也應當將「題材」的捆綁拋開，勇敢地以第一人稱主體的「身分」，開拓屬於我們自己的文學世界。

在九〇年代崛起的原住民作家中，瓦歷斯‧諾幹十分具有代表性，他自1990年起主持臺灣原住民文化運動刊物「獵人文化」及「臺灣原住民人文研究中心」。他的創作涵蓋詩、散文、評論、報導文學、人文歷史等，近期嘗試小說創作。

著名的原住民作家，如布農族的拓拔斯‧塔瑪匹瑪、霍斯陸曼‧伐伐、賽夏族伊替‧達歐索，達悟族的夏曼‧藍波安，排灣族的利格拉樂‧阿鴆，卑南族的孫大川，阿美族的阿道‧巴辣夫，排灣族的亞

榮隆・撒可努以及泰雅族的乜寇・索克魯，都為原住民文學開創出多元的風貌。

田雅各《最後的獵人》書影

莫那能《美麗的稻穗——台灣山地詩集》書影

肆、從後現代狀況到數位文學

文學面對著後現代的浪潮，早在網際網路尚未全面形成之前，就已經產生變化，所謂高級的、純的、精緻的文學，與所謂低級的、俗的、大眾的文學之間，不再是涇渭分明、高下相殊，可以截然兩分……文學中心與文本意義的解體、潰散，已經使文學在資訊社會來臨的同時，不能不循求新的傳播管道，投入網際網路的虛幻之城，從而成為文學社群思考與實踐的課題之一。

孟樊在《臺灣後現代詩的理論與實踐》中，充分展現出臺灣的後現代詩豐富的面貌，諸如：語言詩，如陳黎的《島嶼邊緣》和《貓對鏡》等；圖像詩如謝佳樺的〈空白約2：00——七行〉和紀小樣的〈雨傘故事〉等；網路詩，如須文蔚的〈一首詩墜河而死〉和黃智溶的〈電腦詩〉等；科幻詩，如林群盛的〈因為忘了寫結局：所以〉和〈出生大廈〉等；都市詩，如羅門的〈都市之

死〉和〈都市的旋律〉等；生態詩，如余光中的〈高爾夫情意結〉和
劉克襄的〈上個世紀〉等；政治詩，如林宗源的〈講一句罰一元〉和
李敏勇的〈血腥統治〉等；情色詩，如夏宇的〈野獸派〉和朵思的
〈詩句發芽〉等；後殖民詩，如劉克襄的〈福爾摩沙〉和苦苓的〈語
言糾紛〉等。

　　在後現代方興未艾之際，從八〇年代開始出現「電腦詩」的
各種前衛書寫的啟發，以及隨後在九〇年代初「電子佈告欄系統」
（Bulletin Board System, BBS）後，引發新生代作家構築新書寫社群
的風潮，乃至九〇年代中期大量出現在全球資訊網的各種多向文本、
多媒體、互動、立體乃至於虛擬實境式的數位文學作品，在在讓現代
文壇耳目一新。

　　數位文學的許多作品
都集結在1997年成立的
《妙繆廟》，以及1998
年夏天陸續成立的《歧路
花園》、《全方位藝術家
聯盟》、《臺灣網路詩
實驗室》、《現代詩的
島嶼》、《象天堂》、
《FLASH超文學》、
《觸電新詩網》、《新詩
電電看》等網站上，這些
作品反映出傳統文學創作
所缺乏的特質，也就是所

數位文學的出現，形成一種新的語言形式。圖為《歧路
花園》網站

謂的多媒體、多向文本、互動性網路「書寫」，於是數位文學實驗者透過電腦科技揉合各種文學技法，形成一種新的語言。同時也透過網路最吸引人的閱讀模式，例如多向文本的跳躍與返復，深深地影響了數位文學的創作概念與讀者的閱讀習慣。甚至，設計以互動的方式讓作者與讀者共同完成作品，營造某種作者退位，只剩下媒體介面提供基本的數位文學素材，讓讀者利用自己的生活經驗及想像，協力創造出一個藝術品。

📖 延伸閱讀

・楊照：《夢與灰燼》（臺北：聯合文學，1998年初版），頁179-197。
・吳明益：《以書寫解放自然─臺灣現代自然書寫的探索》（臺北：大安，2004年初版）。
・孫大川（2003）：〈原住民文學的困境〉，《臺灣原住民族漢語文學選集・評論卷上》（臺北：印刻，2003年初版），頁57-81。
・劉亮雅：《後現代與後殖民：解嚴以來臺灣小說專論》（臺北：麥田，2006年初版）。

第14章 悲憤的星火燎原成文化敘事—— 當代台灣原住民文學

◎董恕明（國立臺東大學華語文學系 助理教授）

壹、引言：人在邊緣

綜觀臺灣社會在七〇年代，歷經一些新興在野的力量，於政治、經濟及文化各領域，從事對舊有體制的衝撞；之後進入到一個在改革與開放持續深化與擴大，促使舊體制迅速瓦解的八〇年代；西元2000年總統大選，第一次政黨輪替後，是一個讓公眾議題與個人價值仍然在進行著激烈角力與重構的年代。在這其中，臺灣當代原住民文學的茁壯與發展，既是在原住民菁英自覺的抗爭運動推波助瀾下成形，在文化層面上，它也是繼臺灣鄉土文學論戰以後，另一個具有「本土化」意義的重要指標。

而學界對於「臺灣」主體定位的關注與宣示從不曾稍歇，作為一個臺灣人或中國人的歧異，也展現了前所未有的衝突和彈性。在文學研究中，「臺灣文學」同樣進入此一「解構大中國，重構新臺灣」的陣容。這種對臺灣（自我）書寫狀況的「再」發現，使許多過去較不為人所注目的作家、作品與書寫方式，獲得重新閱讀與評價的機會；同時研究者也極有意識的展開與「中國文學」的詰抗、折衝與論辯。夾在此岸與彼岸、他方與本土、我族與他族……之間的臺灣原住民文學，正好以它「民族／階級／原鄉」異質的存在經驗，提供位居主流的漢人社會不同面向的省思與視野。

原住民以第一人稱主體身分的書寫，除了在一九六〇年代有排

陳英雄《旋風酋長 ── 原住民的故事》書影

灣族作家陳英雄先生的小說《域外夢痕》（2003年4月以《旋風酋長──原住民的故事》為名出二版），要直到八〇年代才陸續有一批引起臺灣文壇注意的原住民作家現身。1983年布農族醫學生拓拔斯・塔瑪匹瑪（田雅各）的同名小說〈拓拔斯・塔瑪匹瑪〉，入選為爾雅出版社與前衛出版社的年度小說，後收錄於《最後的獵人》。1984年排灣族詩人莫那能發表詩作於《春風詩刊》第二、第三期，後集結於《美麗的稻穗》，其中〈流浪〉、〈山地人〉、〈來，乾一杯〉等詩作，為臺灣當代原住民文學的創作，揭開了歷史性的一頁。繼之則有全才型作家瓦歷斯・諾幹（泰雅族）的詩文與評論、「上山」書寫的霍斯陸曼・伐伐（布農族）、奧威尼・卡露斯盎（魯凱族）、「下海」寫作的夏曼・藍波安（達悟族）、致力於原住民女性書寫的利格拉樂・阿媽（排灣族／漢）……等先後出列，讓這批陸續在增加中的原住民漢語作家群，進入九〇年代後，儼然成為一扇要認識臺灣文學便無法忽視的窗口。

貳、悲憤的星火，生命的詩歌

原住民作家一進入書寫的世界，就始終不曾忘記要說出「我是誰」。他們面對民族當下的境遇，作刨根問抵的「自我剖析」，把自己的族群在臺灣這座島嶼上存在卻無聲的歷史，用刀筆血淚刷洗了一

遍又一遍，然後，他們要在先人走過的道路上，找到今人可以自我療
救與復振的契機。

　　因此當一個傷痕累累的「我」，臨到能提筆說話時，即便真是
「葛天氏之民」，也已處在一種忍無可忍的情境底下，就像莫那能
〈恢復我們的姓名〉一詩中的描述：

　　　　從「生番」到「山地山胞」
　　　　我們的姓名
　　　　漸漸地被遺忘在台灣史的角落
　　　　我們的命運，唉，我們的命運
　　　　只有在人類學的調查報告裡
　　　　受到鄭重的對待與關懷
　　　　……
　　　　我們的姓名
　　　　在身分證的表格裡沉沒了
　　　　無私的人生觀
　　　　在工地的鷹架上擺盪
　　　　在拆船廠、礦坑、漁船徘徊
　　　　莊嚴的神話
　　　　成了電視劇庸俗的情節
　　　　傳統的道德
　　　　也在煙花巷內被踩躪
　　　　英勇的氣概和淳樸的柔情
　　　　隨著教堂的鐘聲沉靜了下來

　　「我們的姓名」到那裡去了？「它」是怎麼從過去那種自尊自重的存在，成了今日屈辱卑微的苟活？在〈當鐘聲響起時——給受難的山地雛妓姊妹們〉一詩中，莫那能便從一位原住民少女墜入風塵的遭遇，揭開了一個所謂「主流」、「進步」、「文明」與「現代化」的社會，在對待不同的階級、族群與性別時所造出的不公不義：

　　　　當老鴇打開營業燈吆喝的時候

　　　　我彷彿就聽見教堂的鐘聲

　　　　又在禮拜天的早上響起

　　　　純潔的陽光從北拉拉到南大武

　　　　灑滿了整個阿魯威部落

　　　　……

　　　　當教堂的鐘聲響起時

　　　　媽媽，你知道嗎？

　　　　荷爾蒙的針頭提早結束了女兒的童年

　　　　當學校的中聲響起時

　　　　爸爸，你知道嗎？

　　　　保鑣的拳頭已經關閉了女兒的笑聲

　　在排灣族詩人溫奇〈山地人三部曲〉中，作者運用了簡單的字句，描繪了作為「山地人」的一種命運，不必眼淚，不必嚎叫，不必控訴，只有一種「非常人」的行動：

　　　　山上　躍進

下山　滾進

山下　伏進

　　泰雅族作家瓦歷斯‧諾幹收錄於《山是一座學校》中〈部落牧師〉一詩，則是語帶幽默調侃，卻又不失悲憫的在看待族人的生活，與他們生命的質地：

日安，主耶穌。
雖然他們喝酒
還知道上教堂。
雖然老忘記禮拜日
還知道以祢的名
訓誡犯錯的孩子。
雖然奉獻金少一點
還知道低頭懺悔。
雖然每次懺悔的主題
不外把錢交去喝酒
但是，主啊……
請原諒族人們的無知
因為族人真實
純潔，阿門。

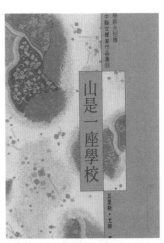

瓦歷斯‧諾幹的文字語帶幽默，卻又不失悲憫。圖為《山是一座學校》書影

　　在臺灣文學中刻劃「臺灣人的悲哀」的這類作品，到了原住民作家的作品上場時，應該可以說是無血無淚悲到最高點了？因為他們正

是經歷過各種「外來民族」壓迫、宰制、剝削、殖民……後的「倖存者」，他們在作品中透過個人以至族群破碎、扭曲的形象，照見一個文明進步的社會，對於尊嚴與平等、同情與容忍、公理與正義……這些「生而為人」的基本價值，是不是不分種族、階級與性別皆能一視同仁的對待？原住民作家將臺灣原住民族百年來與主流社會互動的經驗寫出來，是民族歷經寒冬淬鍊後初綻的新春，更是為了要讓人（民族）即便走過蜿蜒曲折甚至無望的道路，仍要繼續有意義的活。

參、山海的踐履，文化的敘事

在拓拔斯·塔馬匹瑪（田雅各）同名小說〈拓拔斯·塔瑪匹瑪〉中的主角是一位返家的大學生，他在回家的路上，一邊聽著族裡的老人笛安因為為孩子砍樹做新床而上了法院，使他不得不思考與面對在「古老的」與「現在的」布農之間，自己和族人要怎麼取捨？就像他規勸族老笛安為避免再觸法，最好不要進到「山地保留區」以外的地方時，便遭到長輩烏瑪斯的搶白：

> 喂，大學生，不要亂講，講國語的沒來這裡以前，那些樹就長這麼高，我們看著他們長大，沒人敢說是他的，他們屬於森林，這點絕對沒錯。祖先砍樹造房子做傢俱，造物者從來不發怒，現在笛安拿造物者的東西，林務局憑什麼，告他罰他坐牢。

烏瑪斯說的話，完全合乎他們那一輩人在山林中生活的法則，而拓拔斯所擁有的「知識」能讓他與傳統的布農對話嗎？這個讓大學生感到棘手的問題，在〈最後的獵人〉中竟似一首民族的輓歌，那在

山林中自在自信自得的獵人比雅日，一回到了平地便成了「殘忍成性」、「好吃懶做」、「骯髒不守法」……的「山地人」。

　　在傳統與現代間原住民究竟走過了一條什麼樣的路？原住民作家一方面從書寫民族的創傷中，檢視族群自身的困境，另一方面，則有人在九〇年代起回到自己的部落，去找尋民族「返本開新」的可能性。霍斯陸曼・伐伐的《玉山魂》，便用小說的形式把布農族人的生活方式、神話傳說、歲時際儀、禮儀規範……最終是獵人養成的過程，一一羅列其中，再現布農族人的山林智慧與獵人文化。達悟族作家夏曼・藍波安在1989年從都市回到蘭嶼，「刻意失業」去學習做一個「真正的達悟人」。他的《冷海情深》、《海浪的記憶》和《航海家的臉》等著作，應是他作為一個廣義的「現代人」，以及要做一個什麼樣的「達悟族人」，兩兩交相跌宕共譜的海洋與生命之歌。

　　夏曼回到傳統也重構傳統對自身以及族人的意義，他的寫作與他個人生命的「文化實踐」與「自我實現」是緊密相連的。而這一趟往返的歷程，無疑讓「臺灣原住民文學」的書寫面向，除了

霍斯陸曼・伐伐《玉山魂》企圖建構布農族史詩

夏曼・藍波安回歸生長的土地與海洋，重構族人生活傳統之意義。圖為《冷海情深》書影

有山林的高度，也有了海洋的深度，透過他的文字，在讀者面前起伏
搖曳的是一有文化、有生命、有質感、有教養與有記憶的海，不是一
種只有商業考量下等待資源開發的海，就如他所體會到的「祖先原初
的禮物」，《航海家的臉》其中有一篇〈祖先原初的禮物〉寫道：

> 我肉體先前的靈魂（先父）與大伯的靈魂消耗了他們這一生勞
> 動的能量之後，望著波波海浪成為他們翻閱記憶的書籤，就在那個
> 時候我回到部落，於是貫穿他們往日勞動的意義與目的成了教育我
> 這類他們眼中「浪子」唯一的財富。他們送給我的座右銘「勞動的
> 同時，就是詩歌創作的最佳動力」當時這句話放在自己接受異文化
> 教育過程中，我是很難體會到其中的內涵。……部落耆老被尊重，
> 是因為他們被太陽曬的時間、游的海都比晚輩長，傳統上，記憶與
> 涵養兼備的耆老就是晚輩們panavohan so cireng（作者原註：舀水
> 飲用的泉源，智慧與涵養的傳承者）。

夏曼就是這麼身體力行跟隨著父兄輩活出的達悟傳統，活在一個
現代文明已無處不在的社會。他的選擇在一般人看來的確是與現代人
的標準格格不入，甚至是其他返鄉的原住民作家，也未必會如他這般
以行動沉潛浸泡在「傳統」中。也由於他這樣的一種實踐，讓所謂的
「現代」與「傳統」才有機會這麼近身的衝撞、周旋與對話。而夏曼
行動到不了的地方，他的文字也無法順利抵達，這不獨是夏曼個人的
問題，是所有在「反思」現代化對人類的影響，究竟要走到什麼田地
方休的人，都會面臨的處境。

夏曼以向後轉、向下潛的方式找尋自己與民族的出路，他這麼

「在地」且「內在」的書寫行動，對當代原住民文學的寫作，提供了不同的動能，亦即對自身文化傳統的認識，透過了親身的踐履，不在於能不能「復刻」傳統，而是讓傳統參與和鎔鑄一個個有力的生命，去面對他們所身處的世界。而一旦當那個負傷累累面目模糊的「我」，轉身回到自己歷史文化的傳統中，去重溫追索聆聽祖靈的召喚，這一趟從心靈至身體的文化尋根之旅，又再次預示了原住民文化主體的韌性與力度。

肆、流水的行吟，生活的珠璣

臺灣當代原住民女性書寫的初聲主要是在九〇年代利格拉樂·阿𡠄以及與之同時出現，文字激切如番刀霍霍的麗依京·尤瑪（泰雅族）。之後，則有里慕伊·阿紀（泰雅族）、白茲·牟固那那（鄒族）、伊苞（排灣族）等人加入寫作之列。儘管她們的文風各異，寫作中關心的主題也不盡相同，但在文字間表現出對族群、生活以及自我追尋的用心，卻是相近的。原住民的女性書寫，在阿𡠄時即有大開大闔的視野，而今當民族的使命、文化的傳承和社會的批判轉而成為更具體且細緻的個人感悟興發，這些女性書寫者的寫作，無疑是個值得期待的場域。

利格拉樂·阿𡠄她那來自於外省老兵父親和排灣族母親交織而成的生命際遇，當她在說出「自己是誰」曾遇過多大的曲折，便有她對原住民，尤其是對原住民女性多深切的愛。她透過對自我身分認同之路的省察，一次次的深化與拓展了作為一個具有「主體性」的個人，如何能在「性別／民族／階級」相互傾軋的夾縫中，走出一條充滿生命力度與女性智慧的「VuVu的路」。而她從不吝於把自己存在的經

利格拉樂・阿𡠅的文風厚實悲愴。圖為
《紅嘴巴VUVU》書影

驗，不厭其煩的攤開來精細解剖，正是從很多原住民男性作家在振臂疾呼民族命運、歷史文化、社會公義之餘，不暇觸碰的「私領域」裡，去突顯從她個人生命經驗中耙梳出來的民族、社會與性別課題。這些她所遭遇與詮釋的「日常生活」，正可讓她牽掛的姊妹同胞，藉由閱讀她的作品，進而提起筆來，說說屬於自己的故事！其中里慕伊・阿紀應是這樣一位深受她鼓舞的泰雅族女作家。

相較於阿𡠅厚實悲愴的文風，里慕伊則善於細膩描寫，溫柔看待生活中的凡塵俗事。里慕伊作品《山野笛聲》中，對這些場景、事件與人物的捕捉，無一不顯出作者在面對生活時的慧黠與幽默。從阿𡠅念茲在茲的民族命脈，到里慕伊編織的眼前生活，白茲・牟固那那這位VuVu級的作家，便是引領讀者回到她的年少時光，補綴過往的山林歲月。白茲的文字質樸無華，寫的多是個人的童年往事，她在書寫中盡可能「如實還原」記憶的現場，把自己這個「當事人」，放在一個「說話人」的位置上去紀錄生活。如她在〈我家的一段河〉裡，藉著訴說一條河的「生命史」，一方面帶出鄒族人在山林中與自然共處的智慧，另一方面更把父親對於子女和家庭的愛，散溢在字裡行間，使一條河不只是一條關於生計、民族和歷史的河，更是一條有血肉與感情的河：

......

颱風天，大家都躲在家中，只有我那勤快的父親，巡完了水田，連簑衣都不穿就扛起他自己搓麻繩編織帶柄的大網，到曾文溪網撈。我的父親去網撈的時候，只穿內衣褲，他說這樣方便涉水，一旦跌入水裏也少些累贅。有時裝魚的竹筒裝滿了，他就會把汗衫脫下來，一頭打結裝漁獲。每次看他去網撈滿載而歸，總會想他是冒怎樣的危險來為我們全家人求得溫飽。

短短的幾行文字，像清淺小溪潺潺流過，寫的卻是父親在颱風夜裡「冒生命危險」的「勤快」，以及子女沒有說出口的感謝和憂心。

而排彎族的伊苞，她的「藏西之旅」既是燭照著生的堅韌，更能感通死的莊嚴。就在這生死之間，她腳下的高原、山川、湖泊、羣牛與人家……，一路迤邐成遙遠家鄉部落的風景，每一頁翻飛著她生命裡的雨露風霜。在《老鷹，再見》中，從童年的玩伴依笠斯到通透世情的老巫師，從那不斷離她遠去的「自己的靈魂」，到重新召喚她前來領取的「遺忘的安靜」，她都那樣淡淡說著，說到讓每一滴閃爍的淚光都得了內傷，她還是靜靜的說：

從童年到成年，《老鷹，再見》有作者「自己的靈魂」

……這麼多年，我只是想安靜，我只是在尋求一個方式讓生命寧靜，就像小時候，我獨自坐在大樹下把玩著一枝枯枝和幾片落葉，父母離我一段距離，我聽得見鋤頭落在土地上的聲音，父母聽得見我融入大自然的歌聲。

不管是這樣或那樣的女性作家，她們說什麼，或怎麼說，在這些作品中展現出來的「性別」意義，首先都是「個人」的，這個個人是用自身生命的特質，在娓娓訴說著「自己」與生活。作家就是從自己出發，用她們的柔韌與真誠，細細補綴生活現場那些走失的記憶，負傷的歡樂。雖然不能說原住民作家的書寫，一定都能走進讀者心中發光發熱，但出色的作家，從不會吝於在創作中，灌注她們對生命的熱情、社會的關懷和世界的好奇！

伍、結語：異質書寫

在1987年吳錦發先生編選《悲情的山林——台灣山地小說選》，其中收錄的原住民作家作品為田雅各〈最後的獵人〉、〈馬難明白了〉、〈侏儒族〉和陳英雄〈雛鳥淚〉，其餘作品是以漢人（客家、閩南、外省）作家書寫原住民題材的作品為主。這本選集放在當今原住民書寫的脈絡中看，自有許多可議之處，但它作為一個選本，卻正好留下了讓後人追索的空間，亦即沒有作家作品的出現、讀者的參與和出版者的介入，實在很難成就此一在當時是邊緣、少數、觸及到臺灣本島內部在民族與階級線上掙扎的原住民族處境的書寫。經過了十餘年，2003年卑南族學者孫大川編選《台灣原住民族漢語文學選集》共分小說（上、下）、散文（上、下）、詩（一卷）、評論（上、

下），這七冊的選本，雖未必能涵括
這二十餘年來原住民書寫的成就，卻
是一個很好的註腳與起點，讓有識者
能「瞻前顧後」進而繼往開來。

　　而原住民作家們一路走來對土
地、自然、人群以至個人的「批判」
與「自省」，無非是讓我們從一群
「非常人」走過的道路中了解到，正
如蘭迪（Ashis Nandy）於《解殖與
民族主義・導論》所言：「所有人為
苦難都是屬於一體的，而每一個人都
有責任」。如果沿著原住民作家走出

孫大川編選《台灣原住民族漢語文學
選集》小說卷（上）書影

的這條幽徑，可以使讀者體會一種素樸的文字、生活與生命，作家在
寫自身（民族）「一無所有」、「進退不得」、「以小搏大」……的
同時，也正說著我們為何要相信，且有必要繼續去開拓一條「能與天
地精神相往來」的道。

　　燕雀與鴻鵠的低飛與高飛，本自有牠們的天性與使命，倒是在人
類世界的大小高低之別，幾近成了一種天堂與地獄的選擇。原住民文
學的存在，若能真實的譜出一種山歌海舞眾聲諧和的調子，那麼人間
的憂傷是一體的，喜樂與愛又何嘗不是？原住民過去用生命「撰寫」
民族的歷史，在可見的此刻，他們奮力以書寫介入臺灣這塊土地的過
去、現在與未來，並著力從中開發出不同的想像與視野，這是原住民
作家的自我期許，對非原住民的其他作家，應也同樣具有意義？孫大
川《久久酒一次・活出歷史》中提到：

我們的祖先的歷史，既然是「活」出來的，我們便不必擔心我
們沒有一部「寫」出來的歷史，我們要藉現有的結構，現有的環
境，現有的語言（漢語），表達我們體會到的經驗。文學、音樂、
體育、藝術……。我相信，原住民也將在未來臺灣文化新的組合
中，創造出自己的歷史空間，成為不可分割的要素。也許我們不只
可以點亮一盞油燈，可能我們可以成為一顆閃亮的星辰，在亙古的
長夜中，標示出原住民的歷史座標。

因此即使原住民作家在作品中，對於漢人主導、建構、擘畫的
臺灣社會，有許多不假辭色的批評，但他們仍會希望在「我們都是一
家人」的前提底下，共同學習能夠誠實的面對與尊重彼此的差異。如
果「原住民文學」在臺灣這塊土地現身之初，是充分證明了「族群衝
突」的種種悲劇，經過這許多年一代代人的努力，我們要不能夠同情
的理解前人走過的道路，避免重蹈歷史的覆轍，就無異再度坐實了後
人「先見之明」的虛妄、墮落以及歷史的「不足為訓」。

📖 延伸閱讀 〜〜

・孫大川：〈山海世界──《山海文化》雙月刊創刊號序文〉，《山海文化》雙月刊創刊號
　（1993年11月）。
・浦忠成：〈原住民文學發展的幾回轉折──由日據時期以迄現在的觀察〉。發表於「台灣
　原住民文學研討座談會」（1998年，11月11日），收錄於《二十一世紀台灣原住民文
　學》（1999年12月）。
・吳錦發編：《悲情的山林》（臺中：晨星，1987年1月）。
・瓦歷斯・諾幹：《想念族人》（臺中：晨星，1994年3月）。
・夏曼・藍波安：《海浪的記憶》（臺北：聯合文學，2002年7月）。
・孫大川主編：《台灣原住民族漢語文學選集・詩歌卷》（臺北：印刻，2003年3月）。

第15章　從感時憂國到世紀末哀歌——當代台灣小說

◎郝譽翔（國立東華大學中國語文學系 教授）

壹、前言

　　追溯日治時期文學的發展，臺灣的小說已經有了多樣的風貌，並隨著社會局勢的改易，展現出不同的面貌，與敏銳的文學心靈，在在地顯現出小說家們創作的旺盛活力。然而，萬變不離其宗，臺灣的小說一直到當代，都與社會土地的脈動、思潮的變遷緊密扣合在一起，而「感時憂國」也就成了臺灣小說最顯著的特色。

　　「感時憂國」的使命感，對於小說而言，是侷限，但也可能是它的可貴的所在。它的侷限在於：小說的純文學性不免遭到了質疑。譬如在七〇年代喧騰一時的「鄉土文學論戰」，便是最顯著的一個例子，多少文學藝術的嚮往、堅持與追求，就在一個意識形態掛帥的年代裡，遭到無情地扼殺，而「政治正確」與否，更是臺灣小說一直無法拔除的緊箍咒。

　　然而，我們也不能忘記，從臺灣新文學開始，小說家們作為社會先知先覺的良心，便是如何地秉持一顆真誠、懇切的心，提筆記錄下這一塊島嶼，以及島上人民的生活、愛憎、希望、卑微與驕傲。而我們也確然同意，一篇好的小說，必定是關懷這塊土地上人類的集體命運、歷史與記憶，而臺灣從二十世紀以來，特殊的殖民身世、政治處境、乃至世紀末的哀歌，不也正是一塊值得反省和考掘的沃土嗎？故小說家們在國族的認同、離散與遷徙之上，屢屢深刻著力，這也使得

我們在閱讀臺灣小說時，不僅是在閱讀文學作品，更同時是在透過各種角度，來閱讀臺灣隱密的身世，看見了島上的兩千三百萬人民是如何地陸續來到這裡，相遇，相識，與相聚。

貳、從六○年代現代主義到七○年代鄉土文學

1945年，日本戰敗，臺灣政權易主，而1949年，國民政府遷臺之後，肅殺的政治局勢，國共的對立，以及臺海兩岸一觸即發的緊張關係，使得文學創作受到了前所未有的壓抑，「反共抗俄」，成為了當時最高的、也是唯一的文藝綱領，而小說也淪為政治附庸，從此進入整整十年的黑暗期。不過，慶幸的是，在漫長的黑夜之中，偶而也有星光燦爛的時刻。臺灣本土作家雖然遭受打壓，沈寂下去，但是一批跟隨著國民政府來臺的軍中作家，則在這個時刻，為臺灣小說帶來了些許新鮮的氣息。其中最為知名的，便是軍中小說家朱西甯，他擅長描寫故鄉北方村里的風土人情，並且以自身的軍旅經驗，融入小說之中，以凸顯在大時代下小人物的悲哀處境。譬如〈鐵漿〉一篇小說，便使以孟、沈兩家為了爭取包鹽槽，而結下世仇夙怨作為主線，以刻露傳統農村在面臨「現代性」舖天蓋地而來時，所不能夠避免的的無力與無奈。

六○年代，在經過之前的壓

軍中作家朱西甯擅長將自身的軍旅經驗融入小說創作中。圖為朱西甯照片／《文訊》提供

抑與沈寂，小說終於有了突破性的進展。有感於當時臺灣文學的空洞與教條化，一群臺大外文系學生便在夏濟安教授的指導下，創辦了《現代文學》雜誌，在文壇掀起了一股現代主義熱潮，而締造戰後臺灣的第一輪文學盛世。《現代文學》不僅有系統地翻譯介紹西方近代藝術學派、思潮、作家與作品，而雜誌社的成員們，譬如白先勇、王文興、歐陽子、陳若曦等，更是身體力行，試驗創造新的小說形式和風格。白先勇《臺北人》一書，至今仍被視為臺灣小說的經典，書中描寫一群從大陸渡海來臺的昔日王公貴族，他們失根漂泊的情境，恰好與現代主義的荒謬疏離感，相互發生應和。〈遊園驚夢〉一篇尤其是壓卷之作，技巧最為圓熟，而白先勇透過豐富的象徵，以及學習西方的意識流筆法，並結合中國古典戲劇美學，穿梭在今與昔、靈與肉、生與死的二元對立的世界之中，從而揭露人物複雜糾葛的內心。

白先勇運用西方文學筆法結合中國古典美學，〈遊園驚夢〉堪稱現代主義文學代表作之一。圖為《遊園驚夢》書影

　　同屬於《現代文學》成員的王文興，則是受喬埃斯的影響最深，大膽挑戰語言實驗的顛峰，《家變》與《背海的人》這兩本小說，將中文詞彙語法的彈性與可能性，扭曲並且展延至前所未有的境地，而新的感性也於焉誕生。相形之下，〈欠缺〉則是王文興最平易近人的一則短篇小說，講述的是簡單的少男成長故事，但其實寫的是現代世界中價值觀的崩毀，人類的失樂園，以及人生中必然存在的欠缺。但說到現代主義，則不能忽略郭松

菜、李渝這對夫婦,他們秉持現代主義的美學信仰,卻又在七〇年代義無反顧地投入了保釣運動。美感與現實,形式與內容,在到達某一個程度之後,竟然不再是彼此矛盾,反而是相互地援引、闡發。他們的小說可以說是現代主義美學結合現實的最好例證。郭松棻的小說〈草〉,文風簡約凝練,充滿了荒蕪肅殺之氣,但卻頗能襯托出彼時臺灣政治、歷史環境,所面臨的孤絕與困頓。李渝〈江行初雪〉則是以「聽故事」的「多重渡引」的方式,輾轉寫出了文革的慘狀,而當作者拉出了一段客觀距離後,反倒更凸顯出人類的殘酷與渺小,而宇宙無言,覆蓋了大地多少的傷悲。

《郭松棻集》書影

李渝《應答的鄉岸》書影

七〇年代,臺灣在經歷一連串國際事件:保衛釣魚臺、退出聯合國、美臺斷交的接連衝擊之下,民族意識普遍地覺醒,關懷社會現實的鄉土文學,便隨之興起,大大改造了一代文學青年的心靈。從六〇年代,主張全盤西化的現代主義文學,到七〇年代反映現實、揭露帝國主義經濟入侵的鄉土文學,在這段轉折的過程之中,陳映真堪稱是一位典型的代表者。他大力批判現代派的空洞和虛無,主張文學應該要使人看見人性的至高、莊嚴,並且從而建造以這莊

嚴為基礎的民族信心。而他知名的小說〈山路〉，正是如此的一篇作品，陳映真以他特有的抒情筆調，溫婉、優雅而節制，卻寫出了在白色恐怖下人們的理想，堅毅、大無畏的救贖精神。

相較於陳映真的理想主義，黃春明和王禎和這兩位鄉土文學大將，則顯得要生活化許多，最擅長捕捉社會底層小人物的面貌。黃春明尤其是說故事的高手，他的小說膾炙人口，深受民眾喜

陳映真短篇小說集《山路》書影

愛，就如同是一本臺灣的老相簿，讓我們看見了農業社會中許許多多令人難忘的臉孔，以及在臉孔底下所含藏的樸實情感。然而，隨著臺灣社會的快速轉型，許多的人、事、物，以及傳統中可貴的人情，充滿祖先智慧的民間諺語、俗語，都被現代化的巨輪，給一一無情地碾碎了。只剩下〈兒子的大玩偶〉這些小說，可以作為上一代人的永恆見證。至於王禎和，則又有特殊的文學背景，他出生在花蓮，所書所寫的，總是離不開這座東部海濱的小城，不過，他卻又在臺大外文系唸書，接受的是最前衛的現代主義文學訓練。所以，王禎和的作品可以說是融合了前衛與鄉土，而形成了他個人鮮明的特色。他大膽的戲耍語言，就宛如是一場紙上的嘉年華會，但在最前衛的同時，卻也貼近鄉土的真實，揭示出小人物的荒謬處境，以及臺灣庶民多元的文化活力。

八〇年代以後，鄉土文學似乎沒落了，但其實不然，它是以另外一種變貌出現，譬如宋澤萊的小說，便是其中的佼佼者。〈舞鶴村的

賽會〉以自然主義的筆法，寫出人類共通的宿命，正如宋澤萊自己所

言，這才是臺灣的下層社會農村、小鎮、港市的真相，而他們的畸慘，更超乎了中層以上社會知識階級所能想像，因此，宋澤萊自認為是以伸冤的心情，在營建這些故事，也使得他的小說格外動人。而在九〇年代頗受到矚目的舞鶴，則又是臺灣文壇的一大異數，或曰其為「流浪漢」、「惡漢」，或曰其為「畸零人」，標示與眾不同、不流於俗的美學。〈調查‧敘述〉詭譎陰沈，宛如夢魘，以扭曲晦澀的筆觸，喃喃囈語精神官能症式的書寫風格，準確地傳達出在政治高壓下，人心所遭受的脅迫與變形。

王禎和小說融合前衛與鄉土，擅長描寫小人物的荒謬處境。圖為《嫁妝一牛車》書影

以寫實的筆法寫出人類共通的宿命，以及下層社會人物的畸慘，宋澤萊的《打牛湳村》讀來令人格外動容

參、八〇年代後的多元發展

從八〇年代到二十一世紀初，在這二十年的時間裡，臺灣文壇最受矚目的現象，應屬女作家的崛起。她們確然已經成為當前小說界的中堅，寫作題材與風格之多樣、多變，以及創作態度的嚴謹和執著，每一書出，都在在令人刮目相看。這群女作家共同

的特色，就是均可以歸類到張愛玲的門派之下，而多年下來，也儼然形成了一個「張派」的隊伍，分枝長葉，早就已經茁壯成為現代小說史上最為茂盛的一株大樹。但張愛玲究竟是不是臺灣作家呢？這個問題曾經引發了不小的爭議，但論影響力而言，則張愛玲在臺灣小說史上所扮演的重要地位，則自不待言。

尤其是張愛玲的「荒涼哲學」和「不徹底」的人生觀，以及〈傾城之戀〉中流露出文明底層的惘惘威脅，末日即將來臨，繁華終成廢墟，這一卡珊得拉（Cassandra）似的預言者姿態，更是被不少張派女作家所承繼。甚至朱天心、朱天文還據此大加衍申，援引來說明臺灣的孤兒處境。朱天文〈世紀末的華麗〉、朱天心〈想我眷村的兄弟們〉，華麗有之，蒼涼有之，但其中瀰漫的時間迫促之感，則一如張愛玲，無不在暗示臺灣八〇年代政治解嚴以後，所面臨到的信仰淪喪的危機，及其伴隨而來的國族認同不確定性、曖昧性，並加以後現代

張愛玲小說影響臺灣文學界甚巨。圖為《傾城之戀》書影

朱天文《荒人手記》書影

施淑青《施叔青集》書影

李永平《吉陵春秋》是馬華作家文學
的代表作之一

社會商品符碼的氾濫，所導致的生活意義和深度的缺乏等等，都讓朱氏姊妹一而再、再而三，於小說中唱起了哀悼末世的輓歌，視肉體為經驗六道輪迴的試煉場，而見證眾生不過是一部毀滅史罷了，凡此種種，都無疑是張愛玲小說中末日景象的後現代版本。

　　至於本省籍的施叔青、李昂姊妹，雖然也受到張愛玲影響，但是卻有不同的寫作企圖。她們屢屢結合歷史與國族論述，來挑戰禁忌，創造議題。施叔青《她名叫蝴蝶》以妓女黃得雲，來隱喻香港的殖民身世。李昂的〈彩妝血祭〉則不斷以括弧的插入，以及聖／俗並置的語言，不斷干擾小說敘事的進行，以女性角度，重寫了臺灣的民主運動史。另一外女作家平路〈百齡箋〉，也有異曲同工之妙。平路在這篇小說中，發揮了她最擅長的後設技法，透過宋美齡這一位民國傳奇女性的視角，重塑臺灣，甚至是現代中國的身世／歷史之謎。上述這三位在八〇年代後崛起的女作家，都不甘於寫實的道路，而受到後現代的啟發，著力在編織多重

的敘事聲音、象徵和結構，也使得小說更加多采多姿，眾聲喧嘩，並且進一步質疑和挑釁男權中心，瓦解掉單一的意義。

在臺灣文學史上，馬華作家的成就亦不容小覷，不論是現代詩、散文和小說，皆有亮麗搶眼的成績。李永平是其中的前輩人物，也是佼佼者，小說〈日頭雨〉不但保有中國白話小說的簡潔、亮麗，以及活潑明快的節奏和氣韻，而文字所構築出來的濃稠意象，更令人立刻聯想到馬來西亞特有的豐饒與神秘。被王德威稱為「壞孩子」（enfant terrible）的黃錦樹，則是年輕一輩馬華作家的代表，他一向文筆犀利，陷刻少恩，但描寫返回故鄉的〈舊家的火〉，卻寫得哀傷而纏綿，遊子返鄉，但是故鄉何在呢？唯有瀰漫在雨林深處的憂愁，如夢似幻，層層圍繞。

袁哲生《秀才的手錶》書影

至於在九〇年代以後崛起的青年作家們，除了黃錦樹外，駱以軍和成英姝的創作力，最為豐沛。駱以軍〈降生十二星座〉以迷離錯亂的電玩世界，呼應現實中的人生，頗可視為一則網路世代的寓言，而他近年來更致力於書寫外省族群的離散、漂泊，從家庭到國族，書寫

成英姝照片／《文訊》提供

企圖越見龐大。成英姝則最能掌握年輕世代的生活面向，從夜店、電玩、格鬥技到雌雄同體，生動且多面地捕捉到都會族群的形貌。早逝的小說家袁哲生，〈秀才的手錶〉另闢鄉土書寫的新頁，可以說是在年輕世代中，開出了新的面向，而邱妙津《蒙馬特遺書》，也是同志和情慾書寫的經典之作，但可惜驟逝早夭的生命，是臺灣小說界這幾年來最大的損失。

綜上所述，當代臺灣小說幾乎每十年，便會隨社會變遷，而出現新的思潮，新的流派，從六〇年代現代主義文學、七〇年代鄉土文學、八〇年代後現代文學，到九〇年代後的女性主義、後殖民、情慾論述、同志書寫等多元開放的格局，使得臺灣小說一再發揮出與時俱進的活力，年輕的創作者們，更是不斷地崛起、加入，一同耕耘這塊小說的園地。而這正是臺灣當代小說最可貴的特質。

📖 延伸閱讀〰

・葉石濤，《台灣文學史綱》，高雄：文學界雜誌社，1993年。
・陳芳明，《左翼台灣：殖民地文學運動史論》，臺北：麥田出版社，2007年。
・王德威編選，《臺灣：從文學看歷史》，臺北：麥田出版社，2005年。

第16章 書寫沉默的島嶼——
當代台灣散文

◎吳明益（國立東華大學中國語文學系 副教授）

　　當我們問「什麼是散文？」的時候，所思考的當是一種「相對」的解釋：相對於其它文類，諸如詩、小說、戲劇，散文有什麼特質？

壹、前言

　　英文散文（prose）一詞，顯然是韻文（verse）的對立詞，亦即指涉沒有嚴格押韻的一種文體。而哪一種非韻文才是文學研究聚焦的對象？一般來說，所謂的「應用文」（applied writings）泛指「所有非文學性的作品」，它可能包括歷史著作、學術論文、公文、交際文章等等，但當我們在文學論述時提到散文一詞，指涉的通常是「具文學性的文本」。不過基本上文學性與非文學性很難判分，何況很多書信、應用文最後也都成了文學討論的文本。所以在「概念上」，散文指的是「非韻文的文學性作品」，但「文學的評價」會隨時代而有所轉變。

　　若以另一組觀念來看，小說是較典型的虛構（fiction）文類，散文則通常被視為非虛構（nonfiction）。但「非虛構」的意義並不是完全符合「現實」。鍾怡雯在編選《天下散文選》時曾用了一個較彈性的說法：「我們相信散文的『真實』，習慣在散文裡尋找作家的身影和生活，……雖然如此，散文應視為生活的折射，而非反射，因為經驗和事件必須再加以處理——無論是哪一種技巧——絕不能以流水賬的形式來記錄……當散文作者虛構的時候，我們還能信守散文是真實

的閱讀契約嗎？這當中必須釐清的是真實（real）和現實（reality）的不同。……我們說的真實，是指當下敘述的真實，從創作者的角度來看，散文是真實的，但它不是現實，所以不是現實的反映。只是從創作者的角度來看，散文是真實的這個認知，其實反而更方便創作者虛構。」這個說法頗為持平。

八〇年代後，愈來愈常見研究者以特定名詞指稱以特殊題材書寫的散文。諸如自然書寫、飲食文學、旅行文學等等，這樣的分類模式，衍生出另一套解讀散文的概念。但使用題材來做散文史的思考，比較危險的是作家的風格常常被扁平化、單向化。比方說若將林文月納入「飲食文學」下思考，就容易誤導一般讀者，而可能忽略作者其它層面的作品。

簡單地說，分類是一種判斷、一種觀察，一種手段。是批評家為了釐清文學史的脈絡，發掘出文本意義的一種手段。

貳、文學的憶術：當代台灣散文的演化簡史

哈洛・卜倫（Harold Bloom）曾說，所謂正典（Canon）是一種文學的「憶術」（Art of Memory），也就是說，正典意謂著那些被文學歷史「記住」的作品，當然，有時原本被遺忘的作品，會在另一個時代重被憶起，文學史因此不斷被挑戰、重構、反省。顏崑陽曾在《現代散文選續編》的前言中提到：「一篇作品的評價，可以有三種不同層面的價值判：一是文學史的；二是藝術的，三是社會的。第一種指的是一篇作品在文學發展歷程中，於題材、主題、形製、風格各方面，是否具有開拓、創造之功；第二種指的是一篇作品，其本身不管形式或內容是否具有藝術上的價值；第三種指的是一篇作品對於反映或改造

時代社會是否具有影響效用。一篇散文假如能兼備這三種價值，當然是最理想的作品了。然而，理想的作品並不多，能具其中一種價值，已值得肯定。」這個說法特別能彰顯出作品評價時的多種可能性。

一、兩種「異鄉人」──終戰第一個十年

國民政府接管臺灣後，開始推廣國語禁用日語，並關閉日文副刊。二二八事件後，許多藝文界的人士被捕、遭害，臺灣行政長官公署也以「綏靖工作」為名封閉報社，文壇充滿了肅殺之氣，只能在「反共的旗幟下」禁語。1949年11月16日，《民族晚報》創刊，副刊主編孫陵以「展開戰鬥，反擊敵人」為題，寫下號稱「自由中國」第一個反共的報紙副刊的第一號反共文藝論文，日後被文學史家稱為「戰鬥文藝」、「反共文藝」的隊伍逐漸成形。

其實這個戰後第一個十年，除「反共文學」與「懷鄉文學」外，也可以發現「現代主義」的勢力正在暗湧，而台籍作家也在試圖尋找表達的管道。這是一個沉默的年代，卻是一個「充滿暗示」的年代。這個時期的散文作者較知名的有梁實秋、臺靜農、吳魯芹、劉心皇、張秀亞、謝冰瑩、羅蘭、司馬中原、孟瑤、蘇雪林、林海音等。

二、不太「現代」，不太「本土」，也不太「反共教條」的女性書寫

就散文來說，五、六○年代的女性作家或許尚不具有鮮明的女性意識，但卻留下質、量均甚為可觀的「私散文」作品。這些女性散文家諸如鐘梅音、林海音、艾雯、張秀亞、徐鍾珮、潘琦君、羅蘭……都有一些類似的特徵，如以描寫家庭生活為核心，筆調皆量散溫暖、輕軟的氛圍，時而可見對過去生活的懷念，注意生活細節等等。

三、經濟發展而政治壓抑：逐漸浮現「現代性」的臺灣社會與散文

二戰後世界強權美國，為了防堵社會主義陣營，於是金援西歐及日本的戰後重建計畫，以便利用經濟輸出與政治壓力來掌控第三世界新興國家。當時美國的政治實力與金援確實支配了臺灣在社會、文化、教育等諸多方面的發展。這是六、七〇年代臺灣文壇現代主義到鄉土文學激辯時的時空背景。

在文學上，現代主義的風行帶來大量的西方思潮與文學作品，被創作者吸收反映在作品上。關於這點，小說遠比散文清晰易見，但散文上卻也並非毫無痕跡，六〇年代初開始展露頭角的余光中、王鼎鈞、葉珊（楊牧），乃至於較年輕的張曉風，雖然也都擅長傳統題材的抒情散文，但作品已可見一種「反叛」的力量，出現了較強的實驗性與質變。

王鼎鈞雖然在六〇年代已是廣受歡迎的作家，後來的「人生三書」：《開放的人生》、《人生試金石》、《我們現代人》更奠定他暢銷作家的基礎。不過王鼎鈞的散文藝術有待1978年的《碎琉璃》、1985年《意識流》奠定成就，直到1988年的《左心房漩渦》到達高峰。

余光中既是詩人也是散文家，「欲歸鄉而不得歸」，一直是余光中創作裡的重要主題。遊記則是余光中散文書寫中的重要成績，從《左手的繆思》到《日不落家》，計有四十六篇之多。余光中的散文不斷在技巧上推陳出新，其中一個很重要

王鼎鈞《碎琉璃》書影

的特色即是黃國彬所講的「大品散文」。
余光中的創作至今不輟,是臺灣最重要的
散文家之一。

余光中《在冷戰的年代》書影

　　楊牧的散文作品既多且精,每個階段
都有代表性的意義。葉珊時期的楊牧充滿
浪漫感傷的文字,到《柏克萊精神》一轉
而為樸實記述的冷觀之筆,《搜索者》、
《交流道》、《飛過火山》都有知識分
子評論時事、文化思考的傾向,也記述了當時詩人的生活。至於《年
輪》亦詩亦文的實驗,或許應與《星圖》並讀。《奇萊前書》(《山風
海雨》、《方向歸零》、《昔我往矣》)則可視為一種「詩意寫實」的
敘述腔調,統合了樸實筆調,與高密度的詩意文字,來呈現真幻交錯
的童年記憶。《疑神》及《亭午之鷹》則更多形上思考與宗教、哲思
的反省。這幾種典型,各具特色。楊牧作品在手法及思考深度上,均
為臺灣散文史樹立了里程碑。

　　張曉風作品多且風格多樣,時而
風趣幽默,時而深沉抒情,早年的成名
作為《地毯的那一端》,寫的是她與丈
夫步向婚姻的過程。但張曉風並不將自
己的寫作限於情感與家庭,而是關心人
世百態,融入哲理,逐漸開展寫作的範
疇。余光中曾說張曉風的散文筆法「亦
秀亦豪」,而張曉風曾在一篇受訪的文
章中表示,對她影響最大的是《聖經》

楊牧《柏克萊精神》書影

與《論語》，這或許是她與當時許多女性散文家產生風格上差異的重要原因。張曉風的散文一面承繼了美文傳統，一面又加入了議論、哲思、幽默，確是早期臺灣女性散文家中的異數。

四、故鄉在何方？鄉土散文與都市散文

七〇年代臺灣發生了許多具有衝擊性的政治事件，包括1971年的保護釣魚台運動與退出聯合國，1979年中美斷交等等，這些事件引發了臺灣社會本質上的變化，知識分子的國家意識，對社會現狀的解讀都與之前大不相同。文壇上，黃春明、陳映真、王拓、楊青矗這些以寫實手法描寫中下層人民的作家出現，不久，則發生了「鄉土文學論戰」。論戰並非僅著眼於文學藝術的層次，更強調的是文學的世用功能，甚且包括了文學背後可能隱藏的政治、族群意識。

台籍作家在戰後因跨越語言的障礙而沉寂了一陣子，但此時部分跨語言的台籍作家，開始用散文去表述日治時期的殖民經驗，並且寫出他們對臺灣土地、人民、文化的感受。戰後才提筆寫作的台籍作家也加入了這個陣營，他們的作品在技巧上相對較為質樸，取材至鄉土人民的生活經驗，或許可以用「鄉土散文」一詞來概括。諸如葉榮鐘、洪炎秋、許達然、陳火泉、吳晟、陳冠學，乃至於較年輕的阿盛，僅管風格各有不同，但在作品本質上有一定的相似性。

鄉土散文常有下列特色：（1）以說

陳冠學《田園之秋》乃親身實踐、回歸田園的鄉土散文經典之一

故事的方式做為敘事的主軸。（2）通常沒有太濃烈的修辭，以平淡自然的文體為要。（3）突顯鄉土語言或鄉土生活的趣味性。（4）善於擷取不須太多加工便可動人的生活片段，這需要絕佳的敏感度。（5）傷逝一個不再回復的時代，並比較兩個前後世代的價值觀，代表作家如吳晟與阿盛。吳晟早年的《農婦》及《店仔頭》，寫家鄉的人、事、物，文筆質樸而自然動人。但真正使鄉土散文的表現技巧趨向多樣性的是阿盛。詹宏志說阿盛的作品來自兩個傳統：「一個傳統是從漢族歷史文化——遠溯《詩經》——下來的『中國文學大傳統』；另一個傳統則是他生於斯長於斯，從榕樹下聽來的臺灣農村鄉野文化 (folklore) 的小傳統。」事實上這是多數以鄉土為材料的作者的共同特質，但阿盛偶爾使用小說之筆來側寫人物，鋪陳情節，他直敘語句中常帶有些許的暗諷（不管是對癡愚的鄉民或對貪婪的都市人），這在講求溫柔雅緻的散文美學傳統來說都是一種新風格。

吳晟的《農婦》描寫家鄉人、事、物，質樸動人

阿盛的散文創作技巧偶有使用小說之筆來側寫人物。圖為《綠袖紅塵》書影

　　六、七〇年代是臺灣經濟發展最快速的時代，至八〇年代已漸漸轉型為一個工業化、商業化的社會：城鄉差距加大，價值觀轉變，城市文化形成，也提供了多元論述的空間。在經過現代主義、鄉土文學對表現形式的實驗與論爭後，散文在形式與題材上變得多樣化並不令

林燿德將都市文學理念論述實踐於創
作中。圖為《一座城市的身世》書影

人意外。而其中最具特色的，莫過於林燿德所提舉的「都市散文」。

　林燿德其實提倡的是「都市文學」，他將這樣的理念藉由論述與實際創作進行實踐，他的《一座城市的身世》，便可以說是都市散文的具體實現。但都市散文並非只是讚美都市的散文，它有時候還「質疑」都市文明，甚或嘲弄、思考都市文明。臺灣都市散文的代表人物，除了林燿德外，還有林彧與杜十三。都市文學描寫了都會人的生活形態、情慾模式、消費心理、空間意識，這樣的內容勢必內化在都市出身的散文作家作品之中，成為未來評論者在探討都市文化時的重要文本。

五、女性散文的再發展

　八〇年代後，也出現了愈來愈多能在題材與表現技巧上有突出表現的女性散文家，其中最負盛名的莫過於從七〇年代就已是成名作家的張曉風、林文月，以及較年輕的簡媜。張曉風在《步下紅地毯之後》一書後，關注的層面不再限於家庭與日常生活，手法上也漸趨多樣性，成為臺灣最重要的女作家之一。

張曉風《步下紅地毯之後》書影

　　另一位重要的女性散文家是林文月。林文月雖然仍屬於大部分作品寫自身經驗的散文家，但她的寫作手法和文筆的細膩程度均有不同以往的表現，尤其部分作品以一本書為架構構思，如《擬古》、《飲膳札記》、

林文月著作書封／《文訊》提供

《人物速寫》，成就極高。上海的「成長記憶」，日本經驗的「文化衝擊」，台北是「生活的場域」，這三個書寫空間成為她作品裡很重要的時空印記。在《擬古》中作者刻意模仿陸機擬古詩為體例，並與《枕草子》、《洛陽伽藍記》、《漂鳥集》等中外名著的文體，進行書寫的「對話」；而《飲膳札記》在「飲食散文」還沒有相當風行的時候，這本書以飲食、人生、思想與文學表述為主題交錯，形成一種新的書寫風格。

　　簡媜很少耽溺於一種文字風格之中，從早期穠麗到後來嘗試與詩語言與小說結構結合，到近期吸收知性書寫的技巧並加入批判式的語言，創作意識獨特而多變。在林素芬的專訪中，簡媜曾提及她的寫作裡有三種力量：「第一種就是鄉土的力量……第二種就是女性的力量，……第三種就是宗教的力量」。這大概可以說明她前、中期的創作經驗，如《月娘照眠床》中的

簡媜照片／《文訊》提供

「鄉土力量」、《女兒紅》、《紅嬰仔》的「女性力量」，到《只緣身在此山中》的「宗教力量」。而她近年《天涯海角》、《好一座浮島》、《舊情復燃》則更深入民間、歷史、家國思考，開啟了地誌書寫、文化評論，乃至於生命哲思的另一個境界。

九〇年代後，女性散文家愈加勇於創新，多能創造出屬於自己的「散文腔調」。如柯裕棻、郝譽翔、鍾怡雯皆既是學者又是創作者，因此除了文字的創新外，內容上也與前行代專注於書寫人情世故、家庭生活有了明顯的區隔。

六、高度資本主義的年代：題材專業化的散文書寫

八〇年代後散文創作開始告別零散篇章，輯稿成篇的寫作模式，開發出一種新的寫作趨向。在一部作品中的題材漸趨一致，作者更善於運用其它材料，散文不再僅是個人經驗、生活哲思、勵志抒情的制式表現，它逐漸出現分眾化、專題化的趨勢。

嚴格說來，自然書寫、飲食文學、旅行文學是以「某種調性」，或「某種材料」構作出的文學作品，換句話說，與過去的文學相較，除了部分自然書寫外，多數作品的「主題」（themes）並沒有決定性的改變，只是題材（subjects）材料（materials）有差異。

以飲食散文來說，它可以是一種「知性書寫」，烹飪是一項技術。再者，飲食也暗藏「歷史」，它是一種「文化書寫」，藉由對食物的描寫，往往可以讓讀者間接地理解另一族群的文化。第三，它通常也是一種「記憶書寫」，作者把飲食和自己的童年、回憶、愛情、親情結合在一起。第四，食物常被視為各種「象徵」。這樣的寫作模式，以林文月、蔡珠兒的作品，最受矚目。

自然書寫（nature writing）在西方是漫長的書寫傳統。從傳統自然文學轉變為「現代自然書寫」（modern nature writing）的三個關鍵轉折點：一、林奈氏與達爾文等所引發的自然科學新架構。二、工業革命所帶來的新反省。三、現代生態學帶來的觀念革命。臺灣出現現代自然書寫的時間點在七〇年代末、八〇年代初。這和當時臺灣以「宰制性的社會」（dominator society）的發展模式，終究導致環境崩壞有關。

若僅以散文體來看，韓韓‧馬以工的《我們只有一個地球》是環境議題報導的代表作。而約略同一時期，另一批作者則崇尚田園生活與簡樸生活。代表作品為陳冠學的《田園之秋》。而稍晚於前兩者，漸漸出現一種揉合觀察、記錄、歷史、生態知識、倫理思考、感性書寫的作品，較典型的作家有徐仁修《思源啞口歲時紀》、劉克襄《旅次札記》、《小綠山系列》等、洪素麗《守望的魚》、王家祥《文明荒野》、陳列《永遠的山》、吳明益《蝶道》等。

與此相關的還有廖鴻基、夏曼‧藍波安的「海洋文學」。這些作者以海洋為「生存、生活場域」，讓臺灣的海洋文學呈現出另一種風貌。廖鴻基的《討海人》、《鯨生鯨世》、《漂島》適足以觀察出不同時期他對海洋、海洋生物，乃至於人與海洋互動模式的觀察，是他不同階段的代表性作品。夏曼‧藍波安的《冷海情深》與《海浪的記憶》是達悟族海洋文學的典範之作。

或有人認為旅行文學（literature of travel）是「遊記」的現代版，但其實應

結合觀察、記錄、倫理思考、感性書寫是自然書寫的重要寫作模式，圖為吳明益的《蝶道》

廖鴻基《海天浮沉》書影

是生活形態改變後的社會產物，它既和作家心靈有關，也和整個時代氛圍、社會現狀有緊密的關係。

　　臺灣早期的旅行散文重要作品如余光中在《逍遙遊》中的遊記，但八〇年代後期開始，旅行文學因某些內外因素，再次被評論者重視。1997年的「華航旅行文學獎」和次年的「長榮環宇文學獎」或許也發揮了推波助瀾的力量。舒國治、羅智成、鍾文音等人，都被視為旅行文學的代表作者。在這些作者中，羅智成的《南方以南，沙中之沙》寫他的南極旅行經驗，知識性材料的豐富和充滿歷史、哲學性的反省是最大的特色，而從《理想的下午》之後備受矚目的舒國治，看似瀟灑、慵懶的旅行態度之下，散發出對異世界具穿透性觀察力。鍾文音則是最善長將異國文化與藝術、文學結合的行旅者。旅行文學發展至今，勢必由蓬勃轉向深化，如何將旅行的意義再開展，而不令其陷入「商品化」的危機之中，或許是下一階段旅行散文能否再現新貌的重要關鍵。

七、原住民散文

　　原住民文學概念下可以兩組詞語來思考它所包含的文學對象：包括「作家身份：原住民或非原住民」，「作品內容：關涉原住民生活或不關涉原住民生活」。一般來說，文學評論者多半把原住民文學先限定在最嚴格定義的範疇，也就是具原住民身分的作家，所創作的關涉原住民生活、文化的文學創作。

　　瓦歷斯・諾幹曾將原住民文化情境分為三個時期，每一個時期均呈現國家機器施予民族歷史記憶之「制度化遺忘」的殖民遺蹟。第一個時期是「被去主體化時期」（1930-1945），第二個時期是「被漠視化時期」（1946-1988），第三個時期則是「主體建構時期（1988-）」。原住民文學(除開口傳文學)發展於第二時期，而到了第三時期之後才漸受重視。政經上的劣勢與被壓迫，使得原住民文化常呈現一種「被殖民」情境，因此，一旦有發聲的機會，原住民文學常會以「回歸母文化」的姿態出現，藉以重建、凝聚民族自信心。我們觀察原住民文學的主要內容之一，即常以「對抗文化滅種」（fight against cultural genocide），拒絕地方殖民化（colonization of the regions）的文化抵抗模式出現。

瓦歷斯・諾幹《迷霧之旅》書影

　　瓦歷斯・諾幹（泰雅族）的筆法犀利，善於處理對社會文化的反省及對原住民文化的困境與精神的描寫，《番刀出鞘》尤為代表性的作品。利格拉樂・阿𡠈（母親為排灣族）則為最具代表性的女性作家，由於身分關係，她的作品除了對女性意識的探討之外，對原漢通婚下的文化情境也有很深刻的描寫。亞榮隆・撒可努（排灣族）則是書寫風格強烈的作家，他

亞榮隆・撒可努《山豬、飛鼠、撒可努》書影

的《山豬、飛鼠、撒可努》除了表現獵人文化之外，獨特的幽默筆法極吸引人。此外，夏曼・藍波安（達悟族）則是最受文壇重視的原住民作家，他的作品，充滿了達悟人對自然環境的認知與感知，以及特殊的環境倫理觀、詩意的擬人想像……。這些獨特的語彙，建構出達悟人獨一無二的海的宇宙觀（cosmology），以及達悟人獨特腔調展現的說故事技巧。

參、結語：書寫沉默的島嶼

在有限的篇幅中談臺灣戰後發展的散文歷程，顯然必然有極大的疏失。諸如陳芳明、顏崑陽等綜合學者背景、生活觀察所寫就的作品，楊照深具洞見卻筆觸溫柔的文化批評，唐諾充滿知性又動人流暢的書評，蔣勳濃烈、個人風格強烈的情慾與藝術書寫，莊裕安細膩專業的音樂散文……都在類型化的論述時（或屬於較少人投入書寫的類型）容易被忽略。

但這也像我們所了解的歷史，無論以任何角度敘述，「完整歷史」的呈現永遠是一個未竟的探訪。與其他文類不同，多數的散文常以「我」為敘述者，因此讀者仔細品味時，總會發現敘述者在對某個隱性或顯性的對象訴說。或許我們可以大膽地這麼說：這些隱含讀者的總合，約略就是我們所居住的沉默島嶼。而這些無數的「我」，終將提供給我們窺看島嶼不同時空風貌下的一扇視野。

📖 延伸閱讀〰

・鄭明娳：《現代散文構成論》、《現代散文現象論》、《現代散文縱橫論》、《現代散文類型論》(臺北：大安出版社，2001新版)
・陳芳明、張瑞芬編：《五十年來台灣女性散文・評論篇》(臺北：麥田出版社，2006年)
・私立東吳大學中文系編：《時代與世代：台灣現代散文學術研討會論文集》(臺北：東吳大學中文系，2003年)

第17章　與遼闊繽紛的世界詩壇比肩——
　　　　當代台灣新詩

◎賴芳伶（國立東華大學中國語文學系 教授）

　　1945年日本戰敗投降，臺灣在新國府的統治政策下，知識分子面臨雙重文化的挑戰。歷經五十年的日治，被殖民的艱難與困擾已深深刻入臺灣人民的精神和感情，徘徊難去。戰後五年內，原來以日文發聲的空間縮小或逐漸不再，只有極少數作家能繼續寫作，容或尚有古典漢文的素養，但缺乏使用白話語體文的經驗，大多成為瘂瘂、邊緣的一代。往往要花上一、二十年的功夫重新學習白話中文，才能再出發寫作。戰後臺灣的現代詩所面臨的困境，除了必須承載其社會價值與意義的壓力外，大約可從三方面來理解，一是官方意識形態所推動的反共文藝，其次是傳統文化對現代詩的反對與壓抑，再者是與五四文學傳統和臺灣本土文學傳統的雙重斷裂。1942年組成的「銀鈴會」，強調社會意識，對世界文學的態度是開放和接受的，在某種意義上賡續了三〇年代「風車詩社」，所信仰的「主知主義」、「新即物主義」、「象徵主義」、「超現實主義」與及「新現實主義」……；1947年由於林亨泰等人的加入，而有重振旗鼓的機會，他們在四〇年代末期以「跨越語言的一代」，架起日治到民國時代的「詩的橋樑」。

壹、五、六〇年代，新詩的現代化與內外在探索

　　由於政治的壓抑和語言的障礙，1949年以前的臺灣詩與1949年以後從大陸來的詩形成一種斷層的現象，但就其「現代性」和「藝術

精神」來說，五〇年代的前衛詩既是大陸新詩的繼承，也是臺灣新詩的延續。從1951年到1954年間，在從大陸來臺的詩人和臺灣本地詩人的合作下，帶著文學理想的前衛新詩社團陸續成立，其中最重要的是「現代詩社」、「藍星詩社」和「創世紀」，他們的出版品時斷時續，始終勉力維持著墾拓和試驗的理想，和其他許多後起的優秀詩刊頡頏呼應，共同為臺灣新詩的開展，提供不可磨滅的貢獻。表面上看，戰後五〇年代臺灣的「現代詩運動」，是由追隨新政權從大陸來臺的紀弦所主導，他從中國帶來四〇年代戴望舒、李金髮等現代派詩人的傳統，創辦「現代詩」季刊，成立「現代派」，以「領導新詩的再革命，推行新詩的現代化」為職志，雖然不久星散，卻引起新詩壇淵遠流長的影響。其中以現代派認為新詩是西方詩藝「橫的移植」，而非古典文學「縱的繼承」，所觸發的論戰最為激烈；其信條中的「愛國。反共。擁護自由與民主」，一方面可作為冷戰時期國民政府兩岸政策的重要註腳，另方面卻不免成為「現代詩精神」的自我消解。詩的政策口號有時是為了隱晦更複雜的心性活動，有時確實是詩人真摯的心聲。「紀弦汲取林亨泰源自日本《詩與詩論》派的知性美學」，用以對抗新文學傳統中的浪漫派餘緒，「導致五〇年代現代詩運動中傳承了日本超現實運動中的

紀弦，本名路逾。曾任中國文協理事、中國新詩學會理事、現代詩社社長、《現代詩》季刊主編。曾獲第一屆中國現代詩獎特別獎。

主知精神」；恰亦顯現於宣言中有關詩的「知性」之強調，和「純粹性」的追求，雖然兩者未必迴避抒情的本質。例如紀弦的〈阿富羅底之死〉，直陳過度機器化的社會對美的斲喪，省思精神文化的失落；而〈狼之獨步〉更具時尚感與紀弦的個人風貌：

> 我乃曠野獨來獨往的一匹狼。
> 不是先知，沒有半個字的嘆息。
> 而恆以數聲悽厲已極之長嗥，
> 搖撼彼空無一物之天地，
> 使天地戰慄如同發了瘧疾；並刮起涼風颯颯的，颯颯颯颯的：
> 這就是一種過癮

　　實若論者所言的，既「時呈飛躍之姿」，復有「滑稽玩世」，或「豁達超世」的色調，彰顯了濃郁的現代派特色。

　　五〇年代發生於詩壇內外的三次論戰，大體上是「一場詩的現代化的過程：彼此間相異的詩觀，反而得以經由詩作融入詩質共同的領域」。1959年4月，改版的「創世紀」放鬆原先的民族詩型，接榫現代派「新現代主義」的主張，強調詩的「世界性、超現實性、獨創性以及純粹性」，適時契合五〇年代末期臺灣在窒悶的政經局勢下，所引進的西化潮流，終於在六〇年代擔當了臺灣新詩壇最前衛的角色。如此前衛的詩風，強調形式完美，原創隱喻和象徵語言，注重反諷、曖昧、矛盾語法等效果，希望以完美的形式傳承傳統詩的優良特質，展延民族和社會的視野，並對現代文明持批判性的看法。如洛夫的〈西貢夜市〉是很好的例子：

一個黑人

兩個安南妹

三個高麗棒子

四個從百里居打完仗回來逛　子的士兵

嚼食口香糖的漢子

把手風琴拉成

一條那麼長的無人巷子

烤牛肉的味道從元子坊飄到陳國纂街穿過鐵絲網一直香到

　化導院

和尚在開會

　　整首詩看似熱鬧繽紛，卻從跨國族跨種族的飲食男女中，帶出一抹無從究詰的蒼茫，造成物質與心靈的反差效果，讀來黯然，迷人。

　　以洛夫、瘂弦、張默為鐵三角的「創世紀」，認取詩是詩人意識和潛意識、知性與感性、現實及超現實想像的融合，由於對語言和感情的適度約制，故優秀的作品能不流於自動寫作的混亂或濫情式的感傷。瘂弦〈如歌的行板〉，主題聚焦於對現代人的懦弱、感情貧血和猥瑣享樂主義的批判，以及對精神救贖無望的感慨，且看下文：

以詩人洛夫、瘂弦、張默為主的「創世紀」詩社刊物《創世紀》／《文訊》提供

溫柔之必要

肯定之必要

一點點酒和木樨花之必要

正正經經看一名女子走過之必要

君非海明威此一起碼認識之必要

歐戰，雨，加農砲，天氣與紅十字會之必要

散步之必要

遛狗之必要

薄荷茶之必要

每晚自證券交易所彼端

草一般飄起來的謠言之必要。旋轉玻璃門之必要。盤尼西林之
　必要。暗殺之必要。

晚報之必要

穿法蘭絨長褲之必要。馬票之必要。

姑母遺產繼承之必要

陽臺、海、微笑之必要

而既被目為一條河總得繼續流下去的

世界老這樣總這樣：──

觀音在遠遠的山上

罌粟在罌粟的田裡

瘂弦此作寫於1964年，批判風格銳利，既涉指彼時世界性的精神

荒蕪，又暗藏烏雲背後的陽光。

而盲目追隨西化潮流的缺點，確如余光中所言，有時會流於「放逐理性，切斷聯想，扭曲文法，濫用意象，汩沒意境，阻礙節奏」，而招致簡政珍「躲在象牙塔內」「狂飆隱喻」的譏評。此外，五、六〇年代臺灣超現實詩似乎也並沒有以文學改革作為社會改革藍本的企圖，這點是和「橫的移植」法國超現實詩最大的差別。

貳、傳承傳統，回顧民族特質、擁抱鄉土的七〇年代

進入七〇年代初的「現代詩論戰」以及稍後的「鄉土文學運動」，都觸及了文學的本質和價值的問題。前此念念不忘個人在現代社會中的孤絕感，而自外於社會、自然的，晦澀疏離的詩風，已逐漸朝向寫實明朗回歸。1964年6月「笠」詩社創立，強調樸拙踏實，其中潛隱著八〇年代臺灣精神的崛起。「笠」的成員寫詩力求「口語化」及「本土主體性」，於文化鄉愁中雜糅現代主義的精神，一直持續到鄉土文學運動前後。事實上，本土與非本土的界線並不容易劃分，有關本土與西化的爭論，早在六〇年代末期便展開，最激烈的演出是七

笠十週年年會／《文訊》提供

1964年創立的笠詩社，詩刊超過四十載，至今仍無間斷。圖為《笠詩社四十週年論文集》／《文訊》提供

○年代。表面上路線分歧的「現代派」和
「鄉土派」，都期望詩能從邊緣回到中心
論述的位置，使詩人得以擔起社會良心的
角色，可以說，仍然具有共同的深層動
機。吳晟的《吾鄉印象》系列，以鄉土語
言刻劃素樸的田園生活，蓄含誠摯的憫農
精神，其〈店子頭〉和〈蕃薯地圖〉，向
為詩壇所稱許。試引〈蕃薯地圖〉於下，
以見一斑：

吳晟《吾鄉印象》書影

　　阿爸從阿公粗糙的手中
　　就如阿公從阿祖
　　默默接下堅硬的鋤頭
　　鋤呀鋤！千鋤萬鋤
　　鋤上這一張蕃薯地圖
　　深厚的泥土中

　　阿爸從阿公石造的肩膀
　　就如阿公從阿祖
　　默默接下堅韌的扁擔
　　挑呀挑！千挑萬挑
　　挑起這一張蕃薯地圖
　　所有的悲苦和榮耀
　　……

　　五十多年來吳晟植根於自己的土地
田園，未嘗或離，長期深情介入台灣社會
的民主運動；他的詩擅長細膩鋪陳生活的
真實，將讀書教書寫作耕種，合而為一，
傳承台灣農民最憨直厚道的性格與精神。
約莫同時間，余光中摩寫對大陸思鄉的綿
密情懷，且縈繞著自我放逐感的詩作，如
〈鄉愁四韻〉，則在大學校園廣被傳唱，
與吳晟的〈蕃薯地圖〉形成某種辯證的
對話姿態；〈鄉愁四韻〉以長江水、海棠

余光中《逍遙遊》書影

紅、雪花白、臘梅香結合「中國母親」的鄉愁意象，充盈美麗與哀愁：

　　　　給我一瓢長江水啊長江水

　　　　酒一樣的長江水

　　　　醉酒的滋味

　　　　是鄉愁的滋味

　　　　給我一瓢長江水啊長江水

　　　　給我一張海棠紅啊海棠紅

　　　　血一樣的海棠紅

　　　　沸血的燒痛

　　　　是鄉愁的燒痛

　　　　給我一張海棠紅啊海棠紅

　　　　……

詩中起伏有致的節奏、往復迴環的複沓，讓緩緩流淌的親情與鄉愁，更纏綿無盡。

而楊牧寫於七〇年代的〈孤獨〉，則不僅表述了個人羈旅的風霜，復穿越時空，成為人類心靈深處永恆的，愛與憂傷的印記：

> 孤獨是一匹衰老的獸
> 潛伏在我亂石磊磊的心裡
> 背上有一種善變的花紋
> 那是，我知道，他族類的保護色
> 他的眼神蕭瑟，經常凝視
> 遙遠的行雲，嚮往
> 天上的舒卷和飄流
> 低頭沉思，讓風雨隨意鞭打
> 他委棄的暴猛
> 他風化的愛
> ……

楊牧傳記書影

這首詩譜出且預告了楊牧詩與生命的主旋律，如是之美；如是之憂傷。

參、八〇年代以降對政治、生態環境的深刻省察

七〇年代至八〇年代間出現的「龍族」、「主流」、「大地」、「草根」、「陽光小集」……這些新詩刊（或社團），齊聚在「結合傳統，呼應現實」的理念下，通過1977年至1978年的「鄉土文學論

戰」的洗禮，有不少詩人開始蛻變風
格，重整詩觀。例如向陽從因緣中國古
典轉而取道臺灣鄉土，寫於1984年的
〈立場〉極具時代意識。八〇年代伊
始，「陽光小集」推出的「政治詩」專
輯，快速映襯出詩與社會、詩與政治，
同流合拍的一面，他們希望「以詩為中
心，嘗試各種藝術媒體與詩結合的可
能」，已不再強調詩的「純粹性」。

《大地》詩刊／《文訊》提供

　　向以「孤獨深邃的浪漫象徵」特
質享譽詩壇的楊牧，適於此際，受到繼
美麗島事件發生後的林宅血案的刺激，即時寫下〈悲歌為林義雄作〉
一詩，欲自台灣民主運動受挫的悲痛中，演繹昇華出全民性的淨化力
量。而白萩寫於八〇年代的〈樹〉，其中生長於斯、老死於斯的強烈
土地情感，揭示了七〇年代以降台灣風雨飄搖的處境，反倒更加深此
地子民釘根式的存在意識，試看下文：

　　　　我們站著站著站著如一枝入土的

　　　　樁釘，固執而不動搖

　　　　喔，老天，這是我們的土地，我們的墓穴

　　　　即使把我們踢成一個旋錘

　　　　無止境的驅迫

　　　　這是我們的土地，我們的墓穴

　　　　把我處刑成為一柄火把

　　燒爛每一個呼喊的毛細孔

　　仍以頑抗的爪，緊緊的攫住

　　這立身之點

　　這是我們的土地，我們的墓穴

　　〈樹〉中一再詠歎「這是我們的土地」，也是「我們的墓穴」。是一首洋溢廣土眾民心聲的作品。大體看來，多數擁抱鄉土生活的詩篇，有其獨特的美學情致，「對現實的正視」更是戰後臺灣新詩史上一個重要的起點。如果「以1987年7月15日的政治解嚴作為一個明顯思潮分水標誌」的分割，則前此由戰後出生的新世代詩人組成的「四度空間」，以及1986年6月「草根」的復刊，是一起扮演了推動新詩壇「都市精神覺醒」的主要角色。凡此種種，或可將之視為「繼承著現代主義與鄉土文學以降的分歧與整合」的表現。

肆、多音並陳、彷彿無主流的九○年代迄今

　　解嚴後至九○年代的臺灣，已成多元的後認同政治時代，本土化漸成趨勢，民生經濟邁向成熟，社會生命力蓬勃，加上報禁解除，新媒體的資訊豐沛，女權、後現代主義、冷嘲理性、實用主義、解構……等思潮，日漸流布，臺灣文化界的大眾通俗化風潮，亦得以激盪形成。這些衝擊，顯現於新詩的是：政治詩、臺語詩、都市詩、後現代詩以及大眾詩……的互相融滲，而詩壇「世代交替」的現象亦同時浮出。此一「世代交替」涉及到詩學和思考方式的重大變革，已非像以前僅盤桓在文學／現實、菁英化／大眾化、橫的移植／縱的繼承的議題間。

　　由於歷史脈絡、文學流變的差異，臺灣新詩壇的後現代不可能是
西方後現代主義直接影響下的產物。較諸英美傳統，臺灣「現代」和
「後現代」交相指涉的網絡，更顯得細緻綿
密。現代主義的詩觀傾向完美的抒情詩模
式，講究詩與人生間必要的美感距離。後現
代詩主張開放的形式、多向視角，以及詩
「作」的高度自覺……，都暗示詩是人生的
延續而不必是人生的超越；喜用近乎純粹，
毫不加修飾的口語入詩，以低調寫超現實，
以平面視角看世界，以詩的虛構來反映、對
抗現實的虛構。不過，其中有些也是現代主
義的成份，像反邏輯、超現實的技巧。

杜十三，具前衛色彩的詩人
藝術家，其作品形式廣泛，
囊括出版、展覽、演出與設
計。詩歌、散文、繪畫、造
形藝術、小說、劇本、設計
與歌曲等創作皆涉足。著作
包括：《人間筆記》（詩畫
集）、《地球筆記》（有聲
詩集）、《行動筆記》（行
動紀錄與論評）、《嘆息筆
記》（詩選集）、《愛情筆
記》（散文詩選）等。

　　八、九〇年代新的詩學思考，大多體現
在都市詩的言說，本土詩的文化主體性，性
別議題，原住民詩和後現代詩……的提倡
方面，相當關切到詩語言的操作策略。這
段期間，羅青《錄影詩學》、蘇紹連〈那
匹月光一般的馬〉、馮青〈一婦人〉、杜
十三〈罎中的母親〉、簡政珍〈街角〉、渡
也〈一顆子彈貫穿襯衫──紀念二二八罹難
畫家陳澄波先生〉、向陽〈烏暗沉落來〉、
陳黎〈島嶼邊緣〉、夏宇〈擁抱〉、劉克襄
〈小熊拉荷遠的中央山脈〉、陳克華〈室內
設計〉、瓦歷斯・諾幹〈關於泰雅〉、林燿

陳克華，全才型詩人醫生，
文學創作類型包括新詩、散
文、極短篇、小說、劇本、
報導文學、歌詞以及電影評
論，現為台北榮民總醫院眼
科主治醫師。曾榮獲中國時
報敘事詩文學獎、中國時報
新詩獎，聯合報文學獎詩獎
等獎項。

德〈你不了解我的哀愁是怎麼一回事〉、許
悔之〈遺失的哈達〉、顏艾琳〈潮〉、唐捐
〈暗中〉……都有優異的表現。他們所觸及
的政治省思、生態環保、弱勢族群、宇宙人
生……等問題，比起傑出的前行代詩人，有
時不遑多讓。且看陳黎寫於1993年的〈島嶼
邊緣〉，翻轉中心/邊緣的既有認知，直指位
於台灣東部的花蓮，位於大陸邊陲的台灣，
其實透過全人類愛與自尊、自重的聯結，是
得以跨越時間、種族、地域的界限的，不管
有過任何殖民的創傷記憶，花蓮或台灣，都

顏艾琳，著有《抽象的地
圖》、《骨皮肉》、《點萬
物之名》等詩集，曾獲全國
優秀詩人獎(1991)、文建會
新詩創作優等獎（1992）、
創世紀詩刊35週年詩人獎、
第一屆台北文學獎散文創作
(1999)等獎項。

應充滿自信地向宇宙發聲，我們可以是世界的中心：

　　在縮尺一比四千萬的世界地圖上
　　我們的島是一粒不完整的黃鈕釦
　　鬆落在藍色的制服上
　　我的存在如今是一縷比蛛絲還細的
　　透明的線，穿過面海的我的窗口
　　用力把島嶼和大海縫在一起

　　在孤寂的年月的邊緣，新的一歲
　　和舊的一歲交替的縫隙
　　心思如一冊鏡書，冷冷地凝結住
　　時間的波紋

翻閱它，你看到一頁頁模糊的

過去，在鏡面明亮地閃現

　……

在島嶼邊緣，在睡眠與

甦醒的交界

我的手握住如針的我的存在

穿過被島上人民的手磨圓磨亮的

黃鈕釦，用力刺入

藍色制服後面地球的心臟

　　此階段「多元化的詩創作」，真正體現了「沒有主流的詩潮」，這些都延續自八〇年代臺灣與國際社會的多元文化互動現象。就表層來看，不少新世代詩人喜歡操作「感官化」、「科技化」的語言，似乎形成「世紀末」時潮中極搶眼的特色。在看似「無深度」、「零散嬉遊」的後現代詩作當中，還是有不少詩篇暗藏深邃的詩心，等待有心讀者的閱讀開掘。夏宇1995年寫就的〈擁抱〉，堪稱傑作：

風是黑暗

門縫是睡

冷淡和懂是雨

突然是看見

混淆叫做房間

漏像海案線
身體是流沙詩是冰塊
貓輕微但水鳥是時間

裙的海灘
虛線的火燄
寓言消滅括弧深陷

斑點的感官感官
你是霧
我是酒館

　　詩的句型簡單，意象繁複幽邃，處處隱喻象徵，若即若離，美感無限。

　　至於深埋文化主體意識的臺語詩，早在日治時期的新詩運動就已萌芽，雖遭逢時局的頓挫，終於八〇年代以降，蜿蜒復甦，迤邐開花，得以遙接二、三〇年代臺語文學的優良傳統。例如路寒袖的〈臺北新故鄉〉、〈春天的花蕊〉，帶給多少人「有夢最美，希望相隨」的啟示，茲引他的〈講互全世界聽〉於下：

我欲講互全世界聽
我願意願意
願意付出性命
換汝一工的快樂心晟

互清芳的風唱汝的名

天若崩落我人合伊拼
地若裂開我陪汝行
世間風雨汝毋免驚
永永遠有我甲汝疼

船繪駛離水
水繪駛無岸
我是船那汝是岸
船愛靠岸
我欲講互全世界聽
千年萬年汝是我的心肝

路寒袖，本名王志誠，著有詩集《早，
寒》、《夢的攝影機》、《我的父親是
火車司機》、《春天的花蕊》、《路寒
袖台語詩選》、散文集《憂鬱三千公
尺》等作品

　　這首以台語發聲的作品，乍讀是悱惻的情詩，其實是路寒袖1998
年為謝長廷競選高雄市長寫的歌曲。文學家將故鄉家國隱喻為母親、
情人，古今屢見不鮮，尤其是在八、九〇年代的台灣文壇，疊合了
「台灣，我的母親」這樣的集體心聲。

　　而被列為大眾詩中極成功的席慕蓉，其婉約抒情的詩風，更贏得
許多女性讀者的愛賞，紅遍兩岸，歷久不衰。

　　從一九二〇年代的新詩運動以迄新世紀的今天，其間容或有屢仆
屢起的困頓，連綿惆悵的文化鄉愁，的確已能與遼闊繽紛的世界詩壇
比肩齊步。隨著商品消費時代的來臨，不論東西方，將詩人視為睿智
的先知或人類中出類拔萃的菁英的黃金時代，似乎已難復返。有些憂

心的見解認為：臺灣近二十年來的社會變遷太劇烈，許多講究沉潛、凝斂、思考特質的傳統人文典範，正在轉換或崩潰中，配合資訊時潮各類媒體的充斥，以及特有的快節奏步調，人們將更要求資訊的容易傳輸和接收，即使有網路上的各種詩路花園，提供超新世代讀詩寫詩的便捷時空，恐怕未必就代表詩的人口在增長中，或者恰亦顯現了另類的「玩」詩遊戲。不過，有些公共空間置放新詩，供大眾賞玩，實有其潛移默化的美感教育功能。只是詩人

以詩的市場性而言，席慕蓉在詩壇上可說是暢銷作家。圖為《七里香》書影

如何在「個人化」與「大眾化」間取得平衡，兼顧「藝術自主自由」與「社會公共責任」，仍不免是兩難。

　　總體來看，戰後臺灣現代詩的發展脈絡大致是這樣的：五〇年代新詩的現代化，曾為臺灣的文化藝術觸發過深遠的影響，至今仍被受它的餘蔭。六〇年代的詩人大多著重於探索內心世界，間及於全人類命運的思考和關注。七〇年代的詩風反思前此的傳承、鍛接，同時回顧民族特質、擁抱鄉土。八〇年代以降的詩人群，隨著政經社會文化的劇烈轉型，對「都會文明」和「生態環境」這兩個嶄新的場域，都有相當深刻的審視和省察。九〇年代伊始，接續著八〇年代以來的多音並陳，在詩的語言操作策略上，接軌了或許一知半解的解構風潮，不過，確也各擅勝場。某些超新世代的詩人，較諸前行代詩人的歷史感和使命感，淡漠甚多，對當前自己所處的時空往往冷眼旁觀，以人性的荒枯和文明的虛矯來分享憂懼，逃避抒情，致使文字的競技標

新，成為寫詩嬉遊的要務。詩所必具的深邃的語意與人文關懷，因而蕩然無存。這是令誠懇寫詩讀詩的人很感慨的。九〇年代的新詩壇曾流傳「詩將亡」的哀音，某些老詩社力現昔日風華，其量變質變勢所難免；另如新詩社的瓦解、停刊詩刊、停編詩選，都造成新詩存亡絕續的憂患意識。不過，詩人和詩人團體的自覺，與國藝會、各縣市文化局、文建會的獎助詩集出版，以及學術單位舉辦研究討論和座談會等等，都帶來許多良性的互動訊息。

在這層層累累的新詩進程中，有不少第一、二代的詩人，像詹冰、林亨泰、洛夫、余光中、李魁賢、楊牧、吳晟、李敏勇……都見証了「傳統性/現代性」、「本土化/國際化」之間的兩極擺盪，其中有的至今健筆未輟，即便各有不同的詩心理想，相異的美學堅持，他們長久的努力認真，一樣讓人尊敬。

英國詩人William Blake說，「詩人挺身參加魔鬼的盛宴」，是指詩人有進入的勇氣，但不耽溺於淫佚墮落；詩人以血淚寫出靈魂和肉身受挫的姿采，榮光。一如武士以劍，詩人以筆走進生活，關懷世俗，深入人間，見證並體現詩是公理，正義，忠誠，勇敢，道德和愛。戰後臺灣現代詩壇存在著許多不媚俗也不蔑俗的詩人，他們的詩風或傾向唯美典麗，或兼具冷凝熱切，深邃的語意往往能出入傳統與現代，涵融本土和國際，成為我們寶貴的人文傳統。

📖 延伸閱讀

- 楊牧：《一首詩的完成》(臺北：洪範，1989)
- 蕭蕭‧白靈：《臺灣現代文學教程‧新詩讀本》（臺北：二魚，2002）
- 路寒袖：《台語詩選》（臺南：真平企業，2002）
- 林建隆：《林建隆俳句集》（臺北：前衛，1997）

第18章 **交輝在劇本與舞台的光芒——
當代台灣戲劇**

◎閻鴻亞（國立臺北藝術大學 兼任講師）

壹、現、當代台灣劇場流變

　　日治末期，城鄉各地禁止傳統戲曲演出及大量裁撤劇團，殖民政府大力推展「皇民劇」，表演均需經過意識形態的嚴格檢閱，但仍出現如《閹雞》、《高砂館》等反映時代的代表性作品。光復之初的1946年，簡國賢原作，諷刺時政的《壁》因反應熱烈遭到禁演，導致臺灣省行政長官公署制訂「臺灣省劇團管理規則」，管束全臺戲劇活動。劇壇菁英如林摶秋、簡國賢、宋非我，均遭打壓甚至逮捕槍決；碩果僅存的重要劇作家如楊逵，只能在獄中持續創作。自此，日治時期以台語及日語演出的「文化戲」被國府帶來的黨政、軍中話劇隊全面取代，題材八股，鮮有藝術可言。及至1960年李曼瑰自歐美返國，首次提出「小劇場運動」一詞，企圖重新推展劇運。1962年教育部成立「話劇欣賞委員會」，陸續舉辦「世界劇展」與「青年劇展」，但影響力僅限於校園之內。1965年創刊、積極引介西方劇場及電影思潮的《劇場》雜誌，曾由同仁演出《等待果陀》一劇，結束時只剩下一名觀眾，當年劇場環境可見一斑。

　　六、七〇年代，隨著詩與小說的現代主義革命飛揚蹈厲，臺灣的劇作家也試圖走出新路。卓有成就者如取材傳統、但風格不斷更新的姚一葦，在海外寫作荒謬劇的馬森，和原以散文創作著稱的張曉風。張曉風取材中國歷史的寓言劇多由「藝術團契」公演，劇中的詩化語

言、加上聶光炎「寫意」的舞臺設計，可說是當年劇場最大膽的手法了。1977年，吳靜吉將紐約「拉瑪瑪實驗劇場」習得的演員訓練方法，帶進當時仍叫「耕莘實驗劇團」的蘭陵劇坊，才從體質上徹底變革了「話劇」的老套觀念。

臺灣現代劇場之勃興，1980年是一個重要的分水嶺。在此之前，劇場的發展依循五四以來的話劇傳統，屬於「劇作家劇場」，亦即，由劇本創作主導的劇場。該年起，姚一葦於話劇欣賞委員會主任委員任內，連續五年在國立藝術館推動「實驗劇展」，提供了「第一代」小劇場的誕生腹地，包括王友輝、蔡明亮的小塢劇場，陳玲玲的方圓劇團，以及甫將集體即興創作方法引進國內的賴聲川。其中蘭陵劇坊的人才濟濟，影響力也最為深遠：有金士傑、卓明、李國修、劉靜敏、黃承晃、馬汀尼、林原上、杜可風……許多人後來都成立了自己的劇團。蘭陵陸續開發的多種劇場形態也都成果斐然：如由肢體訓練發展成的無言劇《包袱》、題材與形式均脫胎自京劇的《荷珠新配》、結合默劇與舞蹈的《貓的天堂》、運用傀儡劇概念的《懸絲人》，甚至也有承繼張曉風詩化悲劇風格的《代面》，及現代儀式劇《九歌》。尤其《荷珠新配》對於戲劇傳統的巧妙轉化廣獲推崇，也讓社會大眾第一次認識劇場的獨特

李國修「屏風表演班」《三人行不行》
劇本書影

魅力，儼然成為臺灣現代劇場的里程碑。繼蘭陵之後，黃承晃、老嘉華成立的筆記劇場，曾以極簡主義的理念發展出一系列優秀作品，其中「隨機偶合」的報告劇《楊美聲報告》，係由諸多個體同步書寫眾聲喧嘩的臺灣史；賴聲川在國立藝術學院編導的《變奏巴哈》，則取法巴哈賦格的抽象音樂結構，這些都是在那個年代開疆拓土的前衛創作。

　　1982年，新象藝術中心開始製作大型舞台劇，較受矚目的有多媒體劇場《遊園驚夢》、音樂劇《棋王》，成績雖頗遭訾議，但已造就大眾劇場的聲勢。賴聲川與李國修、李立群

表演工作坊強烈的實驗意圖，獲得大眾的欣賞，票房也開出長紅。圖為《那一夜，我們說相聲》的CD封面

於1985年成立表演工作坊，一開始實驗意圖強烈的《那一夜，我們說相聲》意外獲得群眾的熱烈歡迎，奠定國內第一個職業劇團的基礎。表演工作坊對於歷史、社會、兩性關係議題一再突圍成功，卻逐漸將形式開發、創新實驗的領域，拱手讓給新興非專業取向的小劇場。而1982年創立的國立藝術學院畢業生成批出爐，赴英美研習藝術行政的

人才紛紛歸國，也為專業化的商業劇場提供了各部門必備的螺絲釘。李國修成立喜劇路線的屏風表演班、梁志明成立通俗劇路線的果陀劇場，也步武表演工作坊的運作模式，揚名立萬。

貳、「第二代小劇場」的出現

「第二代」小劇場的萌芽是和主流劇場的形成同步發生的。1985年起，隨著社會開放的騷動，新興小劇場如雨後春筍。毫無例外地，他們都是由非科班的大學生組成：臺灣大學的「環墟」、淡江大學的「河左岸」、師範大學的「臨界點」。一起步他們便表現出對政治議題的強烈關心：環墟的《十五號半島：以及之後》以科幻寓言寄託對極權統治的疑懼；河左岸的《闖入者》則拼貼了一個梅特林克的劇本和一篇美國作家卡波特的小說，導演再在兩個片段之間現身說法，提出「臺灣史就是一部不斷被外來者闖入的歷史」的觀點。而臨界點1987年的創團作《毛屍》，更是胸懷為同性戀伸張權益的義憤，大批傳統儒家道德觀。這些自發性的創作意念，經由陸續自美歸國的鍾明德、劉靜敏、陳偉誠在理論上及表演訓練上的指導，浩浩匯聚在「後現代主義」與「貧窮劇場」的大旗下。劉靜敏成立的「優劇場」則從「尋找東方人身體美學」走向身心兼修的苦練蹊徑，開出戶外環境劇場的另一片風景。

在多股社會動力的衝撞下，臺灣於1987年解嚴，小劇場更堂而皇之走上街頭，成為社會運動的啦啦隊，選舉戰的旗手。自抗戰以來半世紀的中國，可以說從未有一個時期像這五年的臺灣，劇場竟能與時勢和社會脈動結合得如此緊密，扮演了舉足輕重的角色。

參、劇場新思潮

1989年底，立委選舉落幕，小劇場階段性的政治狂熱退燒，一段沉寂後，又回到美學開發的道路上重新起跑，並隨著官方文化機構的態度鬆動軟化，慢慢結束了彼此間的冷戰。鍾情於反叛精神的論者一度喊出「小劇場已死！」也有人試圖為詞義狹窄曖昧的「小劇場」正名，但事實證明還是「小劇場」這約定俗成的一詞最無法取代，也可能是它凝聚了長時間的情感認同和附加的社會意義，與對那個革命年代的鄉愁。

九〇年代，劇場逐漸卸下為社會言志的包袱，展示出更多方向：環墟劇場解散後，成員陳梅毛、楊長燕另組的臺灣渥克（Taiwan Walker）劇團致力於本土的遊藝風格，尋找前衛藝術和通俗文化的媒合可能；當代傳奇劇場和綠光劇團分別從京劇與現代劇場出發，探索中國式歌舞劇的雛形；密獵者劇團則試圖引介、新詮西方經典文本，拓展國內舞臺的表現手法及精神面貌。劇場史用這種粗枝大葉的方式交代當然難免多所缺漏，魏瑛娟的存在恰恰指證了以上線性敘述之不足。她投身劇場十年，作品質量兼備，卻

戲劇交流道・汪其楣 策畫

星之暗湧

葉智中 輩煥雄的二〇年代台北的散播俄映

葉智中 輩煥雄著　河左岸劇團

「河左岸劇團」是淡江大學的學生由「文社」這個現代詩社團所衍生，成立於民國七十四年（1985年），劇團核心人物為黎煥雄、葉智中等人。曾推出《闖入者》、《兀自照耀著的太陽》、《迷走地圖》系列等作品。河左岸劇團的作品呈現非語言性的意象劇場風格，從單純的讀詩，到運用劇場元素改編搬演文學作品，及投身臺灣日治時期史實的探索，經田野調查後，推出以島國自主性與自我定位為思維的作品，呈現強烈的社會關懷。圖為河左岸劇團《星之暗湧》劇本書影

《文藝愛情戲練習》導演 魏瑛娟／莎妹劇團 提供

《請聽我說》導演 王嘉明／莎妹劇團 提供

因為一直在校園內發展，直到1995年以「莎士比亞的妹妹們」為團名公演，這道綿延不絕的伏流才湧出地面，在「第三代」小劇場的百無禁忌氛圍中，引起社會的熱切回應。在九五年之前的劇場史論述中，沒有一篇提起過她的名字。但事實上，魏瑛娟以嬉遊手法針砭時勢、關注性別議題的獨特風格早已成熟，對於節奏的精確掌握、怪誕視覺系統的銳意經營，所呈現的專業質感，也和一般「暴虎馮河」的小劇場大異其趣。事實上，熟悉劇場的人都知道，像這樣沈潛多年、默默耕耘的仍有其人，隨時可能為劇場史翻出新頁。

劇場有其朝生暮死的宿命，死亡的造訪也往往以出乎我們意料的方式：近年以《白水》和《瑪莉瑪蓮》

在國際上為臺灣小劇場作開路先鋒的臨界點編導田啟元，於1996年猝逝，姚一葦則病故於1997。他們的死，無疑象徵著一個激情年代的結束，但昔日的荒原已成沃土。也就在這兩年，魏瑛娟和河左岸的主要創作者黎煥雄等人共組「創作社」，進軍大劇場；陳梅毛則在臺北市政府的支援下，整合小劇場零散勢力成立「臺北小劇場聯盟」。大專院校逐漸增設戲劇系、所，商業劇場、兒童劇場、老人劇團、東部及中南部劇場的發展也益臻成熟，與國際劇壇的交流愈趨頻繁。不到二十年間，臺灣的劇場生態已全盤改變。

肆、劇場表演與戲劇文學

劇場的普遍化發展，提供了有志者更多機會直接進入劇場進行創作。可以想見，當表演、導演、設計、乃至市場未達一定水準時，劇作者只能在書房裡，為想像中的理想劇場寫作。而整體環境的蓬勃，卻吸引了更多人直接用身邊熟悉的演員、為某些引發靈感的劇場空間，譜寫具體的文本。這也就是為什麼，當代臺灣戲劇的寫作，更多是先在劇場裡以演員書寫，然後才以文學的樣貌出版。

事實上，從希臘悲劇到莎士比亞、莫里哀等古典戲劇，經常是為

「小劇場死了」在1990年間曾流行了一段時間，大致上肇因於劇場的「社會行動」方面也逐漸面臨社運轉型的瓶頸；劇場人員的流失，觀眾的熱情不再；演出活動逐漸多元，但演出水準一時間沒有提昇；且媒體的熱情也逐漸冷卻，種種的因素導致九〇年代的劇場現象看起來似乎是死了般。圖為《臺灣小劇場運動史》書影

實際演出製作及時寫就的文本，甚至是在演出後才整理成冊。但那些古典劇本對於慣習於其它文類的讀者而言，從來不覺有任何困難，可以直接納入文學之一門。蓋因古典劇本實以道白為主，即使各有其表演方式，但只讀劇本亦可得到文字上的愉悅滿足，甚至得以品味更多字裡行間的精微妙義。但當代劇場既已朝向視覺、聲響、肢體律動、空間環境並重之日趨複雜的總體劇場美學，演出脈絡事實上不止由語言、而是經由其他各環節的元素共同銜接、互動完成，單獨抽離的語言部分往往難以織成全豹，而力圖描述演出實況的事後文字紀錄，又容易像電影分鏡劇本一樣有淪為難以卒讀的技術手冊之虞。

劇場脫文學之鉤，向視聽藝術靠攏，已既成事實。也因此，劇本的可讀與否越來越無法反映表演藝術的輕重高低，但單就其中歸屬於文學的這個部分而言，仍大有可觀。我們看到金士傑、賴聲川、王友輝、紀蔚然等等自成一家的當代劇作家，無不是劇場裡的實踐者，而十多年來在實驗企圖中最為堅持、風格卓著的幾個小型劇團如河左岸、臨界點劇象錄、臺灣渥克、莎士比亞的妹妹們，也都貢獻出了他們極富批判深度與藝術想像力的劇作。作為臺灣文學的一環，劇本創作在質與量上，都是當之無愧的。

伍、現、當代重要劇作家與作品

一、林摶秋《高砂館》

1943年4月28日以日文發表於《臺灣文學》第3卷第2號（夏季號），同年9月2日由「厚生演劇研究會」於臺北永樂座首演，被譽為臺灣新劇運動的劃時代作品。

林摶秋（1920-1998）曾於留日期間擔任戲劇編導。1943年返臺

後，與呂赫若、呂泉生、張文環等文化精英密切往來，發表《醫德》
與《高砂館》兩篇劇作，二者的思想和取材都來自臺灣本土，表現出
劇作家顧視鄉土、審思自我的一面。

　　《高砂館》共分四場，背景設在中日事變後不久的冬天，基隆港
邊一家老舊餐旅店「高砂館」內。全劇以阿秀（店內餐飲部經營者阿
富的女兒）與吳源（旅店主人）等待未歸人作為情節主線，描述吳源
的兒子木村赴滿洲闖蕩事業，卻一去五年音訊全無，留下吳源日夜盼
望；阿秀則是成日失魂落魄，朝暮守候碼頭的船鳴聲，等待著與木村
同赴滿洲的男友國敏歸來。在兩人一再落空的期盼中，高砂館內陸續
上演一幕幕小人物生活悲喜劇。劇作家以小人物生活為本，將時局淡
化處理。當今的研究者認為此劇相對於戰爭期文藝的主流價值，反映
出劇作家不合作、疏離乃至厭戰的意識。

二、簡國賢《壁》

　　1946年6月9日至13日由「聖烽演劇研究會」於臺北中山堂以臺語
首演。導演為宋非我。該劇舞臺從中畫分成兩個區域，中間隔著一道牆
壁，一邊住著靠囤積米糧發財的商人錢金利一家，一邊則住著貧病交迫
的失業工人許乞食一家。「壁」的臺語發音是Bia，在本劇中至少有兩
種含意：一是本意「牆壁」，代表隔閡、阻礙，從中對比出貧富懸殊的
兩個世界；一是同音異義，作「欺詐」解，反映官場的貪污腐敗。

　　《壁》劇反映當時的社會現象，並對腐敗的官僚體系、失當的政
經措施，帶有諷刺與批評之意。由於演出轟動，原欲加演，卻遭警方
查禁，理由是劇本帶有挑動階級鬥爭的內容。同年8月22日，臺灣省行
政長官公署便制訂了「臺灣省劇團管理規則」，管束全臺戲劇活動。

簡國賢（1913-1954）留學日本學戲劇，回台後與宋非我，結合臺灣原有的劇團成員及好友組成「聖烽演劇研究會」，諷刺時政，以臺灣話公演現代話劇，帶起臺灣的戲劇活動。《壁》遭禁演後，「聖烽演劇研究會」形同解散。「二二八事件」爆發後，簡國賢加入台共組織，轉入地下活動，後遭逮捕槍決。

姚一葦《戲劇原理》書影

三、姚一葦《碾玉觀音》

身兼劇作家與戲劇學者的姚一葦（1922-1997），是臺灣現代劇運的重要推動者。他在1967年發表其創作的第三個劇本《碾玉觀音》。取材自宋人京本通俗小說，探討現實世界與藝術領域的微妙關係，闡述了藝術的本質和功能。全劇分為三幕，第一幕，作者表現了至美的藝術情操卻不能為世人所接受。第二幕是描寫藝術家面對現實生活的抉擇，第三幕描寫藝術和現實是兩條永不相交的平行線。劇作者把男主角崔寧塑造為一個落魄的藝術家，一個戀愛事件（現實世界）中的失落者，又是頗具宗教意味的殉道者，女主角秀秀則相對地是一個主動而堅強的女性。作者將原本的鬼故事做了徹底的改變，並自言這個劇本「從鬼的世界轉化為人的世界；更把崔寧提升到藝術家的境界。」

張曉風照片／《文訊》提供

四、張曉風《和氏璧》

　　張曉風（1941-），散文家、劇作家。劇作多由「基督教藝術團契」製作演出，活躍於七〇年代，跳脫反共與政治八股，思想淵源多來自中國文化及基督教信仰，取材融合古今中西，擅長將古典題材加以現代詮釋，探討人性、生命、真理等亙古話題，常被稱為「哲理劇」或「意念劇」，劇本風格著重非寫實和詩意，命題嚴肅、意念先行，人稱「劇場裡的傳道者」。所有劇本都曾被正式演出，代表作有《第五牆》、《武陵人》、《自烹》、《和氏璧》、《第三害》、《嚴子與妻》等。《和氏璧》取材自〈卞和獻玉〉，以藝術家堅持對真理的追求，對比世代強權的顢頇愚昧，實有大膽的政治諷刺寓意，又帶有希臘悲劇的悲愴宿命感。

五、馬森《花與劍》

馬森（1932-）為小說家、劇作加、及戲劇學者。八〇年代的眾多獨幕劇採非寫實的荒謬劇場風格，反映當時的社會幽閉氣氛。《花與劍》的故事由一個兒子回到父親的墳墓，這個墳墓是分為左右兩個的雙手墓，一個葬著執花的左手，另一個則葬著執劍的右手。原為印證對父親的認同，卻在和母親的交談中，推翻了所有事實。全劇只有兩個角色，一個是兒子，另一個則是臉上帶著四個面具的鬼，這四個面具分別是母親，父親，父親的朋友，最後是一個骷髏頭。

六、金士傑《荷珠新配》

金士傑（1951-）為活躍的演員及編導，1980年他將京劇《荷珠配》改寫為《荷珠新配》，以耕莘實驗劇團成員為主所成立的「蘭陵劇坊」成員，在該年中國話劇欣賞演出會主辦的第一屆實驗劇展中，於臺北藝術館首演。劉靜敏飾演「荷珠」，李國修飾演「趙旺」，李天柱飾演「老鴇」，卓明飾演「劉志傑」，接下來三年內連演33場，引起社會認同，開啟了現代劇場風潮。

金士傑劇本作品書影

原劇為一個插科打諢的丑戲，金士傑藉一個妓女假冒千金的情節，諷刺現代社會身份錯亂

的現象，採用一桌二椅的傳統戲手法，精簡地調度時空交錯的劇情，
為一傳統元素與現代劇場觀念融合的佳例。

七、賴聲川《暗戀桃花源》

賴聲川《如夢之夢》書影

　　賴聲川（1954-）創立的
「表演工作坊」為八〇年代迄
今臺灣最具影響力的現代劇
團。《暗戀桃花源》為繼創團
作《那一夜，我們說相聲》之
後推出的作品，1986年3月3
日於南海路國立藝術館首演，
描寫兩個劇團同時在同一劇場
裡排演；一齣為時裝悲劇《暗
戀》、另一齣為古裝喜劇《桃
花源》。兩劇風格對比、卻主
題互補：《暗戀》發生在臺北
某醫院病房裡，生命即將結束
的老先生江濱柳，回憶起1948年在上海與女友雲之凡美麗的愛情，後
因國共戰亂江濱柳隨國民政府遷台，就再也無法完成與雲之凡相會的
約定；《桃花源》構想來自陶淵明的《桃花源記》：漁夫老陶面對妻
子與客棧老闆姦情與生活經濟上的嘲諷，憤而離家捕魚盼有所穫，在
誤打誤撞中發現了桃花源，返家後才發現，妻子與情夫已變成和他們
當初一樣的怨偶。此劇並於1991年由賴聲川本人拍攝電影版本，劇場
版亦多次在兩岸重演。

八、田啟元《白水》

《白水》於1993年首演，改編
自《白蛇傳》中的〈水漫金山寺〉一
折，主要角色為白蛇、青蛇、許仙、
法海四人，均安排由男性演員飾演。
四個演員除了飾演白蛇、青蛇、許
仙、法海外，亦兼飾「歌隊」。語言
文白奇妙交糅，主題探討現代性別、
婚姻、法統、文化規範、道德、和價
值系統等方面的思考。

田啟元《毛屍》劇本書影

田啟元（1964-1996）創立的
「臨界點劇象錄」為一前衛、風格化
的小劇場代表性團體，極具批判性，
是國內第一個碰觸同志、愛滋病議題、雛妓議題的劇團。代表作有
《毛屍》、《白水》、《瑪麗瑪蓮》等。

📖 **延伸閱讀**

· 黃美序主編：《中華現代文學大系·臺灣一九七○一一九八九·戲劇卷》（臺北市：九
歌，1989年，初版）。
· 胡耀恆主編：《中華現代文學大系（貳）臺灣一九八九一二○○三·戲劇卷》（臺北市：
九歌，2003年，初版）。
· 鍾明德：《臺灣小劇場運動史：尋找另類美學與政治》（臺北：揚智文化，1999年，初
版）。

第19章　再現台灣田野的共同記憶──當代台灣報導文學

◎須文蔚（國立東華大學中國語文學系 副教授）

壹、文類流變史

　　自1949年以後，報導文學在臺灣五〇到六〇年代的文學史上是罕見的。只有少數文學家展開文史記錄的工作，賡續報導文學的命脈，其中最著稱者為吳新榮，他從1952年起十五年間對台南縣及嘉義縣部分進行了七十四次的田野調查工作，留下珍貴的《震瀛採訪錄》，成為臺灣報導文學的前驅者。至於官方的「國軍文藝金像獎」、「中山文藝獎」中，雖然設有報導文學獎項，但無非反映反共抗俄文學的主流價值，或是資深記者駐外的通訊或見聞，缺乏針對鄉土、環境記錄的動人報導。

　　在五〇到六〇年代政治氣氛的壓縮以及官方對媒體的全面操控之下，報導文學在臺灣也缺乏發展的條件。當時對於報導文學作品也多所貶抑，例如新聞學者程之行就曾經批評這類作品重於事實的推敲，作者藉此宣示主觀的看法，而不顧新聞的客觀

吳新榮自1952年起十五年連續七十四次的田野調查，為台南留下珍貴的報導文學作品。圖為《南瀛文獻》書影

柏楊以鄧克保筆名於《自立晚報》連載「血戰異域十一年」，出版時易名《異域》。1999年香港《亞洲週刊》票選「二十世紀中文小說一百強」之一。圖為《異域》書影／台文館提供

性，時效方面也不重視，一開始就與新聞本質有矛盾。政治氣氛的壓縮以及官方對媒體的全面操控之下，報導文學在臺灣根本缺乏發展的條件。直到柏楊以《異域》一書，在六〇年代初，普遍受到文化界的側目，算是首度挑釁了報導文學在文壇幾近三十多年禁制。

在一九六〇年代中葉，以特寫著稱的《綜合月刊》（Scooper Monthly）由張任飛於民國1968年11月創辦。張任飛原任當時最暢銷的《讀者文摘》中文版駐台代表，卻認為像《讀者文摘》如此高水準的雜誌竟為外國人所辦，實為本國人之恥。因此他堅持以美式的新聞特寫寫作手法，進行時事的深度、調查與解釋的報導，成為臺灣報導文學的先聲，也將「報導文學」與「報告文學」的文體特質加以分離，與個人紀實或抒情的散文漸行漸遠，而是重視寫作的簡明與口語化，要求文章要簡潔、通順、有創見，以深入淺出方式書寫出具有文學價值的新聞報導。

1975年《中國時報》「人間」副刊推出了一個新型專欄「現實的邊緣」，提倡以文學的筆、新聞的眼，從事人生採訪。隨後更於時報文學獎中增設報導文學一類，試圖尋求一種「有社會性前瞻性和文學性的新聞學形式」，期使這種「直接有力、融合新聞與史觀、結合事實與思考的新形式能為文學注入新的血脈。」隨著七〇年代的到來，社會運動隱然騷動，也就重新引燃報導文學的燎原火勢。

貳、台灣報導文學分期介紹

六〇年代柏楊的《異域》原以「血戰異域十一年」連載於民國五十年的《自立晚報》，署名「鄧克保」，其後由平原出版社出版，易名「異域」（1961），流傳極廣。本書書寫1949年底從雲南往緬甸撤退國軍奮戰的歷程，由於他們受到共軍、緬軍的夾擊，流亡在緬甸與泰國邊境，孤立無援的故事，加上以鄧克保第一人稱的見證與紀實，感動了相當多讀者。雖然世人都已知道鄧克保是柏楊的化名，他以第一人稱「我」敘述，像是自傳體，但柏楊並未參與其事，而是一種「代言」，不過發表及初版的當時，人們都信其為親身經歷者的報告，這就形成文類歸屬上的歧異，在《柏楊全集》出版時，仍列入報導文學類。雖有不同研究者爭辯此書文類的歸屬，有認為屬

《異域》不同版本之書影

於小說，亦有認為是報導文學，但如就較為寬廣的定義模式，以小說筆法，作者以主人翁的第一人稱敘述一個真實的故事，應仍在報導文學的範疇內。臺灣報導文學在七〇年代開始蓬勃發展，也和臺灣文學與社會運動發展的有密不可分的關係。

一、鄉土文學與報導文學同時萌芽的七〇年代

1971年1月，釣魚台問題引發留美學生抗議示威，也引發島內以愛國運動為名義的社會運動與學生運動力量集結，是為「保釣運動」。社

會運動勃興，文學界很快附和挑戰，1972年2月關傑明於中國時報人間副刊發表〈中國現代詩的幻境〉及〈中國現代詩的困境〉二文，針砭現代派詩人的主張與選集，使當時詩壇陷入「困境」和「幻境」，隨即引發所謂的「現代詩論戰」。在此風波下，高信疆於1973年5月接掌「人間」副刊，他在1975年7月14日推出「現實的邊緣」的專欄，可謂人間副刊長期推動報導文學的濫觴。

《夏潮》雜誌／《文訊》提供

1977年鄉土文學論戰在報端點燃，文學藉以小說、報導文學書寫涉入社會現實的行動引發騷動。同時揭櫫「批判的現實主義」大旗的《夏潮》雜誌，不但刊登過由古蒙仁、張良澤等人書寫的五篇報導文學作品，也仿效楊逵，於1977年1月以「我一天的工作」為題，舉辦徵文，徵求各行各業者實在的故事，透過報導文學的體例，把讀者拉進了批判、控訴與生活實踐的革命行列中。

值得注意的是，當時一度離開人間副刊的高信疆，在1978年重掌主編，立即籌辦第一屆時報文學獎，並且開風氣之先設置「報導文學」項目，試圖尋求一種「有社會性前瞻性和文學性的新聞學形式」，期使這種「直接有力、融合新聞與史觀、結合事實與思考的新形式能為文學注入新的血脈。此舉不但為報導文學正名，取得正當性，而且就時代氛圍上，報導文學為當時正熾的鄉土文學論戰打頭陣，創造出一番新氣象。

　　時報文學獎的作品，無論是古蒙仁的〈黑色的部落〉，邱坤良的
〈西皮福路的故事〉，翁台生所書寫的〈瘋瘋病院的世界〉，陳銘磻的
〈最後一把番刀〉，林元輝的〈蘭陽平原上的雙龍演義〉，馬以工的
〈幾番踏出阡陌路〉，以及心岱的〈大地反撲〉，一時之間均成為報導
文學作品的典範。

　　其中古蒙仁的〈黑色的部落〉是臺灣報導文學早期的「範例」
作品，〈黑色的部落〉樹立了重要的文體要素，就是以見證者身分調
查、訪問與報導，並夾述夾議，以第一人稱觀點寫作。古蒙仁的報導
較顯主觀，時時看到「筆者」的身影，除了在「漸趨式微的狩獵業」
一段，作者現身，以平地人的笨拙與山地人的敏捷相對比，而顯現出
趣味外，大多數的段落，「筆者」的出現會較接近遊記的筆觸。不但
散文的筆觸對其後報導文學造成相當大的影響，也讓原住民議題成為
經常出現的題旨。

　　邱坤良所寫的〈西皮福路的故事〉是臺灣報導文學早期的另一種
「範例」作品，偏向田野調查的學術報告，考證嚴謹，但同時「筆鋒常
帶感情」，全文可讀性高，也就成為臺灣報導文學的另一種書寫樣式。
本文介紹臺灣戲曲西皮、福路的歷史源流，作者藉由人情趣味的筆法寫
歷史傳說。西皮福路的分裂源於兩派的相互嘲笑，西皮福路的對抗，超
越地緣的關係、血緣的關係，居然和「金牛」的「膨風」，與「流氓」
的煽動有關係，讀者不只可以看到事件，更可以從事件中體察微妙的人
情。這一類轉化學術研究的報導作品，使臺灣報導文學的發展，出現了
較為學術論述的傾向。

　　相對於現實主義在人間副刊與另類雜誌的湧現，1977年接掌聯合
副刊的瘂弦無疑創造了一種現代主義式的「鄉土文學」，聯合副刊也提

倡報導文學。同報系的《民生報》1978年創
刊，也相當重視環保、生態與鄉土等議題，
陸陸續續藉由報導文學作品加以深化，林元
輝關心臺灣黑熊保育的作品〈黑熊悲血滿霜
天〉也正是藉由民生報的一隅刊出，引發當
時方興未艾的保育界極度的重視與討論。

　　而另一個並不強調批判的現實主義，而
是將鄉土文化精緻化的平面媒體，則是《漢
聲》雜誌。這一份雜誌將鄉土、傳統與現代
精緻攝影技術接和的模式，「傳統」成為鄉

瘂弦接掌聯合副刊期間，相
當重視報導文學／《文訊》
提供

土回歸的代名詞，消弭了現代與傳統的對立性，進而成為一種商品。
報導文學的批判力道很快就被主流媒體給收編，轉化成柔軟的實用資
訊，第二屆時報文學獎報導文學類推薦獎頒給漢聲雜誌的〈國民旅遊
專輯〉，可見一斑。不過報導文學微弱的的社會運動力量不斷遭到主
流媒體削弱，加上1979年爆發「美麗島事件」後的風聲鶴唳，特別是
《八十年代》與《夏潮》等政論雜誌先後遭到行政院新聞局停刊，島內
言論環境一時風聲鶴唳，報導文學的論述與主題也就停留在原住民、文
化、弱勢族群、生態與環保等議題書寫上，沒能跨越到更深刻的勞工、
農民甚至政治等公共議題上。

　　回顧七〇年代報導文學的興盛，並不僅僅是單純的寫實主義復
甦，如是的寫作形式不妨視為從文學理論思潮的變遷昇華出的一種新
的實踐方式。對文學工作者而言，透過這種服務於現實人生的良心作
業，文字工作已經不是純粹的創作，更包含了追求真實與推動變遷的
目的性了。

二、社會運動與報導文學整合的八〇年代

表面上，八〇年代以後報導文學似乎開始式微。在報禁解除之後，文學副刊隨著報紙的增張漸漸退居角落，影響力逐漸式微。編輯人為求在激烈的報業市場上能有競爭力，「文學副刊」已然轉變為大眾文化論壇，受到大眾消費文化的影響，使得「輕、薄、短、小」成為八〇年代副刊論述的主流，報導文學因之退出副刊文學的行列。

副刊不再支持報導文學，使得需要媒介經濟奧援的作者無法繼續從事創作工作。民生報副刊「天地」的取消，以及時報報導文學獎自第6屆到第13屆的取消，都使得創作誘因中斷。另一方面，編輯人的「計畫編輯」轉向文化批評與專題製作，一旦報導文學不受新生代副刊編輯的青睞，加上平民大眾寫作風潮勃興，聯合報「繽紛版」、中時「浮世繪版」甚至比副刊還受到歡迎，報導文學的市場優勢已經蕩然無存。

其實這樣的觀察都是以「文學副刊」與「文學獎」為核心的看法，報導文學其實在八〇年代才開始真正與社會運動結盟，利用報紙與雜誌繼續實現寫實主義文學的理想，產生了豐富的報導成果。

事實上，如果把眼光放大到文學獎作品以外的文學場域，在八〇年代，報紙副刊上所刊登的報導文學作品仍有引發社會關注的鉅作。其中以柏楊關心患罹患「先天性魚鱗癬症」的馬來西亞華僑張四妹，寫下的〈穿山甲人〉一文，

1985年《人間》雜誌創刊，秉持關懷弱勢族群的理念，開啟了報導文學中的社會運動能量。圖為《人間》雜誌

經人間副刊登載，進而轟動全臺灣與東南亞的華人社群，長庚醫院和中國時報讓張四妹免費接受醫治。在二十一世紀伊始，香港電台廣播劇還根據此篇報導，加上採訪，製作了長達二十五集的廣播劇「穿山甲人」，足證此篇報導的感染力跨越了地理的疆界。

同時在臺灣解嚴前後，也就是1985年間，陳映真懷抱著「從社會弱小者的立場去看臺灣的人、生活、勞動、生態環境、社會歷史，從而進行記錄、見證、報告和批判」的理想，結合臺灣著名的報導寫手與攝影記者，創辦了《人間》雜誌，開啟了集結社會運動能量到報導文學中的道路，也累積了可觀的作品量。

陳映真表示，《人間》雜誌有兩條編輯上的指導思想：一是，以文字和圖像為媒介，從事對於生活的觀察、發現、記錄、省思和批評；二是，站在社會上的弱小者的立場，對社會、生活、生態環境、文化和歷史進行調查、反思、記錄、和批判。臺灣的報導文學至此，可以說回應楊逵在1937年倡議的寫作方向，大量來自人民生活現場的聲音與畫面藉由雜誌刊載出來，揭露了原住民運動、環保運動、生態保護運動、雛妓保護、兒童保護、農民運動、學生運動、工人運動以及政治受難者權益恢復等社會運動議題。臺灣的報導文學至《人間》雜誌上的作品出現，才進入了一個新的、比較成熟的階段。

當時報導、批判和文學感染力俱佳的作品不少，諸如官鴻志書寫曹族少年湯英伸接受司法審訊始末的〈不孝兒英伸〉與〈我把痛苦獻給你們〉；藍博洲報導寫地下黨員郭琇琮的〈美好的世紀〉，以及揭露基隆中學校長鍾浩東在白色恐怖時代，因為思想問題遭受政治迫害與處決的〈幌馬車之歌〉；以及廖嘉展寫白化症兒童處境的〈月亮的小孩〉等作品，都引起社會廣泛的重視，間接促成了原住民運動、平反政治犯以及

促進兒童福利等社會運動者的結盟與行動。

　　臺灣當時處於社會遽變的時代，社會運動與民主運動如野火般燎原，但是無論規模、動員力與理論論述都不成熟。雖然於1989年，《人間》雜誌因為經濟因素被迫休刊，但是這一批文學工作者在文壇上、新聞界與社運界所引起的騷動，卻不容忽視。

三、文字貼近土地的九○年代

　　解嚴之後，隨著社會環境的開放，社會運動議題更加多元與具有行動力，報導文學在九○年代進入了豐收的年代。大體上，有兩股重要的力量彰顯出報導文學的生命力：一是，透過廖嘉展、顏新珠、藍博洲、李文吉、鍾喬、賴春標等人繼續從事田野工作，《人間》雜誌的理念仍在臺灣各個角落發酵與傳布；二是，更多投身臺灣文史工作與社區營造者，他們孜孜不倦地從事報導文學創作，建構出更多新穎與貼近臺灣土地的報導議題。

廖嘉展《老鎮新生》書影

　　九○年代臺灣的報導文學中，曾經投身《人間》雜誌工作者後續的堅持，交出許多亮麗的成績單。像廖嘉展與顏新珠夫婦投身社區營造工作，先後在嘉義新港與南投埔里的記錄，都讓讀者為

《天未亮：追憶一九四九年四六事件》書影

之動容。1995年廖嘉展出版的《老鎮新生》，曾獲得次年中時開卷年度十大好書，是臺灣第一本完整書寫社區運動的報導文學作品，生動記錄了「新港文教基金會」的形成過程，以及它如何凝聚新港鄉里的共識，推展出截然不同的社區文化運動，也啟發了許多後起的臺灣社區營造工作團體。

相對於廖嘉展、顏新珠投身社區營造工作，鍾喬熱中社區劇場的理論建構，藍博洲則堅持走向政治事件的揭露上，他從1990年開始，陸續出版的《日據時期台灣學生運動》、《白色恐怖》、《尋訪被湮滅的台灣史與台灣人》、《共產青年李登輝》、《天未亮：追憶一九四九年四六事件》、《麥浪歌詠隊》等著作，都以一種特異獨行的姿態，重新檢視臺灣的「白色恐怖」史實，希望能展示當年敢於螳臂擋車，奮不顧身與威權政權、帝國主義勢力相抗衡，站在窮農的位置作鬥爭的左翼運動前鋒的事跡。藍博洲希望在社會運動的能量未能擴散前，能重新為定出一個更周延的基調，而不要讓歷史記憶淪為輕浮的政治符號，成為機會主義者與政客的工具。

事實上，九〇年代開始落實的文史工作、社區營造、生態保育、女性主義與原住民運動，不只由《人間》雜誌的同仁開拓戰場，相關論述大量在這個時期出版，展示出臺灣報導文學厚重的深度。

長期從事文史記錄的楊南郡、

楊南郡對古道與遺址有深入的探勘與報導。圖為《台灣百年前的足跡》書影

徐如林、鄧湘揚、瓦歷斯・尤幹等人，
他們從文史工作的田壤細細培植出的報
導，都有歷史文獻的深沉，其中傳來原
住民蒼涼的悲泣聲，又兼有報導文學帶
來的臨場感。

楊南郡從事登山、臺灣南島諸語
族文化、古道、遺址探勘研究，長達
三十年之久。他在九〇年代出版與翻譯
的系列報導作品，諸如《台灣百年前
的足跡》、《與子偕行》（與徐如林合

鄧相揚的〈霧重雲深〉曾獲時報文
學講，後又以《風中緋櫻》為名拍
攝連續劇與出版

著）等，都獲得極高的評價。他在1992年獲得第十五屆時報文學獎報
導文學類的〈斯卡羅遺事〉，書寫斯卡羅族的歷史，兼論從清代以降，
這個漢化最早，也最早受到日本「撫育」的原住民族，部落文化遽然中
斷，族群的歷史步向茫茫風中的窘境。

無獨有偶的，1993年的時報文學獎報導文學類頒給書寫霧社事件
的鄧相揚，這位生長在埔里的醫檢師，長期關心原住民歷史，利用工作
之暇，從事「霧社事件」與泰雅族、邵族、平埔族的田野調查。鄧相揚
的〈霧重雲深〉一文，寫霧社事件中，擔任霧社地區最高警政首長的佐
塚愛祐家族的故事。透過翔實與跨越國界的調查採訪，這篇作品揭顯了
佐塚愛祐的泰雅族妻子亞娃伊・泰目與子女，在家國劇烈的變動中，在
泰雅族的弱勢、日本的戰敗、臺灣政權的漠視下，顛沛流離，沒有歸屬
感，沒有族群認同，失根飄零的窘迫。

鄧相揚以大河式家族史來鋪陳報導文學，氣魄上確屬罕見，但可
惜無法兼顧深層指涉殖民權力與宰制的思辯，也無從以原住民角度思

索其真實處境的問題。原住民作家瓦歷斯・尤幹的作品〈Mihuo〉、〈Losin Wadan〉二文，表露出身為泰雅新一代知青對於祖先記憶的孺慕企仰，也以第一人稱的見證方式，融合了小說、現代詩、散文的技巧，並挪用神話與札記的形式，描寫出現代原住民回歸部落、追找祖靈榮光的反省與批判過程。他不僅追尋泰雅的記憶與神話，透過書寫瓦歷斯・尤幹創造了新的自我，他的報導以「當地人視域」的觀點出發，言說權與詮釋權，歸泰雅所有，展現出歷來從事原住民報導文學時少見的可信度與真實感。

　　同樣在處理族群認同的問題，長期從事金門文史工作的楊樹清，由於有遊學加拿大的特殊背景，無論在〈被遺忘的兩岸邊緣人〉中處理發生在兩岸隔離環境下，由於政治管制導致手足骨肉分離的荒謬處境，或是小留學生及新移民失根漂流的現象，都有獨到之處，也開發出了具有新聞性的新題材。

　　在九〇年代的生態書寫方面，報導文學並未缺席。長期開發自然生態書寫的劉克襄，寫步道、森林、生態，可說已經蔚然成家，也有不少保育工作者奉為社會實踐的重要讀本。另一位值得注目的生態書寫寫手當屬楊南郡的夫人徐如林，她的報導文學作品雖然不多見，但她與楊楠郡

劉克襄長期開發自然生態書寫卓然成家／
《文訊》提供

為了踏勘古道，一同進出國家圖書館、博物館，遍讀清末的「月奏摺」相關文獻，再查證日人有關臺灣古道的資料、著作。接著便冒著生命危險，親至人煙罕至的山區，探尋百年前的古道的精神，令人感佩。歷經重重險阻記錄下的〈在台灣，一條生命之河的故事——源自聖稜線〉，以考證的資料配合感性的人文關懷寫淡水河，猶如讀《水經注》。

《阿媽的故事》書影

九〇年代開始大量出現論述的女性主義運動，也不乏以報導文學與全民寫作的模式，打動人心。最著名的例子應為，1995年初秋台北市女性權益促進會所推出《阿媽的故事》和《消失中的台灣阿媽》兩書，以及1998推出的《阿母的故事》徵文比賽選集。透過以報導文學的筆法「重構臺灣婦女生活史」，顯現出時代變遷、性別結構改變的痕跡，十分動人，也讓人們從文學中深思女性主義運動的重要性。

真正讓報導文學與社會運動互為表裡的，莫如1999年九二一集集大地震後，文學界與社運界對於震災帶來傷痛所積極從事的書寫。在文化界自發性的書寫與結集，在地震週年時由林黛嫚主編的《九二一文化祈福——在地的記憶 鄉土的見證》可為代表，其中除了回顧地震的創傷外，不乏對災區社會運動工作者的推崇。而更為具體以文字與社會運動結合者，則為災區的社區報工作者，他們作為社區總體營造的推手，協助各個集體組織動員其支持者，幫助他們傳達具有實效的抗議意見，

並提出在地與另類的政策與方案。

從災後社區媒體的表現中，藉由不斷地創造議題，成功動員了地方居民，引入外來資源協助地方重建，中寮鄉的「中寮鄉親報」相當著稱。2000年須文蔚的〈五個女子和一份報紙〉就在介紹這份鄉親報，這份以果然工作室成員組成的報紙，在地震之後以專業媒體的身分進駐中寮，陸續報導中寮的組合屋問題、土石流問題等，企圖喚起鄉民對這些問題的注意，一方面不斷地創造新聞議題，吸引主流媒體和中央政府聚焦；一方面又鼓勵鄉民組織巡山團隊，建立土石流預警制度，並把鄉民踏勘整理的土石流危險地段名單對外發布。

另一股民間力量的推動者，莫屬「921民報」。這些出身於《人間》雜誌的工作者，像是李文吉、藍博洲等人，意識到災區社區報皆有經費、人力及讀者群侷限的問題，因此希望透過組成「災區社區報編聯會」，發行聯合性的社區報，一方面透過共同印刷、人力共享的方式，達到節省人力、物力及資源的效果，以有效地運用社區報有限的資源；一方面也希望透過議題的結盟，達到經驗交流，集結災區輿論壓力的效果。

📖 延伸閱讀

・向陽、須文蔚編：《臺灣報導文學讀本》（臺北：二魚，2003年）。
・鄭明娳：《現代散文類型論》（臺北：大安出版社，1987年）。
・陳幸蕙編：《現實的探索──報導文學討論集》（臺北：東大，1980年）。
・楊素芬：《臺灣報導文學概論》（臺北：稻田，2001年）。
・李昂編選：《鏡與燈》（臺北：中國文化大學出版部，1984年）。

第20章　當文學觸了電——
當代台灣數位文學

◎須文蔚（國立東華大學中國語文學系 副教授）

壹、文類流變史

　　數位媒體應當是二十世紀末到本世紀初最受文壇矚目的新媒體，數位科技不斷地把作家與讀者帶進這個看似虛擬，其實千真萬確存在的空間中。數位文學肇端於一九八○年代，臺灣出現錄影詩學、電腦詩、電玩小說等前衛書寫，作者透過和電子語言互文，導入了蒙太奇、數位符碼、多向文本等語言和敘述模式，展現出後現代文學的一種風貌。在一九九○年代初「電子布告欄系統」（Bulletin Board System, BBS）問世後，引發新生代作家構築新書寫社群的風潮。乃至九○年代中期大量出現在全球資訊網的各種多向文本、多媒體、互動、立體乃至於虛擬實境式的數位文學作品，為文體發展開拓了全新的領域。

　　會採用數位文學的概念而捨棄「網路文學」一詞，乃因早在九○年代網路昌行以前，現代詩的作者就已經運用／模仿數位語言形式進行前衛書寫，其努力與啟發性不容忽略；二方面，網路是新形態的傳播工具，在文學論述上，一般不會以媒介名稱視為一種特殊文類或文體；三方面，目前出現在全球資訊網上含有非平面印刷成分並以數位方式發表的文學作品，事實上不見得只能在網路上展現，同樣可以光碟出版，或以離線電腦陳列之，以網路文學稱之似乎過於狹隘。四方面，在網際網路出現前，教育工學的領域內，早已提出「多媒體」

（multimedia）的概念，企圖描述一種電腦驅動的互動溝通系統，用以製作、儲存、傳遞和檢索文字、圖形以及聲音的資訊網。為廣泛地討論這股錯綜複雜的現代文學潮流，應當以這些現代文學作品共同觸及的基本元素——數位——為核心，選定「數位文學」一詞，比較能回歸到無論是資訊處理、媒介形式與傳輸方式的本質上，縱令未來媒介形式再生變化，無論是走向無線通訊、虛擬實境等數位科技的整合，此一名詞仍有適用的空間。

一、數位媒體對出版、編輯與書寫的影響

電子布告欄在九〇年代初問世，召喚了龐大的現代詩創作人口上網書寫、閱讀與相互評論，吹響了數位文學時代的號角，成為新生代作家發動文學革命的基地。特別是這些校園文學社群以網路為媒介，試圖打破傳統文學副刊、同仁刊物與出版社主導權力，重建新的文學論述，成為去中心的革命力量。

《詩路：臺灣現代詩網路聯盟》網站畫面

《臺灣文學研究工作室》網站畫面

從九〇年代中期以降短短幾年間，無論是大型的文學站台，例如《南方》、《詩路：臺灣現代詩網路聯盟》、《臺灣文學研究工作室》、《暗光鳥》、《天涯文坊》等，或是

作家個人網頁的建構，新的「讀寫」關係，使讀者可以免費取得文學
訊息，也影響讀者的閱讀習慣。

　　傳統印刷媒體加入網路文學環境的建構，更把傳統文學傳播的觸
角延伸到虛擬空間中。繼《中時電子報》於1998年開始刊登「人間副
刊」後，1999年9月「聯合副刊」也躍上網際網路，文學副刊很快在網
路上與新興文學社群抗衡，從網路上吸納新的寫手，接納了新生代的
書寫模式。影響所及，九〇年代以降，因為網路的影響，大眾文學創
作有了更成熟的面貌，諸如：痞子蔡、藤井樹等作家的崛起，帶給文
壇新的書寫風尚。

二、前衛的數位文學創作實驗

　　文學創作者不僅僅滿足於把「平面印刷」文學作品數位化，開始
利用網路或電腦的特質創作數位化作品，網路上也發酵出許多新穎的
作品。這種不同於平面印刷媒體上所呈現的文學作品，也就是鎖定在
當代文學理論上慣稱的「超文本文學」（hypertext literature）或「非
平面印刷」作品，利用HTML或ASP語言、動畫或JAVA等程式語言
為基礎，創作出新形態的「數位文學」作品，在全球網際網路（world
wide web，WWW）吹起了文學革命與文類變遷的號角。

　　前衛的數位文學創作正如同後現代思潮下的現代詩、現代畫、現
代音樂與舞蹈一樣，在表現上都乞援其他媒體的表現方式，整合了文
字、圖形、動畫、聲音的數位「文本」，也映出三個傳統文學創作所
缺乏的特質，就是多媒體、多向文本、互動性。一方面，也正因為網
路多媒體的體質，網路「書寫」便形成一種新的語言，加以傳統具有
規約性的語碼在此遭到顛覆，讓實驗者透過電腦科技揉合各種文學技

法，創造並重行建構新的語彙與語言。二方面，網路最吸引人的閱讀模式，莫如多向文本的跳躍與返復。三方面，互動詩則讓作者與讀者共同完成作品，作者引退，提供基本的素材，讀者利用自己的生活經驗及想像，協力創造出一個藝術品。

貳、台灣數位文學分期介紹

一、網路普及前：從詩的聲光到電腦詩

在網路普及前的八○年代，現代詩壇就已經引發一場多媒體整合的運動，其中以「視覺詩」、「詩的聲光」、「錄影詩學」等不同名目出現，接續者更提出「電腦詩」的主張，為後續的數位文學提出了基礎的理論框架。

從八○年代初期《陽光小集》提出結合詩歌書畫藝術的主張開始，「視覺詩」一時之間成為八○年代的新風潮。白靈與杜十三等人以詩的聲光活動，實踐詩與朗誦、音樂、繪畫、舞蹈以及各種多媒體藝術的整合理論。

事實上，羅青也感受到傳播科技革命帶來不同思考模式、表達方式與美感活動，因而有「錄影詩學」的主張，在詩中強化視覺與音響的因素，並且挪用電影分鏡表的操作形態，突破現代詩中分行詩、分

白靈《詩的聲光 ——一場詩影像的紀實》網站

段詩與圖像詩的類型，為詩學另闢蹊徑。

　　林燿德則運用電腦影像思維（cyber-image thinking）方式，思考電腦語言與電動遊戲的介面跳換邏輯，以及鋪設事件層層推進的法則。不過受限於當時電腦科技發展尚處於初探階段，網際網路尚未商業應用，林燿德所提出的「電腦詩」的文學評論，還只是停留在簡單的程式語言與文字的整合概念而已。他在評論與介

集新詩、小說、評論等跨文類創作的作家林燿德，在八〇年代就採用了電腦影像思維創作

紹黃智溶在1986年創作出由三組檔案合併而成的〈電腦詩〉時，盛讚黃智溶的詩思已經對後現代資訊社會現象有所滲透，並能以詩呈現出極限藝術式的冰冷簡潔，只見無情的程式等待著讀者套用、複製，而身為遊戲者的詩人正隱身在程式語言間窺視一切。

　　無獨有偶，透過「電腦詩」形式出現的作品最受矚目者，莫過於張漢良教授在編選《七十六年詩選》時收錄了林群盛的〈沈默〉，當時引起相當多的非議，主要質問的焦點就在於整首詩以電腦語言寫成，可以說是由符號所構成的，究竟「能不能」算是「詩」？當時引發了很大的爭議。張漢良就聲稱：「這種以單純符號構成的詩作，屬於泛視覺經驗，既然可以貼切地交代人機（電腦）介面的關係，可算是以語碼不足（undercoding）的設計，宣告了書寫的革命。」這個見解不但把「詩」的文本擴張到文字以外的區域，把「泛視覺經驗」納入詩的元素之一，更為數位文學開拓出無限可能的空間。

《晨曦詩刊》

二、網路普及時代初期：電子布告欄風潮

電子布告欄在九〇年代初問世，召喚了龐大的文學創作人口上網書寫、閱讀與相互評論，吹響了數位文學時代的號角。電子布告欄系統問世甚早，早在1978年就初具雛形，其運作的基本理念就是希望以低成本技術，由有興趣的使用者共同組成社群，以電腦為基礎的互動式傳播系統，用來達成文字傳播的目標。由於電子布告欄系統允許使用者自由上線互相溝通之特性，可帶給使用者高度之涉入感與互動性，遂逐步形成依各人興趣相投而組成之社群。

電子布告欄在九〇年代中葉陸陸續續就出現了文學專業的站台，但電子布告欄上的文學發表與討論有些紊亂，也缺乏編選。在《晨曦詩刊》提出編輯政策與出版詩刊後，後繼的《田寮別業》則讓創作力豐富的作者開設個人專屬版面，讀者可以輕鬆找到單一作者的代表作品，一窺這些新世代作者的風貌。更強調編輯概念者，則有政大的《貓空行館》的詩版，從1999年開始編選「貓空詩版年度精選」，由版主挑選精華詩作，按月分置入經選區，在這裡更

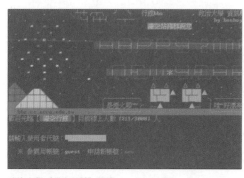

政治大學《貓空行館》網頁

可以清楚讀出網路詩壇形成的特殊語言表現
手法。另外還有一些重要的文學板，如臺灣
師範大學《精靈之城》、臺灣大學《椰林風
情》、淡江大學《蛋捲廣場》、成功大學
《夢之大地》的「詩議會」等文學版，也培
養出許多校園寫手。還有由馬來西亞的臺灣
留學生們創立的《大紅花的國度》詩版，也
可見到馬來西亞及臺灣現代詩的特殊互動情
形。

《雙子星人文詩刊》

　　這群為數眾多的新世代詩人以電子布告欄形態發動的文學革命，
確實引人側目，也提出了相當多具有分量的作品、評論與理論資料，
為文學社群不斷湧現的
生命力作見證。

三、網路普及時代：
WWW風潮

　　在全球資訊網際
網路上，從1996年後
次第出現相當具規模的
文學專業性站台，在現
代詩部份，有《創世紀
詩刊》、《詩路：台灣
現代詩網路聯盟》以及
《雙子星人文詩刊》，

米羅‧卡索（蘇紹連）的《現代詩的島嶼》網頁

向陽的《向陽工坊》網頁

在臺灣文學研究、理論上，則有《台灣文學研究工作室》，都分別展現出龐大的企圖心，經營專業性的文字、多媒體資料的建構。

為數眾多的作家設立個人網頁，如米羅‧卡索（蘇紹連）的《現代詩的島嶼》、陳黎的《文學倉庫》、向陽的《向陽工坊》、《林彧之驛》、《台灣網路詩實驗室》、白靈的《文學船》、焦桐的《文藝工廠》、侯吉諒的《詩硯齋》、李進文的《飛刀工廠》、陳大為的《麒麟之城》等，以及簡政珍、游喚及蕭蕭設立的個人網頁。其共同的特徵就是，網站中不但有翔實的個人簡歷，同時還提供作品，乃至於作品評論及現代詩理論論述，展現出網路作為現代詩表演的舞台，已經獲得普遍的接受與認同。

另一方面，在全球資訊網之上，文學創作者挾帶著多媒體炫目的技術，更具聲光之美，也更具互動性與選擇性，數位文學進入了一個新的境界。

在全球資訊網問世前，所謂數位詩指的是在網路上傳布的現代詩，或是模擬電腦語言的現代詩書寫，如此一來，任何將傳統「平面印刷」文學作品數位化，而後張貼於電子布告欄文學創作版或刊登於全球資訊網，均屬之。另一方面，隨著電腦科技的進步，利用網路或電腦特有的媒介特質所創作的數位化作品，不同於平面印刷媒體上所呈現的詩作形態，又擴充了數位詩的概念。後者也就是當代文學理論上慣稱的超文本文學（hypertext literature）或「非平面印刷」文學，可說隨著全球網際網路的HTML或ASP語言、動畫、JAVA、FLASH等程式技術的普及，與時俱進，因之應運而生。

數位文學自此無疑將成為一種新文類，這種整合文字、圖形、動畫、聲音的多媒體文本，並不僅止於純文字的表現，更包括了多向文

本（hypertext）的可能性，讀者不再隨著單線、循序漸進的思考方式閱讀，網頁程式寫作者在每一個段落結束要翻頁時，安排多重可選擇的情節，使讀者主動建構閱讀的次序與情節。如此生動而具前衛性質的文學實驗，在九〇年代中葉以降的網路文學園地中已經出現了活潑的身影。投身到這一波實驗創作的作家計有，曹志漣（澀柿子）、姚大鈞（響葫蘆）、李順興、向陽、代橘、蘇紹連、須文蔚、大蒙、林群盛、衣劍舞、海瑟、白靈、楊璐安等人。前衛的數位文學創作利用數位媒體的特質從事「寫作」，作品集結在1997年成立的《妙繆廟》，以及1998年夏天陸續成立的《歧路花園》、《全方位藝術家聯盟》、《臺灣網路詩實驗室》、《現代詩的島嶼》、《象天堂》、《FLASH超文學》、《觸電新詩網》、《新詩電電看》等網站上。投身到這一波實驗創作的作家計有，曹志漣（澀柿子）、姚大鈞（響葫蘆）、李順興、向陽、代橘、蘇紹連、須文蔚、大蒙、林群盛、衣劍舞、海瑟、白靈、楊璐安等人。這一波文學實驗的類型

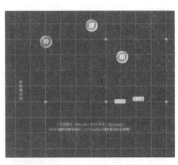

《妙繆廟》網頁

《歧路花園》網頁

《FLASH超文學》網頁

多樣，計有「新具象詩」、「多向詩」、「多向小說」、「互動詩」等。

華語世界的新具象詩，如姚大鈞的〈可憐中國夢〉、〈華藏香水海〉、〈媽的！我的全唐詩掉到太空艙外面了……〉、〈『新語言』宣言〉，曹志漣的〈40°詩〉、〈觀瀾賦〉等，以文字構成圖畫，或是支解、排列文字重新排列，而形成新的文字意義十分著稱。而大蒙新具象詩則是整合了詩與電腦繪畫之美，以〈尋夢〉為例，詩行很短：「昨天夢裡遺落一首詩走了一夜，遍尋不著。」。大蒙將這些字彙漂浮在像外太空一樣的藍色中，色澤變化多端，大小、深淺不一，更讓整個作品視覺上彷彿在展現一個美好的夢境，但是文字的內容卻相當諷刺地在描寫遺忘，落差中帶來的失落感可說是更巨大的。

臺灣詩人創作的數位詩中，最早以多向詩方式出現者應當是代橘的〈超情書〉。〈超情書〉所使用的多向文本技術，可說是相當簡單，讀者仍是順著主文的軸線，並無跳接或轉換情境軸線的機會，作者所安排的鏈結點，都是正文文字的再詮釋、補充或是後設式的對話。須文蔚的〈在子虛山前哭泣〉，則是一首繁複的多向詩，作者透過一滴水的旅程來觀察臺灣的水資源利用與環保議題，讀者可以選擇多種進行方式，不同的閱讀方向（路線），甚至會有三種不同的結局。多向連結在此地不僅僅代表一種註釋或說明，更將情節推移的選擇權讓渡給讀者操控。

須文蔚的多向數位詩〈在子虛山前哭泣〉網頁

多向小說是指作者透過

多向文本科技的協助，串連或發展枝散與分歧的情節，寫作出情節更複雜多元，結局分歧的小說。同時作者也可以跨媒體互文的形式，將傳統小說中無法展現的聲音、圖像、影片與動畫，以一種嶄新的架構建立出相關性與連結。小說家不僅將更多存在視覺或聽覺的符碼納入了小說中，也經常回過頭去借鑑早在七〇年代開始就廣為後現代小說家應用的隨機、片斷、混亂、不確定的文本結構

曹志漣《某代風流》書影

規則，讓文本中存在多重敘述、重複、增殖、排比、戲仿等形式，形成數位多向小說繁複的跨媒體互文現象。華文數位多向小說中，曹志漣創作的《某代風流》在1997年虛擬出版，1998年發行紙本，兩者相得益彰，尤其是作者能向古典繪畫、古典文學與歷史紀錄求取靈感與質感，配合細膩的文筆與多媒體設計，形成一部具有創意與獨特性的數位多向小說。

臺灣以Flash創作多媒體詩成就最豐富者，莫過於米羅·卡索，他的「現代詩的島嶼」與「Flash超文學」都有豐富的例證，可供創作者借鏡。名詩人白靈不讓蘇紹連專美於前，以「杜斯·戈爾」為筆名，發表了〈金門人的告白歲月〉和〈乒乓詩〉系列共九首，集拼貼與遊戲於一身，也傳達出指涉現實的滄桑感受。

四、二十一世紀網路通訊技術變遷下的數位文學發展

網路通訊技術不斷的推陳出新，確實會是主導數位文學社群變遷最主要的因素。不少校園出身的網路作家就在2000年以後少現身

電子布告欄，跨足到個人新聞台、電子報、PHPBB或是「部落格」
（BLOG）的經營上。

　　2004年前後，「個人新聞台」相當受到歡迎，在眾多個人新聞台
中《我們這群詩妖》和《小說家讀者》，應當是最受矚目的兩個較規
模與人氣的文學社群。　《我們這群詩妖》的創辦者是銀色快手，在明
日報推出「逗陣新聞網」機制時，他組一個具有詩、散文、小品的網
路文學社群。「逗陣新聞網」提供了整合的功能，也強化了網路使用
者的互動，原理上十分簡單，也就是透過「逗陣新聞網」聯繫個人新
聞臺，如此一來，每個新聞臺如果當成一個版面，集合十個版面就可
以成為一個內容豐富的網路報紙。十分活躍的銀色快手，發起了《我
們這群詩妖逗陣新聞網》，集合了遲鈍、林德俊、楊佳嫻、鯨向海、
木焱、紫鵑等知名新生代詩人，營造出一個以數位文字相互取暖的另
類社群。雖然後來「逗陣新聞網」的機制因為網路服務業者的取消，
但是社群結合發聲的的脈絡關係，已
經搭建起來。

由八位新世代小說家共同設立經營的
《小說家讀者》網頁

　　相對於詩界聲勢浩大的社群集
結，小說家們沒能趕上「逗陣新聞
網」的盛況，但也很聰明地張羅了一
個「共同新聞台」，由許榮哲、張耀
仁、高翊峰、李崇建、李志薔、伊格
言、甘耀明、王聰威等八人設立的小
說討論平台《小說家讀者》，就充分
利用社群的凝聚力，推展出新世代小
說家的創作與觀點。

　　利用資料庫形態架構的社群網站，後來成為新寵，無論是PHPBB和部落格等軟體發展的迅速，在WWW上架構與製作一個動態網站，比傳統電子布告欄更精美與便於管理，比「個人新聞台」更能吸納不同討論區的互動模式，變得十分輕而易舉。過去像《詩路：台灣現代詩網路聯盟》、《優秀文學網》、《鮮網》等必須委託資訊公司開發資料庫，耗費龐大經費的例子，已成往事。現在因為有 PHPNuke、、PHPBB、部落格等等免費套裝體協助下，擁有一個方便管理的資料庫後台，建立層次分明的多個討論區、發表區甚至電子報，已經越來越容易，也越可以用低成本達成經營文學社群的目標。近來像是《喜菌文學網》、《台灣詩學》雜誌經營的「吹鼓吹詩論壇」、《壹詩歌》都不約而同地採用了PHPBB，開展出更具內涵的數位文學討論空間。

　　從BBS、個人新聞台到部落格，網路文學的發展以驚人的速度變革中，不僅創作與出版受到Web 2.0新風潮的衝擊，著重雙向互動、網友參與、開放分享等觀念的Web 2.0精神，使傳統的作者與出版者單向傳播給讀者的狀況，轉變為讀者掌握更大的回饋與發表權，隨時可以透過回應與上傳，表達意見，或是透過分享，進一步取得更多的資訊。

五、數位文學下成長的大眾文學

　　重視網路作家作品的商業機構，網路文學作品首次在網路上傳遞的風評，就成為出版商選擇是否進行紙本出版的重要參考，而「紅色文化」出版社與「鮮網」集團、「野葡萄文學網」就進一步利用網路的互動特質，挑選網友投票支持度高者，以判斷是否給予出書的贊助。

　　城邦集團的「紅色文化出版公司」在出版《第一次的親密接觸》獲得市場熱烈回應後，更在2000年一口氣推出柯志遠的《孵貓

横跨數位詩文與紙本詩文的新型態刊物《壹詩歌》

公寓》、葉慈的《翼手龍與小青蛙》、琦琦的《晴天娃娃》等十餘本網路小說。以後也在gigigaga發報台（http://gpaper.gigigaga.com）設立「LOVEPOST徵文報」，希望透過網路長期徵文，再集結選入精華區的文章刊載於《LOVEPOST小說e世代》雜誌中，一旦一位網路作家的作品受到網友與雜誌讀者歡迎，「紅色文化」便為其出版、發行個人之平面實體書，採取了先衝人氣後出版的策略。

同樣把選書權力下放的出版企畫，則為小知堂文化所屬的「野葡萄文學網」，他們在2004年推出「搶救文壇新秀大作戰」活動，一共收到九十二件小說，在沒有獎金的條件下，出版合約還是能吸引寫手投入。

過去長期缺乏「市場意識」的詩刊出版市場上，自2003年6月的《壹詩歌》創刊以後，終於出現了一本橫跨壹詩歌論壇（http://www.one-poetry.com）和雜誌的新穎出版品。《壹詩歌》由圖文作家可樂王與木焱領軍，組成十二位編輯團隊，集結六、七年級詩人、文人作品，藉自費編輯與獨立完成製作後，交由出版社發行。這個新興的數

位文學社群，強調影像與文字整合的前衛風格，也整合流行文化的話題，果然在市場獲得良好的回應。

　　顯然從文學出版的角度觀察，在臺灣數位文學的商業化過程，在2001年前後，已經把網路小說推到一個高峰，諸如痞子蔡、藤井樹、水瓶鯨魚等暢銷作家，占據了市場一定的地位。網路文化評論者王蘭芬就認為，網路小說出版的浮濫，竟使得好不容易在臺灣出現的創作新人，即使寫出好作品，在網路上發表後，卻也很容易淹沒在眾多網路小說書海中。

📖 延伸閱讀〰

· 須文蔚：《臺灣數位文學論》（臺北：二魚，2003年）。
· 李順興：〈超文本形式美學初探〉，《Intergrams》2.1（2000）。http://fargo.nchu.edu.tw/intergrams/002/002-lee.htm。
· 林淇瀁：〈迷幻的虛擬之城：初論臺灣網路文學的後現代狀況〉，宣讀於「兩岸後現代文學研討會論文集」（臺北：輔仁大學外語學院主辦，1998年）。
· 曹志漣：〈虛擬曼陀羅〉，《中外文學》，第26卷，第11期（1998年），頁78-109。
· 蘇紹連：〈與超文本經驗鏈結〉，收錄於http://residence.educities.edu.tw/poem/mi04a-04.html（2002年）。

文學@台灣　11位新鋭台灣文學研究者帶你認識台灣文學

主　　編	須文蔚
作　　者	吳明益、林淇瀁、封德屏、范宜如、郝譽翔、陳建忠
	須文蔚、黃美娥、董恕明、賴芳伶、閻鴻亞
執行編輯	黃翔、徐僑珮、翁喆裕
文字編輯	胡文青
美術設計	曾揚華
編輯顧問	李茶
發 行 人	鄭邦鎮
指導單位	行政院文化建設委員會
出版單位	國立台灣文學館
	台南市中西區中正路1號
	電話：（06）221-7201　傳真：（06）221-8952
	http://www.nmtl.gov.tw
	service@nmtl.gov.tw
協辦單位	國立東華大學數位文化中心
委辦出版單位	書虫股份有限公司、相映文化
負 責 人	凃玉雲
出　　版	相映文化
	台北市信義路二段213號11樓
	電話：（02）2356-0933　傳真：（02）2351-9179
發　　行	英屬蓋曼群島商家庭傳媒股份有限公司城邦分公司
	104台北市中山區民生東路2段141號2樓
客服專線	02-25007718；25007719
24小時傳真專線	02-25001990；25001991
服務時間	週一至週五上午09:30-12:00；下午13:30-17:00
劃撥帳號	19863813
戶　　名	書虫股份有限公司
讀者服務信箱	service@readingclub.com.tw
香港發行所	城邦(香港)出版集團有限公司
	香港灣仔軒尼詩道 235 號 3 樓
	電話：（852）2508-6231　傳真：（852）2578-9337
馬新發行所	城邦(馬新)出版集團
	Cite (M) Sdn. Bhd. (458372U)
	11, Jalan 30D / 146, Desa Tasik, Sungai Besi,57000 Kuala Lumpur, Malaysia.
	電話：（603）9056-3833　傳真：（603）9056-2833
印　　刷	成陽印刷股份有限公司
初　　版	2008年9月
售　　價	280元
I S B N	978-986-01-5100-8
G P N	1009702106

國家圖書館出版品預行編目資料

文學@台灣：11位新鋭台灣文學研究者帶你
認識台灣文學／
須文蔚主編.－初版.－臺南市：台灣文學館出版；
臺北市：家庭傳媒城邦分公司發行, 2008.09
196面；15*21公分
ISBN 978-986-01-5100-8（平裝附光碟片）
1.臺灣文學史
863.09　　　　　　　　　　　　97015567